大森藤ノ
[イラスト]かかげ
[キャラクター原案]ヤスダスズヒト

「さぁ――行くぞ、『ウルス』」

クロッゾ

アルゴノゥト
後章 英雄運命
ARGONAUT

ダンジョンに出会いを求めるのは間違っているだろうか
英雄譚

Is It Wrong to Try to Pick Up Girls in a Dungeon?
ARGONAUT

CONTENTS

プロローグ 009 喜劇再演 ～The Harmonious Blacksmith～
一章 029 星の下の語らい
二章 039 精霊の祠
三章 087 それぞれの前夜
四章 113 よく晴れた、青い空の下で
五章 169 最後の晩餐 ～あるいは鍛冶師の計らい～
六章 197 炎が燃ゆる場所
七章 227 月の咆哮、大地の怒り
八章 261 迷宮の陥穽
九章 285 凍えた過去に咲く、たった一輪の妄執
十章 327 英雄願望 ～The Origin～
エピローグ 417 そして『物語』は至る
EXTRA 431 それはなんてことのない、とある日の情景

THE END

後章 英雄運命

ARGONAUT

大森藤ノ

［イラスト］かかげ

［キャラクター原案］ヤスダスズヒト

Characters

フィーナ
半妖精（ハーフエルフ）の魔導士でありアルゴノゥトの妹。
16歳。
『混ざりし血、それこそ高潔の証』
アルゴノゥト
只人の青年にして道化。
17歳。
『舞いは炎説（えんぜつ）、歌は雷讃（らいさん）、
ならば道化は英雄へと』
ガルムス
『英雄選定』の儀に参加する
屈強な土の民（ドワーフ）。18歳。
『一つ轟く勝利の雄叫びは、
やがて千の凱旋へと』
ユーリ
冷静沈着にして義理堅い
狼人（ウェアウルフ）の青年。20歳。
『月怒（いか）る時、代行者は“狼（ろう）”唯一匹』

Characters

オルナ

ラクリオス王国の客人で占い師の少女。17歳。

『しょうがないじゃない。
私も喜劇の虜になってしまったのだから』

アリアドネ

王都ラクリオスでアルゴノゥトが出会った金髪碧眼の少女。15歳。

『赤き血、赤き糸、紅き道標』

クロッゾ

アルゴノゥト達の前に現れた只人の鍛冶師。19歳。

『全て彼一人いればいい、
なんて勘違いされても困るから、
書き記さないと決めた』

エルミナ

『英雄選定』の儀に参加している女戦士（アマゾネス）の暗殺者（アサシン）。24歳。

『漂白できる過去などない。
でなければ妄執など生まれない』

リュールゥ

竪琴を奏でる妖精（エルフ）の吟遊詩人。87歳。

『文字が時を渡るというのなら、
詩（うた）が陸（おか）と海を渡るのもまた道理』

カバー・口絵・本文イラスト
かかげ

これはただの『喜劇』。

『喜劇』でありたいと願った道化が自由に踊り、自由に謳う、とっておきの茶番。

だから、そう――これは道化の『英雄譚(きげき)』に違いないの。

ット

運命

THE FOOL

アルゴ

後章 英雄

PROLOGUE

プロローグ

喜劇再演 ~The Harmonious Blacksmith~

いつも夢に見る。

炎の海に抱かれる故郷を。

かつての都に夥しい異形の影が踊り、恐ろしい爪牙が鮮血の雨を生んで、折り重なる悲鳴が大地の嘆きのようにどこまでも響く。

崩れ落ちる城や、城下町は、かつての栄光を失った巨人の屍のよう。

空は寒く、暗く、遠い。

蒼然とした闇夜は赤い火片に彩られ、黒き煙を纏い、儚き火葬を彷彿とさせた。

死者の葬送ならば救いはあった。

人と人同士の争いでも、勝者と敗者を残すことができた。

しかし、それはただの『食事』。

恐ろしい魔物どもが腹を鳴らし、高く厚い城壁の内側で身を寄せ合っていた獲物達に舌を舐め、貪ったに過ぎない。屍さえ平らげられる。勝者と敗者も生まれない。嗤うように顎と喉を鳴らす魔物の胃袋を満たすだけ。人の一生の中で最も報われない瞬間があるとすれば、それはきっとこの時だ。天に還ることもできない人々の無念を晴らせる者は、この夢の中には――昔日の記憶の中では、ついぞ現れなかった。

いつも思う。

世界を創造した神々がいるとするならば、この残虐な饗宴を見下ろし、笑うのだろうかと。

人が家畜に課してきた使命、それを今度は人が課せられただけ。そう言うだろうか。

無情な道理だ。しかし真理でもある。

支配者の地位から転げ落ちれば、人も亜人も容易く被征服者に回る。

暴力に屈する者達の運命とは正しく陵辱と蹂躙。それが世界の不文律。だからこそ、神々は被造物たる我々を救わない。それが平等。それこそ公平。誰かが言っていた、とても納得できる理屈。それを受け入れなければ、人々は自分達を救ってくれない全知全能たる存在を憎むことしかできなくなる。滅びを待つ絶望の時代の中で、これが宿命であると言って全てを諦めることこそ、賢者の生き方なのだろう。

故に、いつも辿り着くのだ。

そんな賢者の生き方を拒絶する者こそが――『英雄』と呼ばれる者達なのだという答えに。

偽善であったとしても、意味を残さない抵抗であったとしても、最後まで戦う者達のことを人々は『英雄』と呼ぶ。

『英雄』達は言うだろう。その雄々しき背中で示すだろう。

これが、神々が定めた運命であったとしても。

他の生き物を貪り続けてきた人類の贖罪であったとしても。

『抗え』と、そう雄叫ぶだろう。

獣ですら喰われまいと最後まで牙を剝く。家畜であっても暴れ抜くのは変わらない。

ならば、人も抗わなくては。

だから、その少年は、ずっと走っていた。

片手で自分より小さな手を閉じ込め、もう片方の手で一冊の本を抱えながら。

逃げ惑う人々の間をかいくぐり、時にはすれ違って、すぐ後ろで食い殺された断末魔の声を身代わりに、必死に恐怖や涙と戦って、前へ前へと走り続ける。声を上げて泣く少女の手を、二度と離れないのではと錯覚するほどに握りしめ、がむしゃらに。

互いに父と母を失った子供の末路、庇護を失った小さな生命の運命だと、そんなものは受け入れなかった。そんな往生際の悪さが少年と少女の命を生き繋がせた。一冊の本に記されていた教えに従い、少年は世界の真理なんてものに抗ってみせたのだ。

ならば少年は『英雄』であったか。

それは違う。

『英雄』ならば、『十』を助けた。

『英雄達』ならば、『百』と『千』を救えた。

『英雄』ではない少年が守れたのは、たった『一』。

痛哭が途切れぬ故郷から脱出し、人や魔物の気配が消えた崖の上、地獄の窯のように燃え盛る都を眺めながら、その小さな体は両の膝を地面に落とし、両手をついて、失意に堕ちた。

すぐ側には泣き疲れて眠る一人の少女。

後悔などしてはならない少年の偉大なる功績。

そして、己の現実を知らしめる厳然たる象徴。

無力を呪うより、先に自覚があった。

細く非力なこの腕は決して『英雄』のそれではなく、救えるのは精々、目の前で眠る少女のように『一』が限界なのであると。

手の中から滑り落ちた一冊の本が、音を立てて燃えていた。

気付かぬうちに火の粉を浴び、緋火(ひひ)を広げ、今にも燃え尽きようとしていた。

その本の中には『英雄』がいた。

多くの者を救い、それでも数えきれない者を守れず、『愚物』などと呼ばれながら、それでも身と心を削りながら戦い続けた、偉大なる『炎の英雄』が。

だから。

だから。

だから。

少年は思ったのだ。

この時、はっきりと誓ったのだ。

物語の中から自分を救ってくれた『英雄』でも『愚物』と罵られるならば、自分はもっと、より『愚かな存在』になろうと。

たとえば、どうだろう。

『英雄』になれないくせに、自ら『英雄』と名乗ったならば。

そんな誰よりも愚かな自分を目にして、自分より力ある者や勇ましき者達は、怒り、笑い、立ち上がってはくれまいか。

『一』しか守れない自分の隣に、『十』を助ける者が、そんな彼や彼女の後ろに『百』を救う者が、『千』を救済する者達が続けば、それは光の『航路』になるだろう。そして縦と横、時と世界を渡れば、いずれ『航路』は巡りゆく『神話』となる。

そんな他力本願で、遠大で叶う筈（はず）のない絵空事を、絶望の夜の間に夢想して、考え続けた。

そして、決して明けることなどないと思えた闇を越え、地平線の奥に生まれた輝かしい朝日を目にして、一筋の希望と重ね合わせた。

その始まりの朝に、少年は諦めることを諦めた。

その日から、少年は『英雄願望』を秘めた。

少年の名は愚者。

彼の名前は道化。

その正体は、英雄を望む船（アルゴノウト）。

いつだって、夢に見る。

あの時の悲劇は決して瞼の裏から消えることはない。

あの日の惨劇は心の奥底に刻み込まれ、今も自分の魂を突き動かす。

あの光景を塗り替える、喜劇を求めて。

だからこそ。

これまでも、これからも、道化のアルゴノゥトが求めるのは——滑稽な喜劇なのだ。


「…………………………うっ」

瞼が震えたのがわかった。

紅く炎上していた夢が、燃え尽きた一冊の英雄譚と一緒に終わりを迎え、曖昧だった意識が急速に浮上し始める。

瞼に溜まる暗闇を押しのけ、ゆっくりと、もがくように、両の目をこじ開けた。

「…………空？」

視界に広がるのは、星々を従えた月の空。

からからに乾いた喉と、唇が呟きを落とし、血の巡りが思考の歯車を回し始める。

かすかに吹き付ける風とそれに伴う冷気、土の香り、瞳を吸い寄せようかという星の光。

五感が急速に情報を収集し始める。

「ここは……」

夜、野外。

体は仰向け。

時と場所をようやく把握していると、

「目が覚めたか？」

「！」

声が投げかけられた。

アルゴノゥトは顔を横に、右の肩の方向に倒した。

最初に飛び込んできたのは、目を眇めるほどの赤々とした炎の色。

そして焚き火の奥で今も火加減を調整している、赤髪の青年だった。

「君は……うっ……！」

「動かない方がいいぞ。うんざりするくらいの怪我だ。相当いたぶられたんだろう？」

上体を起こそうとして、全身に痛みが走る。

地面に敷かれたマントのもとに再び戻る背中。苦しむアルゴノゥトを見かね、青年は焚き火を迂回し、自ら歩み寄った。

「おまけに、そんな体で下水道の中を進んだときた。破傷風の方は俺の『力』で防いでおいたが……まだ大人しくしとけ」

ズキズキと痛む節々の音に聴覚が塗り潰され、眉間に力を込めながら目を瞑っていたアルゴノゥトは、時間を置いて息を大きく吐き出した。

何とか苦痛を御し、睫毛を震わせ、青年を見上げる。

「……君は、たしか……クロッゾ？」

「ああ。鍛冶師のクロッゾで、お前達を助けた命の恩人ってやつだ」

気を失う前の最新の記憶を手繰り寄せ、視線の先の人物をその名前と結び付ける。

クロッゾは、嫌味に全く聞こえない説明とともに人好きのする笑顔を浮かべた。

「お前達……？　……！」

刺激しないように選んだ言葉は、しかしアルゴノゥトに重要な事柄を想起させた。

クロッゾに救われた者は自分だけではない。

「彼女はっ、オルナは⁉」

王都の城下町、噴水広場。

多勢の兵士に囲まれる自分を、最後まで庇ってくれていた少女。

彼女のことを含め、はっきりと自分達の状況を思い出したアルゴノゥトが今度こそ痛苦をはねのけ、上体を起こし上げると、

「目覚めて早々、自分ではなく他人の心配？　呆れた偽善者ね」

すぐ側から、皮肉の声が落とされた。

「オルナ……！　無事だったのか……」

「当然でしょう。私は怪我なんてしてないもの。……貴方の方がずっと、重傷だったんだから」

クロッゾとは反対側からアルゴノゥトを見下ろすオルナは、終始不機嫌な口振りかと思いきや、最後の呟きには不安の色が見え隠れしていた。

地面に膝を崩した、今まで目にしたことのない弱々しい少女の態度に、アルゴノゥトはきょとんとした後、優しげな笑みを見せた。

「心配してくれていたのか？　ありがとう」

「……っ」

青年の笑みと感謝に、少女はすぐに怒った顔を作った。

焚火の明かりに照らされる褐色の頬は、赤く燃えていた。

「しかし、ここは……」

アルゴノゥトは顔を左右に巡らせ、あらためて辺りを見回す。

広い野原だった。荒れ果てた、という注釈もつく。

剝き出しの地面は、今は夜空に見下ろされ、薄暗い湖面のように蒼い。

切り立った小さな丘に三方を囲まれており、ちょうど半円形の空間。その中心に焚火は据えられていた。丘が阻む三方の先は当然何も見えず、残った一方も闇夜に沈む稜線がうっすらと見えるだけだ。

「王都の外の……荒野か？」

「ああ。更に言っておくと、都からは大分離れてる。ここなら火を焚いていても、王都側から見つかる心配はまずない」

　立ったままクロッヅは背後を顧みて、煙が昇る焚火を一瞥する。

「本当は寝台のある部屋が良かったんだろうが、訳ありなんだろ？　お前の連れからも都から出るようにせがまれた」

「…………」

　再び顔を戻したクロッヅが、オルナを見やる。

　少女は黙ったまま、不機嫌な表情でふいっと顔を背けた。

「……まずは、礼を言わせてくれ。見知らぬ私達を助けてくれて。私はアルゴノゥト」

　状況を完全に把握したアルゴノゥトは、王都から自分達を逃してくれた青年に感謝を告げる。

　痛む体は座ったままで、まともな礼を取れないことを歯がゆく思っていると、クロッヅは全く気になどしないように、にかっと快活な笑みを向ける。

「ああ、そこの女から聞いた。いつもふざけてやかましいが、気が付いたら目が離せなくなってるヤツだってな」

「そんなこと言ってない」

「もう覚えてもらってるみたいだが、俺はクロッゾ。売れない鍛冶師をやってる」

険しい視線と一緒にぼそりと呟くオルナに笑みを返しつつ、鍛冶師の青年は腰もとをぽんぽんと叩(たた)いた。

帯(ベルト)にぶら下がっているのは複数の嚢(のう)で、中に鎚(つち)や鑿(のみ)が差し込まれている。彼の格好自体、魔物から身を守るための両腕の手甲や膝当てなどを除けば、スカートのようにも見える真っ赤な前掛(エプロン)を纏った、まさに職人のような出で立ちだった。

「今、王都ではしょっちゅう戦争をやってるんだろう？　なら、俺の作品でも売れるんじゃないかと思って訪れたんだが……少し、面倒に首を突っ込んじまったようだな」

「それは……」

先程の笑みとは異なり、気を遣うように微笑みかけるクロッゾに、アルゴノゥトは言葉を濁した。オルナも口を閉ざす。

助けてくれた恩人を、自分達の事情に――王都の闇に巻き込んでいいのか判断に窮していた、その時だった。

『ウオオオオオオオオオオオオオ!!』

凶暴な雄叫びが、穏やかに踊っていた焚き火を揺らめかせたのは。

「魔物!?」

「しかも数が……！　こんな時に……！」

弾かれたように振り向いたオルナとアルゴノゥトの視線の先、薄闇の奥に浮かび上がるのは複数の眼光だった。

灰狼（グレイ・ウルフ）、犬頭（コボルト）、更に大型級（ホブゴブリン）が一体。

フィーナ達がいない状況では絶望的な数。

占い師であるオルナはもとより戦えない。彼女を守るためアルゴノゥトは咄嗟（とっさ）に立ち上がろうとするも、倒れかけ、「無茶しないで！」と逆にオルナに支えられてしまう始末だった。

それでも腹を括（くく）ったアルゴノゥトは戦意を手放さず、腰からナイフを引き抜くと、

「ああ、お前達は休んでろ。俺が全部やる」

軽い調子で、クロッゾがそう言った。

まるで一人で献立を準備するように、あっさりと前に歩み出る。

「全部って……どれだけいると思っているの⁉」

「まぁ、見てろ」

背中に投げつけられるオルナの声にも、余裕を崩さない。

魔物の群れと対峙（たいじ）する青年は、自然体のまま、静かに双眸（そうぼう）を細めた。

変化は直後に生まれる。

クロッゾの体から僅（わず）かに光が――火の欠片が舞い始めたのだ。

まさに炉（ろ）で鍛錬を行う鍛冶師のように。

「体から、火の粉が……⁉」

目を疑うアルゴノゥトの側で、オルナははっとした。

「私達を助けた時の、炎の光と同じ……？」

それは王都脱出前の出来事。

兵士達に囲まれたアルゴノゥトとオルナは、まさしく『炎の力』によって救われている。

「後で説明してやる。さぁ——行くぞ、『ウルス』」

驚愕するアルゴノゥト達に一瞥しながら、クロッゾは前を向いた。

赫灼（かくしゃく）たる光を放つ大剣を片手で軽々と肩に担ぎ、自分の内側に呼びかけるように告げる。

瞬間、荒々しい紅蓮（ぐれん）が青年の体から迸（ほとばし）った。

爆薬の炸裂（さくれつ）と見紛（みまが）う炎の展開にアルゴノゥト達も、魔物どもも思わず仰（の）け反（ぞ）る中、人の輪郭——よく見れば女性を象（かたど）る——『炎の幻影』が青年の体から浮かび上がる。

クロッゾは唇をつり上げ、地を蹴った。

『オ、オオオオオオオオオオオオオオオオオッ⁉』

魔物の悲鳴。

同時に荒ぶる火炎の嘶（いなな）き。

まず爆砕したのが先頭にいた灰狼（グレイ・ウルフ）。

炎の鎧（よろい）を纏った大剣に縦断の一閃を叩き込まれ、跡形もなく吹き飛んだ。舞い散った灰すらも焼き払われる中、続く大振りの薙ぎ払いが超温の火輪を生み、大剣の軌道上にいた犬頭達が余すことなく炎上する。

耳に障る悲鳴の燃焼音が辺り一帯に響く間もクロッゾの動きは止まらない。

獣人と見紛う身のこなしで宙に踊り出て、大上段からの一撃。

粉砕。猛炎。絶叫。

破壊と劫火を生み出す赤髪の青年によって、魔物の数々は見る見るうちに焼滅していく。

『グッ、ギィィヒイイイイイ!?』

最後に残っていた大型級は、恐怖に支配され逃げ出した。

だが、無駄だった。

クロッゾが肩に溜めた大剣を袈裟斬りに振り下ろしたかと思うと、三日月型の炎刃が容易く距離を殺し、魔物を背後から両断にしたのだ。

斜め一閃に断たれた大型級は断末魔の声を残すこともできず、ごうごうと音を立てて燃え盛る肉塊が地面へと転がった。

「あっという間に……！」

度肝を抜かれ続けるのはアルゴノゥト達だ。

周囲にもう魔物がいないことを確認し、大剣を肩に担いで戻って来るクロッゾに、畏怖の眼差しを向けてしまう。

「しかもあの炎、フィーナの『魔法』と同等、いやそれ以上……？」

「……強過ぎない？　出鱈目よ」

戦慄を通り越して呆れ返るのはオルナで、「なっ、大丈夫だっただろ？」なんて軽い調子で言ってくるクロッゾに、殺しても死なない怪物を見るような目を向ける。

「だが……待ってくれ。どうして妖精でもない貴方が、そんな力を……」

魔法種族である妖精はともかく、只人に『魔法』は扱えない。

学習や修行の如何は関係なく、資質の有無によって不可能なのだ。

アルゴノゥトが当然の疑問を尋ねると、クロッゾはまるで小鳥を呼ぶように右手を上げた。

「前に、魔物から『精霊』を助けたことがあってな。そこでしっかり死にかけたんだが……」

次の瞬間、あの『炎の幻影』が再び虚空に出現し、戯れるようにクロッゾの右手に焔の指を絡める。

「よりにもよって、助けた精霊から『血』を分け与えられて、生き繋いだ。こんな『体質』になったのはそれからだ」

「精霊の『血』⁉」

「ああ。今じゃあ妖精でもないのに『魔法』が使えるし、本気で作った『武具』は、炎や氷なんかが出るようになった」

「まさか……精霊の『奇跡』？」

アルゴノゥトとオルナ、二人の驚愕（きょうがく）が月夜に響く。

『精霊の血』を宿した只人（ただびと）。

それがクロッゾの正体であり、圧倒的な力の秘密であった。

『精霊』とはこの時代、『奇跡の化身』とも呼ばれている。

火や水、雷や風など、大自然の力を司り、例外なく自我が薄い。巡り合い、認めた人間のみに力を恵み、生涯の伴侶のように付き添うと言われている。意思疎通はできても動物的な動作程度が限界であり、彼女達がどのように生まれ、どこからやって来るのか杳（よう）として知れない。だが魔物を退ける『奇跡』を恵むことから『天よりの使者』、『神の遣い』と呼ぶ者達もいる。

確かなのは、『精霊』は魔物と対立する存在であり、人と亜人とも異なった『神秘の住人』であるということだ。

「これが俺の『力』で、『秘密』ってやつだ」

てんで気にせず、さらっと言っているが、『精霊』の血を宿した人物なんてアルゴノゥト達は見たことがない。後天的な、という言葉がついたとしても、言わばそれは『半精霊』と呼べるものではないのだろうか。

クロッゾの中では、『精霊』を助けたという話はそれ以上でもそれ以下でもないのだろうが、一体どのような経緯だったのか、具体的に聞きたい衝動にだって駆られてしまう。

「じゃ、次はお前達の事情を教えてくれ。まだ聞いてなかったからな」

だが、アルゴノゥト達が尋ねるより先に、クロッゾの方が先に踏み込んできた。

「一応これでも命の恩人なんだ、聞く権利くらいはあるだろ？」

肩を竦める仕草に合わせて、炎のように真っ赤な髪が揺れる。

笑みを浮かべるクロッゾに対して、アルゴノゥトは数瞬口を噤んだ後、頷いた。

「……ああ、確かに話さないのは不義理をなすところだ。実は――」

アルゴノゥトは語った。

『英雄候補』の誘致から始まった、王都での出来事を。

常勝将軍『雷公ミノス』の正体。

他国や魔物の軍勢を『食料』として喰らってきた死肉貪る戦牛。

全ての絡繰りにして元凶である天授物『神秘の鎖』。

そして、死肉貪る戦牛を使役する鎖の生贄として、捧げられようとしている王女。

彼女を救おうとしたアルゴノゥトは罠に嵌められ、妹を始めとした仲間達と引き裂かれてしまった。

オルナが口を挟まず、黙って見守る中、王都の正体と自分達の状況を全て打ち明けた。

「なるほど、そんなことがあったとはな……」

話を聞いたクロッゾは、目を瞑りながら余裕そうな笑みを浮かべた。

噛みしめるようにうんうんと頷いた後、かっと目を見開く。

「——なんて冷静に受け止められるわけないだろ！　猛牛（ミノタウロス）？　生贄？　おいおい、王都ってのは楽園じゃなかったのか！」

「意外にノリがいいわね……」

慌てふためきながら突っ込みをこなす鍛冶師の青年に、オルナは呆れた視線を投げる。

一方でアルゴノゥトは真剣な表情のまま答えた。

「全て事実だ。だから私も、既に王都では極悪人扱いされている。……信じるかは、貴方次第だが……」

「……信じるさ。これでも人を見る目はあるつもりだ。お前達が嘘（うそ）をついているようには見えない」

それこそ、罪から逃れようとする罪人の出まかせにも聞こえてしまうだろう荒唐無稽な話を、クロッゾは欠片も疑わなかった。

職人を自称する鍛冶師の男は自分の眼（め）で見極めたものだけを信じる。

そんな彼の真っ直ぐさに、アルゴノゥトは救われ、ほんの小さな微笑を返した。

「それで、これからどうするつもりなんだ？　王女の他にも、お前の妹も都（みやこ）に残っているんだろう？」

「…………」

「……時間を頂戴。まだあれから一日も経ってない」

一瞬、暗然とした面持ちを隠せないアルゴノゥトの隣で、それまで口を挟もうとしなかったオルナが言葉を発する。

「こうなってしまっては、私も王都から追われる身。衝動的にこんな男を庇って、今は後悔しているんだから」

「にしては甲斐甲斐(かいがい)しく、こいつの看病をしていなかったか？」

「っ……してない!!」

憎まれ口を叩くオルナだったが、クロッゾの言葉に頬を羞恥で燃やした。

アルゴノゥトが意外なものを見たようにぱちぱちと瞬きをしていると、素早い肘鉄が青年の脇腹を抉(えぐ)り「ぶふっ⁉」と悲鳴を引きずり出す。

そんなどこか珍妙な二人に、「ははははっ」とクロッゾは笑い声を上げた。

「ま、確かに時間は必要だな。俺が火の番をしとくから、お前達はもうしばらく休んどけ」

「……すまない。そして、ありがとう。本当に……」

アルゴノゥトの心からの感謝に、鍛冶師の青年はやはり、笑うのだった。

まるで年長の兄のように。

「なぁに。旅は道連れ、世はなんちゃらってやつだ」

CHAPTER 1

一章

星の下の語らい

星空の下、ぱちぱちと鳴る焚き火の音は穏やかだった。

地面に腰を下ろしたクロッゾが枯木を投げる度、火の粉が昇る。自分達が設けるものより暖かく、こうも優しい光を灯すのは、精霊の力のおかげなのだろうか。クロッゾの背にうっすらと浮かび上がる炎の精の輪郭をぼうっと眺めながら、アルゴノゥトは思った。

丘に三方を囲まれているとはいえ、風は流れ込んでくる。本来なら怪我を負った体には酷く障っただろうが、それすらも焚き火の結界と呼べるものが防いでくれていた。

暖炉のある住居のような安心感に包まれる中、しばらく考えに耽っていたアルゴノゥトは、ゆっくりと起き上がった。

「オルナ、まだ起きているか？　話がしたい」

「……ええ、わかったわ」

「俺はここにいる。あまり遠くに行くなよ？」

「ああ、すまない」

クロッゾが貸したローブを地面に敷き、胎児のように体を丸くしていたオルナも、体を起こす。火の番を続けながら声をかけるクロッゾに礼を言いながら、二人は野営地を出た。

回り込むようにして移動し、夜空に囲まれた丘の上へと向かう。

風の流れが速いのだろう。蒼然とした夜の中にあって、移ろう雲の動きがはっきりとわかり、隠れていた月が顔を出す。

満月が近い。欠けている静謐な光を一頻り眺めていたアルゴノゥトは、そう思った。

「それで、何？　話って？」

「……オルナ。私は、やはりミノタウロスを倒す」

立ち止まり、ゆっくりと振り返ったアルゴノゥトの言葉に、オルナは目を見張った。

「フィーナも助けて、ユーリ達にも詫びを入れ……そして姫も救い出す」

「……方法は？　何か考えはあるの？」

「やり方は……まだ思いつかない。だが、倒さなければならない」

決然とした眼差しはいっそ尊いものだ。

しかし観察するように、オルナは尋ねた。そして返ってきた青年の答えに一抹の失望を隠しながら、厳しくも断言する。

「たとえ手段があったとしても、私は言うわ。アルゴノゥト……貴方ではあの凶牛を倒せない」

「…………」

「ええ、私は何度でも言う。貴方は『英雄』の器じゃない。怪物を討ち果たす物語の『英雄』にはなれない」

――万人を救う『英雄』には、決して。

少女の残酷な言葉が夜気にさらわれていく。

白い髪を揺らされるアルゴノゥトは、視線を一度右手に落とした。

二人の間に冷たい風の音だけが響く中、顔を上げる。

唇に微笑を伴いながら。

「――じゃあ、やはり私は『一』をとろう」

「えっ？」

そして言った。

「本当は、私もわかっている。いや、私が一番わかっている。アルゴノゥトは『英雄』にはなれはしないと」

アルゴノゥトは堂々とそんなことを口にした。

出会ってから、ずっと『英雄願望』を掲げていた青年の告白に、少女の方が困惑してしまう。

「アルゴノゥトには資格がない。素質がない。アルゴノゥトという男は、できたとしても『一』しか救えない。だから、『百』を救うのは他の者に任せる」

「……何を言っているの？」

それは寂寥を伴う真実だった。

だが微笑みを宿し続けながら、アルゴノゥトは真理に手を伸ばす。

「『苦渋の決断』を前にして、いつも思う。一か百か選択を迫られた時、なぜ選択するのは当の本人だけなのだろうと」

それはたとえば、物語の一幕。

あるいは英雄譚の中に訪れる悲劇。

そして今、この世界のいたるところで起きているだろう現実。

苦難に見舞われ、戦い続けてきた者には、必ずと言っていいほど理想を許さない理不尽が突きつけられる。

「何故、そこに手を貸せる誰かが居合わせないのだろうと。『二』が切り捨てられた時、他の誰かが『一』を救えばいい」

そんな理不尽な現実に、アルゴノゥトは『待った』を呼びかける。

戦い続け、膝をつき、ぼろぼろに傷付いた者を背で庇いながら、両手を広げて訴える。

「『英雄』に任せるのではなく、『人類』で立ち向かえばいい」

オルナは今度こそ、息を呑んだ。

「一人では割と何もできない。でも、二人ならできることがある。三人ならもっと。みんなとなら……それこそなんでも」

それがアルゴノゥトの答え。

英雄はいる。しかし彼あるいは彼女とともに戦い、支えることは万人にもできる。

剣と盾、杖を持てずとも、その背中を追い、声を上げることはできる。

――笑い声を上げ、暗い空気を吹き飛ばし、選ばれた者達には声援を！

――戦えない者にも、できることなど山ほどある！

——声を上げぬ者に、明日はやってこない！

いつかの『道化論争』でも、そんなことを言っていたことを、オルナは思い出した。

そして『道化』のように振る舞っていた男の真意に、僅かだけでも触れたような気がした。

「……自分は『一』しか救えない。だから他の誰かに任せる。それ、究極の他力本願だとわかってる？」

「ああ。私が誰でも救える『英雄』であれば良かったんだが」

揺れる本心を悟られたくなくて、可愛げのない仮面の下からオルナが批判を投げると、アルゴノゥトは苦笑した。

細めた青年の瞳に、過去の情景が過る。

燃え盛る城下町。炎と悲鳴で彩られた悲劇そのものが。

その上で彼は、視線を頭上に向けた。

大きく輝く月に寄り添うように小さな光を散らす、数多の星々を。

絶望に殺されかけようとしている世界の中で、この空だけは未だ輝きを失っていない。

この満天の星こそが、アルゴノゥトが夢見る『理想』の縮図だ。

男はあの星の一つになることを望み、多くの者が同じ星々へ至ることを願う。

「呆れた……本当に、呆れたわ」

「そうかな？　『百』を救える英雄は必ずいる。ならば私は彼等が切り捨てた『一』を救える男になりたい」

　どこまでいっても『道化』でしかない在り方に、オルナが嘆息を漏らしても、アルゴノゥトは悲嘆の欠片もなくのたまった。むしろ自分の役割を自覚し、望んでいる潔ささえあった。

「そして私が今、救いたい『一』は……君だ」

「!!」

　その上で、驚く少女に向かって告げた。

「ミノタウロスを倒さないと『百』が救われても、君は救われないから。君が笑えないから」

「ぁ……」

「君の笑顔を、見たいんだ」

　優しい笑みだった。滑稽でも能天気でもない。

　まるで魂の底から滲み出た、ささやかな、透明な笑みだった。

　瞠目していたオルナの頬がたちまち紅に彩られる。

　褐色の肌にその鮮やかな赤みは映え、少女は狼狽とともに後ずさった。

「な、なによ、それっ、いきなり……あっ、あっ、愛を誓うみたいに、そんな――」

「――そして同じ理由で、アリア姫も救う！」

「は？」

　そして瞬速で極寒の冷気を帯びた。

凛々しい表情で覚悟を示すアルゴノゥトは、少女の様子に全く気付いていない。

「生贄を止める！　姫の笑顔を見る！　それが今の私の理想だ！　これ以外は認めない！」

「……『一』じゃなく、『二』になっているわ」

「ああ、本当だ。じゃあ私は『一』しか救えないアルゴノゥトから、『二』を救えるアルゴノゥトにならなければ」

じろり、なんて音が聞こえてくるくらいには両目を尖らせるオルナに、アルゴノゥトは笑みをこぼし、意志を新たにした。『英雄』とともに戦列に加わるというのなら、今日の自分よりほんのちょっぴりでもいいから強くなろうと。

「……貴方って本当に道化よ。いえ、最低男。いきなり、変なこと言って……惑わせて……」

そんなアルゴノゥトを、オルナは睨みつけながら呟いた。

聞き取れないほど小さな声で、唇を尖らせるように。あるいは羞恥を隠すように。

「…………好きにすれば？　どちらにせよ、私は貴方を止められない」

ややあって。

溜息をついてから、オルナは最初から答えなど決まっていたように、投げやりに告げた。

「私は、あんな歪んだ国、滅んでしまえばいいと心の中で思っていた。けれど、たとえ滅ぶとしてもそれは歪んだ国ではなく、人として生き抜いた国であってほしいと、そう思っている」

「……」

「結局、私は何も変えられなかった。だから貴方が何をするのか、この目で見守ることにする。……精々、頑張れば？」

ふいっ、と。

胸の内を吐露していた少女は、最後は素直になれない仔猫のように、顔を背けるのだった。

「――ああ、ありがとう！　オルナ！」

アルゴノゥトが返すのは無邪気な笑み。

少年のように屈託なく相好を崩す青年に、オルナは動きを止めて、目を奪われてしまった。

「…………」

「……？　どうしたんだ？　とても非難がましく睨まれてるような気がするんだが……」

己の不覚を呪い殺すように、顔を不満一色で覆うオルナに、道化は戸惑い、思わず苦笑する。

「起きてからずっと、いつもと様子が違う。何よ、それ。道化のアルゴノゥトはどこにいったの？　……調子が狂うわ」

「む……そうだったか。そうかもしれない。疲れ果てていたせいかな……」

オルナの指摘に、アルゴノゥトはしまったと顔色を変えた。

目覚めたばかり、更に色々あって『らしくない』醜態を見せてしまったと言わんばかりに。

「少し待ってくれ。調子を取り戻す。あーあー、んーんー！」

発声練習をし始める青年を、オルナはじろりと見つめ続ける。

「……普段の道化は地の性格ではなく、『仮面』だったということね」

「ははっ、何を言ってるかわからないな！　私はいつだって道化(アルゴノゥト)だ！　よし、調子復活！」

間もなく、何事もなかったように『道化』の高笑いが響いた。

すぐに痛む体を「あいてて……！」と両手で押さえるアルゴノゥトは、白けた視線を今も向けている少女にからからと笑いかける。

「オルナ、今日はもう休もう！　ぐっすり眠るんだ！　なぁに、一晩たてば名案も妙案も浮かんでくるさ！　多分!!」

「はぁ……陽気で楽観的。やかましいアルゴノゥトが帰ってきた」

「それが私だ！　だから綴(つづ)るぞ『英雄日誌』！」

『アルゴノゥトはみじめな失敗から立ち上がり、恐ろしい魔物を倒す決心をした！』

懐から取り出した日誌に文字を綴ったアルゴノゥトは、そこで考える素振りを見せ、新たな一文を付け加えるのだった。

『変わった二人の友を得て！』

CHAPTER 2

二章

精霊の祠

長かった夜がようやく明けた。

王都で罠に嵌められ、そのまま転げ落ち、暗雲の下であがき続けていたアルゴノゥトは、ようやく眩しい日の光に瞳を細めることを許された。

山稜から姿を現す太陽を眺めながら、清涼な空気を肺に取り込む。

「日も昇ったが……それで、これからどうするんだ？」

「ああ、ぐっすり眠りながら夢の中でずっと考えていたんだが……」

「どれだけ器用なのよ……」

焚き火をしっかりと消すクロッゾの前で、アルゴノゥトは目を閉じながら腕を組み、オルナが呆れ交じりに突っ込みを入れる。

道化はそれを聞き流し、人指し指を立てた。

「『精霊の祠』へ行くというのは、どうだろう？」

「『精霊の祠』？」

「ああ、噂で聞いた！　王都の地のいずこかに精霊が眠っていると！　そこへ赴き、精霊からすごい力をもらおうという簡単な話だ！」

尋ね返すクロッゾに、アルゴノゥトは身振り手振りを交えて説明した。

王都へ出発する前、身を寄せていた村でフィーナにも語ったことがある。

――それに『王都』の周辺には『精霊の祠』があるという伝説を聞いた！　そちらにもぜひ

行ってみたい！

アルゴノゥト自身、英雄招致のおまけくらいに考えていたのが本音だが、こうなってしまえば縋れるものには全て縋ってしまおうということである。

「貴方、私を何度呆れさせる気……？　言っとくけど、あれは王都では『伝説』扱いよ？」

そんな男の『神頼み』にも似た愚かな考えに、オルナは今度こそ脱力した。

「真偽を確かめるため、兵が何度も派遣された記録が残ってる。それでも一向に見つからなかったんだから。きっと眉唾物よ」

「噂の出所は？　伝説の起源は？　誰も見たことがないとしながら『祠』という具体的な文言があるのは不可解だ。私はそこに、真実味があるような気がする！」

だがアルゴノゥトはめげなかった。むしろ笑みさえ浮かべながら、追究しようとした。

王都に直接訪れて、アルゴノゥトは精霊の逸話を『根も葉もない噂』から『ひょっとしたらひょっとすると』という期待に近付けていた。

というのも王女と一緒に城下町を巡る中で、『精霊を思想にした噴水』など、精霊にまつわる造形物が王都の中で散見されたのである。

これはかつての都の住人が遺した当時の記録に基づいているのではないか、と推測するには十分な材料だった。

アルゴノゥトの説明と指摘に、オルナは一瞬、たじろぐ。

「……確か、空から舞い落ちる光を旅人が見て、行った先にあったのが『祠』だったという話だった。当時、魔物の支配が一時的に弱まったことから、精霊が降臨したのではないかと実しやかに囁かれて……でも、それだけだった筈よ」

「まだ他に手がかりがある筈だ！　思い出すんだオルナ！　頑張れオルナ！　なんだったら占いで場所を突き止めるんだオルナ！」

「無茶を言わないで！」

記憶の糸を手繰り寄せ、王都の歴史を振り返るオルナに、アルゴノゥトが行うのは理不尽とも言える暑苦しい応援だった。オルナは当然、眉をつり上げて怒鳴り返す。

男と女が朝からギャーギャーワーワーと騒いでいると、

「お目当ての『祠』かは知らないが……『精霊』ならこの辺りにいるぞ？」

「「え？」」

クロッゾが何てことのないように言った。

「『血』が反応してる。俺を救った精霊の『ご同族』が、間違いなくいるんだろう」

「……え？　ほんと？　まことに？　……ちなみに案内とか、できます？」

「なんで敬語なんだ？　普通にできるぞ」

静寂が流れること三呼吸分。

朝日が地平線の先できらりと輝くと同時に、アルゴノゥトは哄笑した。

「……は、ははははははっ⁉　計算通り！　見たかオルナ！　これが出会いの力というものだ！」

「嘘でしょ……？」

降って湧いたような幸運、というより出会ってから見せつけられ続けているクロッゾの『精霊』の力に、片やアルゴノゥトは衝撃半分に無理やり喜び、片やオルナは喜ぶより呆れ果ててしまった。

「この出会いもきっと神の思し召し！　いざ行かん、聖なる『精霊の祠』へ！」

「おー！」

「……なんていい加減な仲間なのかしら」

オルナの絶えない疲労感とともに、一行は行動目標を定めるのだった。

干し肉などクロッゾの食料を分けてもらい、朝食を済ませて出発する。

反応を示すという『精霊の血』を頼りに、向かうのは王都から見て東方。

ラクリオス周辺は天候がいい。多くの土地が世界の行く末を悲嘆するように黒い雲や淀んだ大気で空を汚しているが、今も青く晴れ渡っている。それは瘴気や有害な毒素をまき散らす魔物を恐ろしき猛牛が王都に近付く側から全て殺戮しているから――ラクリオスの闇を知った後はそう考えていたが、ひょっとしたらこの地に住まうという『精霊』の加護も関係しているのかもしれない。

草花をほとんど失った野原、あるいは丘陵を進む。澄んだ蒼穹を見やりながら、アルゴノゥトはそんなことを考えた。

そして魔物とも遭遇する。

四足獣が、炎鳥が、時には大蛇がアルゴノゥト達の行く手を阻み、容赦なく、何度も襲いかかってきた。

「おらぁ！」

『グァァァア⁉』

しかし、その全てをクロッゾが片付けた。

煌々と輝く紅の大剣で真っ二つにし、大量の灰に変え、時には剣身から溢れる炎でいっぺんに焼き払っていく。

その戦い方は良く言えば豪快、悪く言えば大雑把。

ユーリやガルムスなどの歴戦の戦士と比べれば、彼の『技と駆け引き』は一歩後れを取るものだろう。だが彼の『出力』はそんな戦場の技術を補い、いっそ呑み込んでしまうほど図抜けている。

白兵戦能力に魔法砲撃力が合体したような『戦う鍛冶師』。

字面だけでも青年がどれだけ異端であり、卓越しているかがわかるというものだった。

「終わりだ！」

丘陵の海の真ん中で、太く鋭い斬閃が魔物に叩き込まれる。

巨軀を誇っていた虎の魔物はゆっくりと傾き、ずぅんと地響きを立てて大地に沈んだ。

「本当に、馬鹿げているほど強い……。その上『精霊』も見つけられるなんて。どれだけ規格外なの、この男？」

「すこぶる助かってるし、いいんじゃないかな！」

そろそろ呆れることにも疲れてきたオルナが溜息を枯らしていると、現金の極みであるアルゴノゥトは快適な状況を大歓迎した。

「男として矜持の欠片もないわけ？」と少女からじろりと睨まれるのを華麗に無視しつつ、額を拭う鍛冶師のもとへ足を向ける。

「君も力を貸してくれて、すまない！　自分で言うのもなんだが、こんな胡散臭い私達に！」

「貴方と私を一緒くたにしないで」

「なぁに、乗りかかった船だ。そっちの話を聞いた時点で、最後まで付き合う覚悟くらいはしてる。それに、お前達といると楽しそうだ」

最近容赦がなくなってきたオルナに頬を引っ張られながら、それでもアルゴノゥトは笑顔を浮かべてのける。クロッゾはくっくっと肩を揺らした。

二人のやり取りを一頻り眺めた後、鍛冶師の青年は代わりとばかりに提案を投げかける。

「それより、お前のことはアルって呼んでいいか？　アルゴノゥトだと呼びにくくてな……」

「構わない！　むしろ親しい者はみな私のことをアルと呼ぶ！」

「そうか！　じゃあ、あらためてよろしくな、アル！」

「ああ、クロッゾ！」

胸の高さに上げられたクロッゾの右手を、アルゴノゥトの左手が勢いよく摑む。

それを半眼で眺めるオルナはぽつりと呟いた。

「これが男の友情？　暑苦しい……」

「と言いつつ羨ましがってるオルナ君！　少し話をいいかナ！」

「羨ましがってない！　……話ってなに？」

クロッゾの手を放したアルゴノゥトは、真剣な面持ちとなってオルナに向き直る。

「『精霊の祠』に行くと決めたが、悠長にしている時間はない筈。姫がミノタウロスの『生贄』となるまで、どれだけ猶予がある？」

「……大きな『食事』の後、あの魔物は必ず長い眠りにつく。王女は戦争が終わった後、捧げられる予定だった。時間はまだある」

神妙な顔付きとなって語るオルナに、アルゴノゥトはひとまずの安堵を得る。

「そうか……。しかし、君は本当に何でも知っているな。やはり、国の暗部に関われるほどの占い師ということか！」

アルゴノゥトが何の裏もなく称えると。

長い黒髪を揺らすオルナは目を伏せ、自嘲の笑みを浮かべた。

「……私に星を見る力なんてないわ。無論、国の未来も占えない」

「……？　では、何故君は要人として国に迎えられている？」

「さぁ？　こんな役立たずが生かされている理由なんて、こっちが聞きたいくらいだわ」

「…………」

少女は皮肉げな笑みを落とした。まるで、もう見えなくなった遥か丘陵の海の彼方、楽園などという皮を被った歪んだ王都を侮蔑するように。

そんな様子を、アルゴノゥトは口を閉ざしながら窺う。

「ただ私を『鳥籠』に閉じ込めておきたい者達が王都にはいる、それだけよ」

吐き捨てるように、少女は言った。

「オルナ殿は見つかったのか⁉」

王の激昂が、玉座の間に轟き渡る。

骨と皮を残すのみとなった年老いた体のどこにそれほどまでの力が残っているのか、空気を震わすほどの喝破に整列する兵士達が委縮する。

常に冷酷であったラクリオス王の乱心とも言える様は、その身から溢れるほどの怒りを物語っていた。

「も、申し訳ありません！　恐らくは、手を貸したと思われる旅人、そしてアルゴノゥトとともに都の外へ逃れたのではないのかと……」

「この腑抜け共め！　早急に兵を放ち、オルナ殿を見つけ出すのだ!!」

「かっ、かしこまりました！」

玉座に腰かけることも忘れ叫び散らすラクリオス王に、全身を漆黒の鎧で包んだ騎士長の男が急ぎ出ていく。彼を追うように、兵士達も慌てて退出した。

ほぼ同時、彼等と入れ替わるように現れるのは、一人の女戦士だった。

「王！　私が行く！　オルナは、私がっ……！」

肩にかかる黒髪を揺らすエルミナ。

その声音には余裕がない。

アルゴノゥト達の前では常に凍てついていた相貌が、今は焦りを孕んでいた。

「黙れ！　貴様のような獣を一匹放っただけで見つかるものか！　兵どもに任せておけ！　任せる以外に、方法などないッ!!」

「っ……！」

王はエルミナの要求をはねのけた。

それはあたかも自分にも言い聞かせているようであり、現状に対する苛立ちが含まれていた。

『妹』を案じる『姉』は褐色の拳を握りしめ、顔の下半分を覆う面布の下で唇を噛む。

「それより『英雄候補』どもを見張っていろ！　道化とその妹に情を移した連中は、何をしでかすかわからん！」

「……ちッ！」

吐き捨てるように舌を弾き、暗殺者（アサシン）の女が姿を消す。

老体の身で叫び続けていたラクリオス王は肩で息をし、ようやく玉座へと腰を落とした。

どさっと大きな音を立てて、右手で顔を鷲掴（わしづか）む。

「おのれ道化め……！　大人しく始末されるのを拒むだけでなく、あれを連れ去るとは……！」

老獪（ろうかい）の仮面は剝（は）がれつつあった。

エルミナと同じく平静さを失っているラクリオス王は、枯れた枝のような細い指の隙間から覗く眼（まなこ）を、宝を奪われた竜のごとく血走らせる。

「許さぬ、絶対に許さぬぞ……！　アルゴノゥト……！」

そこには確かな狂気と、『妄執』が存在した。


がさりがさり、と。

立ち塞がる葉々の壁をかき分けながら進んでいく。

前を眺めれば一面の緑が広がり、上を見上げても同様の色が空を塞いでいる。

足場が悪ければ視界も悪い。蜘蛛の巣のように張られた木々の根が靴を絡め捕ろうとして、体力を奪っていく。

有り体に言えばそこは樹海と呼ばれる場所で、道化と占い師と鍛冶師の三人は、その緑と樹皮色の迷宮を突き進んでいた。

「……この辺りだな」

秘境と言っても差し支えのない深い森の中で立ち止まり、クロッゾがきょろきょろと辺りを見回す。そのすぐ斜め後ろで、大量の汗と無様な声を垂れ流すのは、長い枝を杖代わりにしているアルゴノゥトだった。

「ハァ、ハァ……樹海に突っ込み、谷を渡り、瀑布を越えて……！　とてもではないが人の立ち入る領域ではなァァい……！」

盛大に肩で息をしては耳障りに過ぎるアルゴノゥトの苦情に、隣でうんざりするオルナだったが、彼女自身も小言を口にする余裕がない。

アルゴノゥトの言葉は何も間違っていない。今いる樹海には獣道すら碌になく、迂回して進もうにも、先に真っ当な道があるのかも定かではない有り様だった。クロッゾの『精霊の血』だけが唯一の手掛かりであり、『方位磁針』だ。結果、彼が一直線に進む道をアルゴノゥト達はひぃこら言いながら付いていくしか術はなかった。

「こんな場所、王都の探索隊も近付く筈ないわ……。魔物とも何度出くわしたことか……」

「こっちに『気配』があるんだから、しょうがないだろ。それに『精霊』っていうのは秘境ってやつを好むらしいからな」

疲れ果てながら恨みがましい目を向けてくるオルナに、一人平然としているクロッゾは肩を竦める。

自ら先頭に立って茂みも蔓もかき分けては斬り払い、森の奥へ奥へと進みながら、ふらつきかけているアルゴノゥト達を伴う。

「こういう『いかにもなところ』の方がらしいってもんだ。……お、あれか？」

『目的地』への到着は、これまでの行程を振り返ると、あっけないにもほどがあった。

立ち止まったクロッゾの遥か視界の先、僅かばかり開けた樹海の窪地に、その『穴』は存在した。

「これは……」

「……祠ではなくて、洞窟じゃない」

アルゴノゥト達も視線を向け、変な声を出してしまう。

大樹の根が張り巡らされた大地にぽっかりと空くのは、オルナの言う通り洞窟だった。

緩やかな下りの斜面を描いている暗闇の道には、『祠』に該当するものは見当たらない。

「『この先』にいるってことだろう」

笑みを浮かべるクロッヅはぐるぐると片腕を回す。

洞窟の前まで足を運び、息を整えるアルゴノゥトとオルナのためにたっぷり休憩を取った後、声をかける。

「準備はいいか？」

「……ああ、行こう！」

頷くアルゴノゥトは、『精霊』の棲家（すみか）へと足を踏み入れるのだった。


「何としてでも逆賊（アルゴノゥト）の手がかりを探し出せ！　王都から遠く離れた場所には行けていない筈だ！」

部隊が荒野を横断していく。

鎧（よろい）に身を包んだラクリオス兵達が固まって移動する中、兵士長の大声が飛んだ。

「兵士長、お体は大丈夫なのですか……？　オルナ様に斬られた傷が、まだ……」

「それどころではない！　王の不興を買った今、このままでは我々が化物の餌（えさ）になるぞ！」

部下の気遣いの声に、返るのは怒声だ。

今も痛む胸を押さえながら危惧を訴える兵士長の姿に、兵士達は顔を覆い隠す兜（かぶと）から恐怖を漏らす。王家が一体何を飼っているのか、この部隊で知らぬ者は一人としていない。行軍する彼等の足は議論の余地なく速まり、王都から逃れたアルゴノゥト達の足跡を血眼になって探した。

「あのような王都の闇に呑まれてたまるか……！　何としてでも見つけ出さなくては……！」

脳裏に浮かぶ、おぞましい牛頭人体の影。

兵士長が鎧の下で冷や汗を流していると、

「兵士長、こちらへ！」

兵士の一人が何かを見つけ出した。

そこは荒れ果てた広い野原。

切り立った小さな丘に囲まれた一角に、それはあった。

「野営の跡……利用した形跡からして、人数はおよそ三人。アルゴノゥト達だ、間違いない！」

焚火は後始末されているが、痕跡は筒抜けだ。

兵士長にとって、それは神が授けた福音に違いなかった。

「でかしたぞ！　足跡を追え！　この先にアルゴノゥト達がいる！」

「「はっ！」」

男の指示に、兵士達が進行を再開する。

アルゴノゥト達が出発し、半日と経っていない出来事だった。

三つの靴音が反響していた。

アルゴノゥト、オルナ、クロッゾは辺りを見回しながら、洞窟を進んでいく。

「洞窟自体は天然のもののようだけど……この青白い光はなに？　洞窟の中なのに視界が十分に利く……」

「せっかく用意した松明も要らなくなってしまったな……それに、どこか神秘的にも感じる」

戸惑いつつ、それでいて興味深そうにオルナは辺りを見回す。

入り口こそ狭かった洞窟は今や大人が五、六人並んでも悠々と通り抜けられるほどになっていた。特筆すべきは天井や壁面に宿る光の粒だろう。天上の星々のように蒼い光粒が散らばっており、暗闇に包まれている筈の岩窟内はまさに蒼然とした夜空の下のごとくだった。

オルナ同様、目を奪われていたアルゴノゥトは、役目を失った松明用の木の棒をぶらぶらと揺らし、腰の帯へと押し込んだ。

「『精霊』の魔力ってやつだな。ここに住み着いたことで、洞窟全体に行き渡ったんだろう」

先頭を歩くクロッゾは、そこで肩に担いでいた大剣を下ろした。

「……おかげで、『良くないもの』も引き付けちまっているようだけどな」

彼の呟きに呼応するように、地響きが鳴り始める。

洞窟全体を震わせる震動にアルゴノゥトとオルナが身構える中、その巨体は洞窟の奥から姿を現した。

「魔物……！　それに、王都の周辺では見ない種類！」

オルナの視線の先に並ぶのは、岩石の巨人達だった。

広い洞窟内でありながら天井に届こうかという灰色の岩の体。四肢を形作る歪な岩塊は殺意に溢れており、頭部には単眼と言うべき怪しげな光が無機質にオルナ達を見据えていた。

「道中の怪物連中とは一味違いそうだ。俺が前に出て叩く！」

「ああ、私は後方支援に徹する！　オルナさんも果敢に前へ出てどうぞ！」

「貴方も戦いなさい！」

勇ましく飛び出すクロッゾの後方で非戦闘主義者の道化が応援の構えを取り、占い師の怒声が白髪の後頭部を殴る。そうこうしている間に赤髪の鍛冶師は岩石の魔物と接敵し、凄まじい戦闘を繰り広げ始めた。

棍棒を五本も束ねて作ったような敵の両腕。左右に振り回されるそれは常人にとって粉砕の象徴だが、クロッゾは「よっ！　ほっと！」と楽々と回避する。むしろ付かず離れずの距離に身を置いて敵の大振りを誘い出し、魔物の同士討ちを引き起こさせた。

震動とともに尻もち、あるいは背から転がる巨兵達にここぞと飛びかかり、

「おらぁあああああああああああああああ！」

『ゴッッ⁉』

と頭上から振り下ろした大剣を豪快に叩き込んだ。

鎧より強固な岩の体を難なく破砕する。

胸部を打ち壊された岩石の魔物は大量の灰の山へと変貌した。

「いやぁー、本当に強い。もしかしなくても、クロッゾさえいればフィーナも姫も助け出せるのでは！」

「流石にそれは他力任せ過ぎるでしょう。『英雄』云々以前に、人として問題があるわ……」

そんな暴れっぷりを後方から眺めていたアルゴノゥトは未来が明るいとばかりに喚いた。

オルナは紙屑を見る目を向けていたが、

「それに彼の力……『制限』がある気がする」

鍛冶師の背中を見つめ直し、呟いた。

「『制限』？　あの精霊の力が？」

「上手く言葉にできないけど、要所でしか使っていないというか……彼の身に宿る『精霊』の面影自体が、行使を戒めているような……」

オルナの見解を聞いて、アルゴノゥトは記憶を振り返った。

確かに、クロッゾが敵を焼き払うほどの炎を行使したのは、昨夜の戦いの一度きり。それも恐らく、アルゴノゥト達に『精霊の力』を見せて説明するために使ったものだ。

「言われてみれば、『砲撃』を放てば楽に片付くのに、できるだけ剣で相手取っている気が……」

ここへ来る途中も、今だってそうだ。

クロッゾは極力、得物の大剣のみで相手にとどめを刺し、炎の力を用いていない。それはオルナの言う通り彼自身が力の使用を控えているようにも、『精霊』そのものが活動を自粛しているようにも見えた。

ふむ、とアルゴノゥトが先程とは違った視点で戦闘の様子を観察していると、

「──あ、やべ。抜かれた」

「『えっ？』」

そんな呟きと一緒に、クロッゾの左右を複数の影が一気に過ぎ去った。

向かう先は無論、アルゴノゥトとオルナのもと。

『『グアアアアアアアアアア!!』』

「げぇぇぇぇぇぇぇぇぇぇ!?　割と絶望的な数の魔物がこちらに迫って来るー!?　オルナ逃げろー!!」

「ちょ、ちょっと!?」

大粒の唾液を垂らして驀進(ばくしん)してくるのは、子牛と見紛(みまが)うような体軀の猛犬の群れ。

その光景に、アルゴノゥトは一も二もなく逃走を開始した。少女を置き去りにして。

あらん限りに目を剝くのはオルナだ。

慌てて青年の後を追い、懸命に走る走る走る。

「逃げないで何とかしなさいよ!!　貴方、ミノタウロスを倒すんでしょう!?」

「そういえばそうだった！　よしオルナ、囮作戦だ！　君は餌に！　私は逃げる!!」

来た道を逆走しては喚く姿は見苦しかった。

そして少女の指摘に直ちに頷いた青年の即断は、屑だった。

条件反射のごとく加速して、啞然とするオルナを再び放置し、自らは横穴に飛び込む。

背後から迫る魔物の群れにただ一人標的にされた少女は、その褐色の肌という肌を真っ赤に染めた。

「アルゴノゥト〜〜〜〜〜〜〜〜〜〜〜〜!!」

憤激の怒号が轟き渡る。

一人横穴に身をひそんでやり過ごしたアルゴノゥトは顔を出し、「あ」と呟きを漏らした。

「しまった。フィーナといる時の癖で、つい……」

素でやらかしたと、全く言い訳にならないことをのたまう道化を他所に、赤熱の咆哮が放たれる。

「貴方は屑よアルゴノゥト！　本物のクズ!!　クズクズクズクズクズクズゥ!!」

「あふんっ！　いけないい何かに目覚めそうダ!!」

普段は冷たい美少女の過熱した罵詈雑言に身をよじりかけてしまったアルゴノゥトだが、直ちに追走する。クロッゾはまだ洞窟の奥で大物の魔物を相手取っているから、ここは自分で何とかするしかない。

「ふざけてないで、真面目に戦うぞ！　待っていろ、オルナァー‼」

「絶対に許さないわ絶対にただじゃおかないから覚えていなさい‼」

今更勇んだ声を投じても返ってくるのは怨念めいた大音声であり、アルゴノゥトはぶるっと震え、肌を粟立たせた。

だが、条件反射とはいえ『習慣』とは恐ろしいものだった。

オルナが標的になったことで魔物達はアルゴノゥトに背を晒している。逃げ足を含め脚だけは速いアルゴノゥトはすぐに追いつき、がら空きとなっている魔物の背中に、飛び込むようにナイフを突き立てる。『ギアッ⁉』という悲鳴。

魔物は肉体の中に『核』を持つ。

これまで何度も怪物の屍を検分してきたアルゴノゥトはそれを知っており、抜け目のない道化はちゃっかりその急所を狙った。

正確には、そこを突かなければアルゴノゥトは魔物を単独で倒すことは不可能だった。

そして結論を言ってしまえば、非力なアルゴノゥトでも不意打ちさえ成功すれば、魔物を屠ることができる。

「！」

未だ必死に走るオルナが驚いて振り向く間も、二度、三度と魔物の『核』をナイフで穿ち、何度も地面に転がった。

その姿はお世辞にも立派とは言えない。泥臭く、いっそ惨めだ。

だが、それがアルゴノゥトだった。

滑稽だと笑われても全力を尽くし、『百』には届かずとも『一』を救おうとしてみせるのが、青年の全てだった。

一瞥を投げたクロッゾも瞠目し、道化を見る瞳に変化が訪れる。

青白い光を宿す洞窟さえも、何か愉しむように光の粒子を躍らせる。

「ふぉおおおおお！」

故に、『習慣』であり『条件反射』。

本来ならばオルナがいるべきところにはフィーナがおり、一方を囮にして敵の隙を突く、もしくは魔法の力をもって敵を焼き払う。その滑稽な振る舞いは、人はおろか魔物をも欺く道化の戦場処世術。

また一匹、不意を打った魔物の背にナイフを突き立てる。

締まらない声を上げて見舞った、渾身ならぬ精一杯の一撃。舞い散る大量の灰。

だが、役違いの奮闘はそこまで。

肉が柔らかそうな極上の餌を追っていた猛犬達が、ようやく異変に気付き、減った仲間の数に怒りの叫喚を上げる。

四足をもって地面を削り急停止したかと思うと、一斉にアルゴノゥトへ飛びかかった。

「くっ――――!?」

都合七匹分もの爪と牙。

ただの道化が、ナイフ一本で捌ける道理などない。

地面に転がって何とか初撃は回避したものの、後はなく。

四方から迫る魔物達になす術なく嬲り殺しに遭うのが、残された結末。

「おらぁ！」

『グオォォ!?』

だが、そんな結末を蹴りつけるべく横槍が入る。

大剣をもってクロッゾが割り込み、独楽のごとく一回転、紅の大軌跡を残して魔物の群れをまとめて斬り飛ばしたのだ。

断末魔の声が肉片とともに飛び散り、響いていた戦いの旋律が完全に途絶える。

「大丈夫か、アル！」

「あ、ああ……すまない」

「いや、こっちも助けるのが遅くなった。数が多くて手間取った、悪いな」

床に尻もちをついて呆けていたアルゴノゥトは、安堵の息をつく。

右手を伸ばして立ち上がらせるクロッゾは、一頻り彼を見つめた後、笑顔でばんばんと肩を何度も叩いた。土埃で顔や手足がすっかり汚れているアルゴノゥトはよろめきかけ、思わず首を傾げた。

「しかし、この洞窟に住み着いてる精霊……こりゃわざと魔物を呼び込んでるな」

「魔物を呼び込んでる……？　どういうこと？」

「『試練』ってやつだ。精霊の中には自分に見合う『伴侶』を選ぶため、障害を用意する奴等がいるらしい」

おもむろに周囲を眺める見回すクロッゾに、息の上がったオルナが合流し、尋ねる。

鍛冶師の青年は大剣を担ぎ直した。

「自分に会いたければ力を示せ、っていうやつだな」

「力を見極める儀式ということ？　意地が悪いけれど……やはり根源的に、精霊は私達に力を貸す存在で在ろうとしている？」

「そこらへんは俺もよくわからない。とにかく、先へ進めばどんな『精霊』がいるかはわかるだろう。行こうぜ」

己の腕と被るように浮かび上がる精霊の腕と、炎の半身と戯れながら、クロッゾは奥へと足を向けた。

クロッゾが先頭となってアルゴノゥト、オルナの順で洞窟を進んでいく。

「…………」

「どうした？　さっきから黙り込んで？」

「あ、いや……フィーナの時も常々思っていたことだが、無様に助けられる自分を、不甲斐なく思っている……」

そして、オルナが不審に思うくらいにはアルゴノゥトが押し黙っていると、クロッゾが背後に視線を向けた。

アルゴノゥトは少々言葉を濁しかけたが、素直に胸の内を吐露する。

「これは本当に、嫌味とかではなくて、偽らざる気持ちだが……クロッゾ、君は『英雄』のようだ」

「『英雄』？　俺が？」

「君はすごい。一人で魔物の大群を追い払えるし、炎も出せて……本当に物語の『英雄』のようだ」

オルナが黙って耳を傾ける中、アルゴノゥトがそう言うと、クロッゾは笑みを作る。

「俺なんてつまらない人間だぞ？　あっちこっちふらふらして、作った作品が売れなかったら落ち込む、ただの鍛冶師だからな」

青年は本気でそう言っていた。

常人が気圧（けお）される、あるいは羨むような力を持っていながら、慢心はおろか全能感に溺れることもない。しっかり『自分』という器を心得ているのだ。

「賭けてもいい。俺の名前がもし後世に伝えられても、決して『英雄』とは讃（たた）えられない筈だ」

「そんなことは……」

「俺は自分の命を思うように使いたい。そして人類が滅んじまうなら、それはそれでしょうがない。そう思ってる」

「！」

戸惑っていたアルゴノゥトは、続いたクロッゾの弁に一驚した。

「消えるなら消える、残るなら残る。全てがあるがまま……俺はそんないい加減な人間なんだ」

「…………」

それは武器を打つ『鍛冶師』としての思想かもしれない。

職人であるクロッゾとの視野の隔絶に、アルゴノゥトはうろたえてしまった。

うろたえた上で、彼の言葉をよく聞き、わかろうとした。

恩人である彼のことを。

「俺はな、アル。『武器』と一緒なんだ」

「『武器』と……？」

「さっきも言ったように、俺は世界を救おうなんて大層な器じゃない。平凡に輪をかけたつまらない人間だ。俺が何とかするのは目の前のことくらい」

割りきった考えはいっそ等身大で、誰よりも『人』らしい。

そして他者を助けられるクロッヅには、平凡な人間より『任侠(にんきょう)』や『優しさ』なんてものが備わっている。

「だから、俺が助けてやりたいと思ったなら、俺はそいつの仲間になるし、武器になってやる。世界なんて救えないが、俺を振るってくれる奴の力にはなれる」

飾らないクロッヅの言葉は、ことごとくアルゴノゥトの胸を叩いた。

激しく振り下ろす鍛錬の鎚(つち)ではなく、音叉(おんさ)を叩く透明な水晶のように深く、反響して。

「ま、つまり、そういうことだ」

「クロッヅ……」

「『英雄』なんてやつがいるんなら、俺はお前みたいなやつになってほしいって、そう思うぜ」

——弱くても、力がなくても、誰かのために体を張れるやつに。

道化が護ろうとしたオルナを一瞥しつつ、そんなことも言ってくれた。

アルゴノゥトはお世辞とわかっていても、こんなにも嬉(うれ)しいと感じた言葉は、今まで他にならなかった。

「それに、な。俺の『力』なんて殆(ほと)ど自分のものじゃない」

最後にクロッヅは、兄のように笑った。

「もし、俺みたいになりたいっていうなら――まずは『精霊』に認められないとな」


魔物の襲撃は、そこからも続いた。

どこにひそんでいたのか、と問う前に、この洞窟はどこまでも続くのかという疑問が湧く。決して地殻の変動で生まれた自然的なものではない。そう確信させるほど洞窟の形状は入り組み、迷路のようで、それでいながら『人』が通るにちょうどよい形状をしていた。

ここに住み着いた人智を超えた存在――『精霊』の仕業だろうと、アルゴノゥトもオルナもうっすらと理解する中、クロッゾが最後の魔物を斬り捨てる。

水晶でできた蟷螂の巨軀が、大量の破片となって崩れ落ちた先。

広がっていたのは、今まで以上に広大で、明るい空洞だった。

「ここが洞窟の最奥部……ということは、あれが……」

オルナが左右に巡らせていた視線を、正面に向ける。

大広間というべき空洞の中央に、それは座していた。

「ああ、間違いない。あれが『祠』だ。『精霊』は、あの中にいる」

それは石英にも似た紺色の結晶で形作られていた。

ちょうど三角形を描くように、大きな盾ほどもある結晶塊が折り重なっている。

鈍く輝く結晶から、まるで今も何かが封じ込められているように、蒼にも翠にも見える煌めきが溢れていた。

「美しい光……これが『精霊』の……」

思わず見惚れてしまうアルゴノゥトが一歩、二歩と近付くと、結晶が点滅するかのごとく輝き始める。

「反応してるぜ。アル、呼んでみろよ。面倒な試練を乗り越えて、ここまで来てやったってな」

オルナともに背後で立ち止まったクロッゾに、アルゴノゥトは顔だけを向け、頷きを返した。

大胆に、大股で歩み寄る。

その度に結晶から光が漏れた。

まるで幾千の年月を過ごし、待ちわびていたように、『祠』から光の粒子が立ち昇り始める。

「……私はアルゴノゥト！　友の力と知恵を借り、ここまでやって来た！」

立ち止まったアルゴノゥトは、決然と口を切った。

「私には為さねばならないことがある！　そして救わなければいけない人がいる！」

紡がれる口上に淀みはない。

アルゴノゥトは道化。舞台の振る舞いはお手のもの。

観客がいない神秘の洞窟だろうと、一度高座に上がれば、そこは劇場に変わる。

何より彼の秘める意志に嘘はない。

「故に精霊よ、姿を現したまえ！　どうか、私に力を――!!」

今は力なき意志を持つ愚か者は求めた。

意志なき力でもなく、意志を宿す力を渇望するために。

それに、『精霊』は応えた。

「――!!」

『祠(ほこら)』が光を放つ。

力強く、目を焼こうかというほどの魔力の輝きが空洞内に渦を生む。

顔を両手で覆うアルゴノゥトは、息を呑んだ。

そしてすぐ、否応なく高揚感が募った。

（とうとう私の前に精霊が……！　美女か？　美少女か？　それとも別嬪(べっぴん)さんか――!!）

数えきれない光粒と並んで渦巻くのは妄想の海。

キラキラ輝く黒髪低身長ナイスバディな慈愛の化身の美少女神が鼻をだらしなく伸ばすアルゴノゥトへと微笑む。

脳内で。

『よくぞここまで辿(たど)り着きました、英雄アルゴノゥト。さぁ、今より私と永遠の契りを――』

（来るーーー⁉　私の時代来ちゃうーーーーー⁉）

興奮が頂点に達する青年は、愚者のお手本のごとく人生絶頂の到来に歓喜した。

そんな中、バチッ、と。

「……ねぇ、さっきから変な音が鳴ってない？」

「鳴ってるな……ヤバそうで、不穏そうなのが、バチバチと……」

バチッバチッ、と。

後方から眺めるオルナとクロッゾの言葉通り、鋭く尖った音が響き始めていた。

具体的には『祠』とアルゴノゥトを中心に電流が瞬く、帯電音が。

「へっ？」

高まる『雷電』の音にアルゴノゥトも遅まきながら気付く。

慌てて顔を左右に振る道化を他所に、黄金の雷はもはや遠慮など放り投げたように荒ぶり始め、次の瞬間――。

「ぬっ、ぬわぁあああああああああああああああああああ⁉」

閃光が炸裂した。

アルゴノゥトの悲鳴を道連れにした雷の光輝が空洞内を満たし、オルナ達の視界までも白く染め上げる。

凄まじい電流が荒ぶる鞭となり暴れ回っていたかと思うと、最後に耳を聾する雷霆が『祠』から落ちるのではなく昇り、石の天井を貫いた。

轟然と震える洞窟全体、舞い上がる膨大な砂煙。

雷が炸裂した天井から少なくない土砂が降りしきる。

地面に勢いよく放り出されたアルゴノゥトが呆然としながら上体を上げ、『祠』があった場所を眺めていると……煙の奥に浮かび上がる『ソレ』は、口を開いた。

『ハーーーーーーーーーーッハッハッハッハッ!!』

正確には、荒ぶった。

煩わしいとばかりに煙を吹き飛ばし、美女にほど遠い呵々大笑の声を上げて。

『呼ばれて飛び出てジャジャジャジャジャーン！　とうとう出番よ我が世の春ゥ！　今から始まる儂の時代ィィィ!!』

内側から爆発したように弾け飛んだ『祠』の残骸の真上、そこには眩しくて直視できないほど光り輝く雷光が、盛り上がった二の腕や、たくましい胸郭の輪郭を描いていた。

下半身が存在しないことを除けば、それはまさしく筋肉巨軀(ムキムキマッチョマン)であった。

「…………」

「…………」

「……………………………………」

オルナ、クロッゾ、アルゴノゥト、誰も彼も同じ顔を浮かべた。

空いた口が塞がらない。

あえて差異をつけるならばアルゴノゥトの衝撃は甚だしく、世界そのものを拒絶するかのように息をすることも忘れて時を停止していた。

『って何じゃァ～？　儂を呼び出したのはカワイコちゃんじゃないではないか～？　ちぇっ、期待して損したわ～』

そんなアルゴノゥト達の存在に気付き、頭上から見下ろす素振りをする『雷の光』は、はっきり失望した声を醸し出した。威厳の欠片もない、今にも鼻をほじりそうな声音で。

オルナの頰の一部が引きつる。

「……この耳に障るダミ声は……」

「……野郎だな。稲妻を纏っているところから雷(いかずち)の精霊みたいだが……雰囲気からして、『爺(ジジイ)』っぽい……」

彼女の隣でさしものクロッゾも汗を湛(たた)える。

青年は滴り落ちる滴を腕で拭いながら、断腸の思いで断言した。

「しかも、光の奥にうっすら見えるあの姿……筋肉モリモリでやけにガタイがいい精霊(ジジイ)だ……！」

迸る(ほとばしる)稲光、その奥に見え隠れしている輪郭(シルエット)。

顔は煙と後光によって見えそうで見えない絶妙な境界(ライン)。

「え…………えっ……………………？」

その無情な現実に耐えきれず、ふらふらと立ち上がったアルゴノゥトは、壊れかけの自鳴琴(オルゴール)のように呟くことしかできなかった。

『我が名はジュピタァァァァァァァー！　儂を呼び出したこと、しびれるくらい後悔させてやるわぁ！』

ゴツい声音かつ無駄に巻き舌で放たれる口上は、圧倒されるを通り越して恐怖であった。

喋る(しゃべる)度にバチバチと電流が喚き、放心して突っ立つアルゴノゥトの脇を暴れ蛇のようにのたうつ。

只人(ただびと)の青年は、オルナが目にしたことないほど、そして気の毒に思えるほど、あんぐりと顎(あご)から力を失いながら絶望していた。

「え、うそ、やだ………『精霊』って、女の子しかいないんじゃあ………」

『そんなことありません～～～！　地精霊(ノーム)とかヒゲもじゃのオッサンもいますぅ～～！

別嬪な女子(おなご)とか期待しとったか？　期待しとったんじゃろう？　期待しておったのだろうこのスケベ!!　残念でしたぁぁ〜〜〜〜〜〜〜〜〜〜〜!!』

図星である。

可愛く綺麗な美女美少女精霊とキャッキャウフフすることを夢見ていた浅ましい男の夢は、筋肉巨軀精霊(ムキムキマッチョマン)の剛腕によって大粉砕(ラリアット・ボンバー)されたのだ。

現実を受け止めきれないアルゴノゥトは、たっぷりと時間を止めた後、震える唇をこじ開けた。

「…………………ちぇ、交換(チェンジ)で」

『むぅ〜〜〜〜〜〜りぃ〜〜〜〜〜〜〜!!　クーリング・オフ不可ぁ〜〜〜〜!!』

とどのつまり愉悦である。

バリバリと目も眩(くら)むような稲光の奥で確かに歯茎を見せて笑った精霊に、アルゴノゥトは立ちながら失神しそうな勢いで白目を剝いた。

「どうすればいいの？　何を言ってるのか全くわからないわ……」

「とりあえず全力で関わりたくない類(たぐい)の精霊ってことはわかった……。俺は美女の精霊(ウルス)で良かった……」

『そこの好き放題言ってる二人ィ！　言っとくけどワシべらぼうに強いから！　精霊の中でも最強の部類じゃから！』

離れた位置で、つい声をひそめるオルナとクロッゾに、地獄耳のごとく『精霊』が声を上げる。

『なにせスーパーな力を持った大精霊じゃからのぅ！　フハハハハハハ‼』

「『大精霊』……またとんでもない精霊が眠っていたわね。でも精霊って、自我が薄いのではないの……？」

「…………………………………………」

「そんなことより、アルが地獄の底に突き落とされた兎(うさぎ)みたいな顔してるぞ……」

『大精霊』——雷の精霊(ジュピター)が大笑し、オルナが先程から途切れない電流のきらめきに目を眇め、アルゴノゥトが依然として放心し、歩み寄ったクロッゾが肩を揺すってやる。

すっかり神聖さを失った洞窟で、四者四様の反応が繰り広げられる。

有り体に言えば、混沌(こんとん)であった。

『お、よく見れば、そこにいるのは褐色美少女チャンではないか。ヘイ、そこのガール？　お前さんが儂の契約者にならなぁい？』

「……結構よ。全力で、結構よ」

『ちっ、ではしょうがない。まぁギリギリ中性的というか可愛い顔しとるし、契約者はこのハナタレ小僧で我慢してやろう！』

「——えっ、えっ、えっ？　勝手に契約することになってる⁉」

ここにきて、ようやく我を取り戻したアルゴノゥトだったが、聞き捨てならない台詞に取り乱す。

よりにもよってアルゴノゥトに負けず劣らず女好きの片鱗を窺わせる雷の精霊（ジュピター）は名残惜（なごりお）しそうにオルナから視線を切り、ぬうっとアルゴノゥトに迫った。

クロッゾはいち早く、身を引いて避難した。

というか彼に宿る炎の精霊（ウルス）が『あれには近付くな』とばかりに体を引っ張った。

『喜べ契約者よ！　この儂（わし）自ら【剣（つるぎ）】となり、お主の武器になってやろう！』

「待ってっ、勝手に話を進めないで待ってっ⁉」

『一度我が剣（つるぎ）を握れば、その者は神の恩恵を授かったがごとく超人の力を手にすることができる！　我が奇跡を受け取るがいい！』

「いえ結構です大丈夫ですから帰ってくださいお願いします⁉」

『これより我等は一心同体!!　儂が砕ければお前は死に、お前が死ねばお前だけが死ぬ！』

「聞いてぇぇぇぇぇ⁉　お願いだから話を聞いてぇぇぇぇぇぇ⁉」

非難（クレーム）も懇願（リクエスト）も一切合切受け付けず言いたいことだけを清々しく連ねて押し付ける。

人智を超えた『大精霊』の振る舞いに、道化の悲鳴は途切れない。

『フハハハハハハハッ!!　行くぞ、トランスフォオオオオオオオオーーームッ!!』

興奮（ボルテージ）が最高潮に達した雷の精霊（ジュピター）の雄叫び。

濁声（だみごえ）の大笑声に、アルゴノゥトの制止の声は呑み込まれた。

そして。

「あぁあぁぁーーーーーーーーーーーーーーーーーーーーーー!?」

再び雷(いかずち)が炸裂した。

眩(まばゆ)い雷光、轟音、そして悲鳴が空洞を満たす。

視覚、聴覚、あらゆる世界を特大の雷が塗り潰したかと思うと、最初に帰ってきたのは静寂だった。

次にもたらされるのは、瞼を閉じてなお届く温かな光。

アルゴノゥト達が目を開けると、視界の中央に浮いているのは、一振りの剣(つるぎ)だった。

「……剣(つるぎ)が、宙に……」

驚きの表情を浮かべるアルゴノゥト達の心の声を代弁するのは、オルナだった。

崩れた『祠』の上、まるで目に見えない台座に突き刺さっているかのように、バチリ、バチリ、と雷電を纏う光り輝く剣が浮遊していた。

不思議な形状だった。

横幅は大きく、太いブレードを彷彿とさせる。

剣脊(けんせき)に当たる箇所は上下二ヵ所が空洞となっており、まず実戦向きの武装には見えない。よくて儀礼用の剣だ。剣身そのものは雷(いかずち)を固めて削り出したかのように黄金色(おうごん)に輝き、宝晶(クリスタル)の剣と言っても納得しそうだった。

戦に不向きな形状と外見に、しかし同じ『精霊』を宿すクロッゾだけは惑わされず、瞳を細めた。

「黄金の光を纏った武器……『雷霆の剣』ってところか」

精霊の武具が秘める力を、鍛冶師の目が見抜く。

まさにあれは『具現化した雷霆』そのものであると。

クロッゾが口端を上げる中、『雷霆の剣』と最も近い場所にたたずんでいたアルゴノゥトは、大いに脱力した。

「……はぁ〜〜〜〜〜〜。私が振り回されるなんて、とんでもない『精霊』だ……。勝手に契約されて、剣となって……未だに理解が追いつかない……」

吐き出される大きな息は、心からの本音だ。

輝く天上の光を見上げていたら、谷からごろごろと転がり落ちた気分である。希望と悪夢がいっぺんに襲いかかって、体力も精神力も根こそぎ持っていかれたような、そんな感覚。

だが、ややあって、アルゴノゥトは唇に笑みを滲ませていた。

きっと長い付き合いになるだろう、その『精霊の剣』を見つめながら。

「……！」

その時だった。

一時の静穏に包まれていた洞窟に、荒々しい幾多もの足跡が聞こえてきたのは。

「この音は……」

「……どこぞの連中がこっちに向かってきてるようだな。それも結構な数だ」

「まさか⁉」

アルゴノゥトとクロッゾが耳を澄ませ、オルナが顔色を変える。

果たして少女の予感は的中した。

大勢の兵士達が、オルナ達のいる空洞内に姿を現したのである。

「見つけたぞ、逆賊アルゴノゥト！　そしてオルナ様！」

「王都の兵士達……！」

鎧で身を固めた軍勢に、オルナは苦虫を噛み潰したような顔を浮かべた。

自身の得物に手を伸ばしながら、クロッゾも対峙する兵士達を眺める。

「野営地から痕跡を辿られたか。迂闊だったな。洞窟の障害も、ちょうど俺達が潰しちまったし……」

彼の推理は当たっていた。

腐っても、魔物の侵攻に晒される楽園を守り続けてきた兵団だ。一介の旅人もどき、ましてや鍛冶師の痕跡を辿ることなど魔物の狩りより遥かに容易いことだった。険しい道程に度肝を抜かれつつも、クロッゾ達が通った跡をなぞることで消耗を最小限に抑え、彼等より淀みない速度で進行し、こうして追い付くに至ったのだ。

「私にことごとく恥をかかせおって！　貴様等はここで地獄に堕としてやる！」

集団の中央前、部下を率いる兵士長は、兜で隠れた顔を見ずとも憤怒に囚われていることが手に取るようにわかった。

怒声の端々に滲んでいるのは焦燥であり、同時に安堵でもある。

ラクリオス王に奪還を命じられている目標の姿に胸を撫で下ろした。次には舌舐めずりをする獣のように嗜虐的な眼差しで逆賊どもを睨めつけ、兵士達に包囲を命じる。

「凄まじい兵士の数、逃げ道もない……！　このままでは……！」

あっという間に自分達を取り囲む兵士の壁に、アルゴノゥトは苦渋を宿した。

この空洞は洞窟の最奥で、袋小路。出口は兵士長の背後にしかない。クロッゾがいくら強くとも敵は同じ人類。心優しい彼は殺生を躊躇するだろう。その隙を突かれてオルナかアルゴノゥトが人質に取られれば、状況は最悪を呈する。

お荷物が二人もいる現状では間違いはいくらでも起こりかねない。

三十は超すラクリオス兵の物量に、アルゴノゥトが思わず怯みかけていると、

「アル、抜け！　その剣を！」

「！」

この世で最も至極単純な天啓をもたらすように、クロッゾが呼びかけた。

「そのためにここまで来たんだろう？　『英雄』ってやつになるために」

投げかけられる笑みに、アルゴノゥトははっとした。

視線を背後、すなわち崩れた『祠（ほこら）』の真上に戻せば、今も浮遊する『雷霆の剣（つるぎ）』はバチバチと細かな雷（かみなり）を散らしていた。

いつまで放っておくつもりだ、そう言わんばかりに。

「……ああ、そうだった。選（え）り好みしてる場合でも、四の五の言っている場合でもなかった」

既に資格は示した。

鍵は宝の錠に突き刺さり、今か今かと回されるのを待つばかり。

いくら滑稽な道化といえど、ここで宝を放り出して逃げ出すことはありえない。

「雷の精霊（ジュピター）。私はお前を抜くぞ。お前を抜いて理想を遂げる。お前をもって、姫達を救う！」

喜劇を謳（うた）う道化が取るべきは、絢爛豪華（けんらんごうか）な宝の中身を身に纏い、自分は『英雄』であると勘違いし、世界に示すことだ。

胸の高さまで降りてくる剣の柄（つか）に、アルゴノゥトは手を伸ばした。

「何をわけのわからぬことを！　やれえ、お前達!!」

轟く号令と鯨波（げいは）。

四方より一斉に襲いかかる兵士達。

身を竦ませるオルナ、身構えるクロッゾ、殺到する数多の剣と槍。

それら全てを無視し、雷の輝きのみを瞳に映し、アルゴノゥトは剣を執った。

「力を貸せ――『雷霆の剣』よ!!」


その日。

その時。

その場所から。

男は伝説を始めた。


「何ぃ⁉」

雷光が――炸裂する。

黄金にも似た稲光が膨れ上がり、迸った。

目が眩む直前、兵士長の男が目にしたのは剣を引き抜いた青年の影、その一瞬のみ。

次には、地上に顕れた雷霆が駆け抜けたのである。

天を翔ける稲妻を肉眼では追えぬように、地を走る雷を誰もが捉えることはできなかった。

残像は生まれない。

ただ一条の軌跡が鋭角に折れ曲がり、咆哮を伴って空洞内を震撼させる。

兵士と兵士の間を高速で一過し、文字通りの一閃が斬撃となって剣を、槍を、あまつさえ鎧さえ破壊した。

「づあああっ⁉」

「ぎィッ⁉」

莫大な力を秘める剣に撫でられたものは全てが砕け、雷電の光に触れてしまったものは盾を持っていようが、鎧を纏っていようが感電した。

兜の下から叫喚を上げる者が続出し、糸の切れた人間のように次々に崩れ落ちる。

雷の斬光が、閃(ひらめ)いていく。

瞠目するオルナには、それが流星の群れにも見えた。

まるで壮大な物語の始まりを告げるような、いくつもの輝きの連鎖。

蒼然とした夜天のごとく薄暗い空洞の中にあって、速く、眩しい雷(いかずち)という名の星のきらめきが幾度となく駆け巡る。

「雷(いかずち)を身に纏って……速過ぎる！　それに一撃の威力だって……！」

「ははっ……こりゃすげえ！」

その壮烈たる光景にオルナだけでなく、クロッゾも驚愕を経て喝采(かっさい)を叫んだ。

まさに雷の化身。

圧倒的な力のうねりとなって、秒をかけずに一人、また一人と敵対者を地へと沈めていく。

「ぐぁああああああああああああ⁉」

間もなく。

最後の兵士が吹き飛ばされ、背中から倒れ込んだ。

残るのは、呆然と立ちつくす兵士長の男のみ。

「ぜ、全滅……!?　あれほどの兵士が、一瞬で!?」

眼前に広がった事象をありのまま叫んでしまう兵士長は、現実を拒もうとした。

しかし許されなかった。

雷鳴の音を引き連れる黄金(おうごん)の閃光は止まらない。まるで自らも力を持てあますように、全身を雷霆に変えて空洞中をところ狭しと行き交い、兵士長の目と鼻の先、四方八方ぎりぎりのところを掠(かす)めては「ひっ!?」と立ち竦ませる。

「馬鹿なっ……馬鹿なぁああああああああああああああ!?」

地面から壁、天井、もう一度地面。

まるで御伽噺(おとぎばなし)に登場する天馬のように大きな弧を描き、とうとう真正面から迫りくる雷光(ひかり)の奔流(ほんりゅう)に、兵士長は絶叫を上げた。

「――――ふッッ!!」

そして、雷を纏いしアルゴノゥトが横一閃の軌道で剣を振り払う。

「がはぁ!?」

それで終わりだった。

雷の炸裂とともに兵士長の鎧が砕け散り、轟雷の雄叫びとともに、勢いよく壁へと叩きつけられる。

白目を剝いた大柄の男は電流の網に絡め取られ、時折思い出したように体を痙攣（けいれん）させながら、がっくりと意識を絶った。

雷の精霊（ジュピター）が出現した際に空いた天井の穴から、地上の光が降りそそぐ。

洞窟の外は既に夜の帳（とばり）に覆われているのだろう。

神秘的な月明かり。すなわち天からの照明を、青年は空洞の中央で一身に浴びた。

流れ込んでくる風が悪戯（いたずら）をし、男のマントをはためかせる。

電流が踊り、新たな精霊の主（あるじ）を祝福する。

雷剣を携（たずさ）えた後ろ姿は、ただただ静かで、凛々しかった。

いっそオルナが見惚れてしまうほどに。

「アル……？」

まるで遠い世界へ行ってしまったように微動だにしない背中に、オルナは不安に襲われた。

手を伸ばすように、舞台の中心にたたずみ続ける男へ声を向ける。

やがて、男は振り返った。

アルゴノゥトは目を瞑っていた。

目を瞑りながら、厳かに口を開いた。

「……っ、」

「つ？」

オルナが尋ね返すと、

「つええええええええええええええええ⁉　私つええっ‼」

かっ！　と目を見開き、大声を打ち上げた。

「これが精霊の力⁉　私が敵をボコボコにする日が来るなんて！　精霊すげえええええええええええええええええええええええええええええ‼」

まるで己の尻尾を追う犬のように、脇や背中、足裏、両腕、とにかく自分の体を何度も確かめる。

大量の兵を倒した勇姿が今も信じられないように、アルゴノゥトは大はしゃぎした。

「上機嫌だな」

「はぁ……」

その姿に、クロッゾがにかっと笑い、オルナは溜息をつく。

不服そうな少女の顔は、心配を返せと今にも言い出しそうなものだった。

「これなら、できる！　姫を助け出すことも、猛牛（ミノタウロス）を討つことも、きっと！」

右手に持った『雷霆の剣（つるぎ）』を、穴が空いた洞窟の天井の先、空へ突き立てるように掲げる。

月が浮かぶ天空に誓いを立てるかのごとく、アルゴノゥトは高らかに宣言し、笑みを弾けさせた。

「さぁ、戻ろう！　全ての決着が待つ王都に！」

雷（いかずち）が応え、鳴くように、精霊の武具は黄金（おうごん）の光沢を放つのだった。

CHAPTER

三章

それぞれの前夜

「報告します！　兵士長以下、捜索隊が消息を絶ちました！」

　ラクリオス王城、玉座の間。

　一人の兵士が駆け込み、膝をつき、怯えた様子を隠せないまま情報を読み上げる。

「連絡は途絶え、恐らく逆賊どもに返り討ちに遭ったものかと……！　オルナ様の所在も依然……！」

「この役立たずどもがッッ！」

　即座に鳴り響いたのは、贅を尽くした肘掛けに振り下ろされた、拳の音だった。

「ひっ……！」

「下がれ！　今すぐ！」

　ラクリオス王の剣幕に兵士は竦み上がり、かろうじて一礼を行って玉座の間を飛び出した。

　その姿を忌々しそうに睨みつけるラクリオス王は、血管が浮き出た頭蓋を隠すように、片手で顔の半分を覆った。

「ラクリオス王……どういたしますか？」

「……アルゴノゥトの妹を『処刑台』に上げよ」

　一人玉座の側に控える騎士長の男が尋ねると、僅かの沈黙を経て、王はその単語を口にする。

「人を集めるのだ。大々的に、道化を釣る『餌』として！　探しに行っても見つからぬというのなら、あちらから来るよう仕向けてくれる！」

魔女のように細く、ささくれ立った指の隙間から、憎悪に染まった瞳を妖しく輝かせながら王命を放った。

「おお……！　さすが偉大なるラクリオス王！」

「王都中に触(ふ)れを出せ！　奴等も都(みやこ)の動向を知るため偵察には来よう！」

「ははぁ！」

感嘆する騎士長は鎧(よろい)を鳴らし、早急に玉座の間を後にする。

取り残される老王は、執念深き怨霊のごとく呪いの言葉を吐き捨てた。

「逃がさぬぞ、アルゴノゥト……！　貴様が現れなければ妹の首を落としてくれる！」

牢屋(ろうや)はただただ暗く、重苦しい雰囲気だけが漂っていた。

日の光は届かない地下牢。

通路奥に備わった蠟燭(ろうそく)だけが、この冷たい世界の唯一の光源だ。

鉄格子の影が時折思い出したように、僅かに揺れる。

壁に付着している血の跡は拷問(ごうもん)か、あるいは自害を試みた跡だろうか。どちらにせよ凄惨(せいさん)な未来が待ち受けているだろうことは想像に難くない。

「…………」

牢屋の中で血濡れの壁を一瞥したフィーナは、目を伏せた。

半分とはいえ妖精の血が混じる少女にとって、森はおろか自然とは無縁の牢獄に閉じ込められることは拷問に等しい。太陽も月明かりも届かない地下牢は少女の細い体から活力を奪っていく。

呪文を唱えて牢を破壊することも、今はできない。

正確には、魔法を発動するための精神力が存在しない。

アルゴノゥトの身代わりとなって暴れ回った後、この地下牢に閉じ込められ心身をまともに回復できていない。食事は碌にとれず、与えられるのも妖精から精神力を奪うとされる『魔枯の紫草』だ。何か摂らなければ餓える故に食んでいるが、今のフィーナの体調は最低に近い。

よしんば牢を破壊し脱獄したところで、再び多数の兵の手で取り押さえられるだろう。

フィーナは覇気を失った顔を、抱えている両膝へと埋めた。

「フィーナ殿」

地下室の扉が開く音、次いで足音の後に、自分を呼ぶ声が細長い耳を揺らした。

見張りの兵士以外、誰もいない地下牢に増えた気配は、フィーナが閉じ込められた牢屋の前で足を止める。

「……リュールゥさん」

顔を上げれば、果たしてそこにいたのは緑の長髪を結わえた妖精だった。

吟遊詩人のリュールゥである。

『英雄候補』――いや王が課した『試練』を乗り越え『英雄』として地位を認められ、ここに足を運ぶことを許されたのだろう。間違ってもフィーナの脱獄に手を貸さぬよう兵士達の監視はあるものの、その身分は客将と言ったところだろうか。

その純血をフィーナが羨んだこともある吟遊詩人はこれまでと変わらず、場違いのような明るい笑みを浮かべる。

「牢屋の中に囚われ、気が滅入られてはいませんか？　私の歌で良ければ幾らでも披露を――」

「私の処遇が、決まったんですね……？」

リュールゥの陽気な言葉を、フィーナは遮った。

全てを察している瞳で見つめられ、リュールゥは短い吐息を挟み、観念する。

「……はい。貴方の『処刑』が三日後に。恐らくは、アル殿達を誘き寄せる『罠』でしょう」

「…………」

「できれば貴方を助けたいところですが……どこにいるやも知れぬ恐ろしい暗殺者の『目』が、絶えず我々を監視しています」

見張りの兵士の他にも、今もエルミナの眼差しが自分を射抜いていることを告げる。

フィーナは運命を受け入れるようにしばらく黙りこくった後、ゆっくりと目を開けた。

「……リュールゥさん、私を殺してくれませんか？」

「！」

次に浮かぶのは笑み。

唇と目尻に悲しみを隠しながら。

「私は兄さんの……あの人の枷になりたくない」

「……そんなこと、アル殿は許さないでしょう。今もきっと貴方を助け出そうとしている」

「はい、そんな人だから……死んでほしくない。ここに戻ってくれば、今度こそ兄さんは……」

切実な訴えを、リュールゥは真剣な面差しで退けた。

フィーナの笑みは消え、悲愴だけがそこには残った。

隔てられた鉄格子に囚われる少女の様子を、リュールゥはじっと見つめる。

「フィーナ殿。もしよければ、教えて頂けませんか？　貴方とアル殿のご関係を」

「えっ？」

「最初から、ずっと気になっていました。貴方達の絆の深さを。異父、あるいは異母兄妹というわけでもありますまい」

この絶望の時代の中で、大陸中を旅して様々なものを見てきた吟遊詩人の目でもなお、フィーナとアルゴノゥトの関係は稀有に映った。

只人と半妖精と言えど、血の繋がりがないであろうことは容貌を観察すればわかることだ。

「貴方達は、いかようにして出会ったのですか？」

「…………」

リュールゥの問いに、フィーナは一度口を閉ざした。

間を置いて、頭上を見るともなく眺め、追憶へ手を伸ばすように語り始める。

「私が生まれたのは、『イルコス』という王国。優しき善王が数多の難民を受け入れ、他種族が共存していた珍しい都」

人々を守る厚い城壁、そびえ立つ王城。

雄大な高原に建つ只人の王国は今の時代にあって信じられないほど大気が澄んでおり、大聖樹とそれに護られる里を至上とする妖精達も——魔物に森々を追われた者達でさえも——『第二の故郷』という言葉を胸に秘してしまうほど、清浄の園だった。気難しい種族が住みつけるとなれば、他の亜人達にとっても住めば都となるのは道理であった。

当時の王の善政によって、難民を受け入れられるほどの国力を有していた『イルコス』は、この偽りの楽園にも劣らぬ『楽園』に違いなかった。

目を瞑れば、フィーナは今でも思い出せる。

常に腹を満たすことができるほど豊かではなかったとしても、城下町を行く誰もが明日を生きるために精を出し、自分達の楽園を護ろうとしていた日々を。

鎧戸の隙間からいつも覗いていた、何も知らぬ子供達が笑い合える景色。

フィーナはそれを、ラクリオスにやって来るまで拝んだことはなかった。

「……でも私は混血（ハーフ）。只人（ただびと）の父と妖精（エルフ）の母親から生まれた半端者。両親は迫害を恐れ、ずっと私を家に隠していました」

「混血（ハーフ）への差別……愚かなことだ」

しかし、いや多くの亜人が住み着いた都だからこそと言うべきか、禁断の愛を育んで混ざり合う者達も少なくなかった。他ならないフィーナの両親もそうだった。

魔物侵攻以前、他種族との交流が進んでいなかった世界は混血（ハーフ）差別が根深かった。

魔物が大陸中を荒らし回り、各種族の国境はおろか共同体の境界線がもはや崩壊している現況、皮肉にも只人（ただびと）や亜人達との接触が否応なく増している。が、それでも差別は未（いま）だに残っていた。特に選民思想が強い妖精（エルフ）は顕著である。

話を聞くリュールゥが嘆きを隠さないでいると、フィーナは小さく頭（かぶり）を振った。

「それでも、幸せだったんです。本当に小さな箱庭だったとしても、父と母に沢山の愛をもらっていたから」

それはフィーナが愛を享受できる場所であった。

狭い家の中で、心優しい父親は頭を撫（な）で、母親はいつも抱きしめてくれた。

小さな寝台（ベッド）の中で身を寄せ合って眠るあの家こそが、フィーナにとってささやかな楽園だった。

いつも優しい追憶の情景に、少女は小さな笑みを浮かべる。

「でも、あの日……都(みやこ)が燃えたんです」

しかし、少女の唇に咲いていた笑みはすぐに消えた。

「押し寄せた魔物に城壁が破られ、王城はあっという間に陥落……城下町も火の海と化し、沢山の人々が爪牙(そうが)の餌食(えじき)に……」

フィーナの楽園は脆(もろ)くも崩れ去った。

今もはっきりと覚えているのは、恐怖に呑(の)み込まれる男達の絶叫と、それに折り重なる魔物の咆哮(ほうこう)、そして絹を裂くような女子供の悲鳴。

恐ろしい異形が吐き出す息吹(ブレス)は都(みやこ)という都(みやこ)を紅蓮(ぐれん)の暴流で燃やして回った。

いつも鎧戸から眺めていた城下町は炎に包まれ、一変したのだ。

父と母に手を引かれ、フィーナは危険な外の世界に飛び出したのである。

「私も、そこで父と母を喪(うしな)った……」

扉が隔てていた外の世界は、あまりにも残酷だった。

空を飛ぶ有翼の魔物に両親は引き裂かれ、彼等が庇(かば)ったフィーナだけが炎の色に染まる路傍に転がった。前後の記憶はもう思い出せない。頭が拒んでいるのだろう。凶悪な火の粉が舞い踊る闇夜の向こうへ消える二人の姿も、その後に降ったような気がする赤い雨も、忘却の渦に押しやらなければ、フィーナの心身は持たなかったのである。

気が付けば、フィーナは泣きながら、燃え盛る都(みやこ)を走っていた。

「独りになった私に、只人も、妖精も見向きもしなかった。助けるのは自分達と同じ種族だけ。泣き喚く半端者なんて、誰も……」

悲鳴は途切れず、建物が次々と倒壊していく。

踊る魔物の影は飽きることなく人々を貪っては食い物にしていた。

そんな地獄の中で、逃げ惑う人の波にフィーナは弾かれ、転び、動けなくなった。

只人は素通りした。

勇敢な妖精は同胞の女性を抱き上げ、フィーナを置き去りにした。

惨めで孤独なフィーナは、苦しいくらいの涙をただ流し、もうつらいのは嫌だったから、父と母のもとへ行こうとした。

「だけど――」

その時、自分に差し伸べられる手があった。

『もう大丈夫。僕が君を助ける』

それは在りし日の、白髪の少年だった。

悲しみに暮れるフィーナを深紅の瞳に映し、彼だけが、その手を取ってくれた。

「あの人だけが、私の手を取ってくれた。あの時、あの人は確かに私の『英雄』だった」

「……………」

「二人だけで何とか逃げ延びた後、私、怒ったんです。父も母も、居場所も失ってしまって、泣きながら」

リュールゥは黙って、その話に耳を傾けていた。いつの間にか笑みを宿しながら。

当時の光景を思い出すフィーナの唇もまた、いつの間にか綻んでいた。

「どうして半端者の私を助けたんだ、って。……そうしたら、あの人なんて言ったと思います？」

『そのちょこんと尖った耳、僕は好きだ。花のような君に、とても似合ってる』

小さくも可憐の花が咲いたように、微笑んでいた。

「ああ……とてもあの御仁らしい」

リュールゥは目を細めながら、頷いていた。

フィーナ達の昔話に、今だけは竪琴の音も響かない。

「救われました。悲しみとは違う涙を流しました。気付けば、いつからか私はあの人のことを『兄』と呼んでいた」

それが血の繋がらない『兄』と『妹』の始まり。

最初は余所余所しく、罵ってしまった後ろめたさからどうしていいかわからなかった『妹』

も、道化のように滑稽な『兄』の振る舞いに唖然とし、声を上げて笑うようになり、二人の距離は消えてなくなっていった。

「そこからは、二人で人里を転々として……。よく人を困らせて、たまに誰かを助けて、沢山の人を笑わせて……」

その始まりと旅路は、フィーナにとってかけがえのないものだったのだろう。

顔を見ればわかる。

思い出となった道化の振る舞いは今も、彼女を笑顔にさせているのだから。

「あの人は、私を笑顔にしてくれた。きっとこれからも、私のような人を笑顔にしてくれる」

そこまで話したフィーナの顔は、曇った。

「でも、その代わり……兄さんは泣かないんです。誰かを笑わせるために、自分もずっと笑い続けてる」

「…………」

「兄さんはきっと、私という『一』だけではなく、『十』を救いたかった。でも都が燃えた日、わかってしまったんだと思います。自分には『十』を救えないって」

フィーナはアルゴノゥトの胸の内の想いを、正しく理解していた。

長年苦楽をともにした『妹』として、誰よりも深く。

「……彼が道化のように振る舞うようになったのは、貴方と出会ってから？」

「はい……『英雄』になりたいってずっと口にしながら、本に滑稽な毎日を書き続けて」

思い出を一つ一つ振り返っていたフィーナは、眼差しを遠ざける。

「私は、あの人が何を考えているかわからないけど……でもそれはきっと、みんなの笑顔のため」

「笑顔の……」

「私は、兄さんに泣いてほしかった。一緒に泣いて、悲しみを分けてほしかった」

始まるのは独白だった。

道化の前では決して漏らすことのできない、道化に救われた一人の少女の想い。

「でも、あの人は今もずっと……」

言葉はそこで終わった。

少女の憂いが冷たい牢獄に囚われ、行き場を失くす。

目を伏せる少女の話を聞き終えたリュールゥは、フィーナと、そしてここにいない道化の代わりに、笑みを作った。

「……貴方達の関係にようやく合点がいきました。そして、その話を聞いて確信もした」

「えっ？」

「彼は必ず、貴方を助けに来る」

目を見張る同胞に、聖樹のお告げのごとく言い渡す。

「『十』を救えない道化のアルゴノゥトは、決して『一』を見捨てはしないのだから」

王都上空。

そこには暗雲が立ち込めていた。

月は見えない。

いっそ見えてさえいてくれれば、月明かりに狂うこともできただろうに。

眉間に皺（しわ）を溜（た）めながら、ユーリはそんな益体もないことを胸の底に吐き捨てた。

「狼人（ウェアウルフ）」

そんな彼のもとに、土の民（ドワーフ）が訪れる。

王城の回廊から夜空を見上げていたユーリは、無視しようとした。

しかし、できなかった。

「あの半妖精（ハーフエルフ）の処刑が決まったそうだ」

「……っ！」

「刑の執行は三日後。十中八九、道化を釣るための餌だろう」

眉間のそれが増え、両の手が握り締められる。

食い縛られる歯は今にも顎ごと壊れてしまいそうだった。

そんな青年の様子を、ガルムスはじっと見つめ、問う。

「お前はそのままでいいのか？」

「……いいのか、とは何だ。私がやることなど最初から、部族のために……！」

「この期に及んで何を言っている。今、どちらが間違っているかなど明らかだろうに」

苦渋に染まった獣の戯言に、ガルムスはまともに取り合わなかった。

男は戦士の顔付きとなって、矜持を訴える。

「俺はあの娘を助けるぞ。外道の言いなりとなって取り戻す故郷にどれほどの価値があろうか。死んでいった同胞にも顔向けできん」

言葉の半ばで、ユーリの顔は伏せられた。

両拳に込められる力が増していく。

それを認めてもなお、ガルムスは追及を止めなかった。

「もう一度聞くぞ。お前は、どうする？」

「——貴様に何がわかる!!」

それが激昂の口火。

「全てを失い、身軽になった土の民ごときに！」

発火点をたやすく越えた怒りは罵倒へと繋がり、胸の内に溜まる葛藤を曝け出した。

「体を傷で埋め、やせ細った部族の願いが、気丈に笑って私を送り出した同胞達の想いが、お前にはわかるか！」

　ガルムスにはわからない。

　彼は狼ではないから。

「そんな部族に、どうして『希望』などなかったと言える！　王都は魔窟だった、そのまま野垂れ死んでくれと、一体どうして！」

　ガルムスには言えない。

　ユーリの言う通り、彼には守るべき友も家族もいないから。

「最後まで死にたくないと泣いていた、妹の最期を看取った私の無念がっ……貴様などにわかるものか!!」

　ガルムスは、やはりわかってやれない。

　見えない涙を流す狼の激情は、彼だけのものであるから。

「……ああ、確かに俺はお前と違って、もう守るものはない。気に食わなければ己の誓いを捻じ曲げるのも容易かろう」

　だが、同じ『戦士』として、わかることがある。

「しかし、お前と同じ境遇であったとしても、俺は最後まで『誇りある種族』として生きる」

「!!」

ユーリの姿、そしてその誇りを通して見える狼の部族は、彼と同じ高潔な戦士達であると、確信できる。

ガルムスは両の眉をつり上げて、詰め寄った。

「腹を括れよ、狼人。あの王に黒き鎖を繋がれてまで、生き長らえるというのか」

「っ……！」

「それはまさしく『家畜』だ。牙と爪どころか、誇りを失った獣人達は『畜生』に成り下がる。お前の部族は……守りたいと願う者達は、それを本当に良しとするのか？」

その岩のような大きな拳を、ユーリの胸に置く。

殴るでも叩くでもなく、狼の心臓の上に、熱き血潮が通う土の民の誇りを重ねる。

ユーリの顔が歪んだ。

剝き出しの肌から伝わる土の民の熱に、鼓動が痛いほど揺らいだ。

「私は……私はっ……！」

ユーリは顔を床に向け、言葉にならない思いを何度も落とした。

ガルムスが拳を放した後も、狼の戦士は行き場のない懊悩を吐き出し続けた。

「お取込み中、失礼」

そんな時。

気紛れな風のような軽い声が、二人の間に投じられた。

夜の闇から現れるリュールゥである。

「何だ、吟遊詩人。どこぞの道化のように空気も読まず現れおって」

「少しお尋ねしたいことがありまして。貴方がたは、これからどうするおつもりで？」

戦士の葛藤などお構いなしに割って入ってきた妖精に、呆れ半分に目を向けていたガルムスは、その問いに表情をあらためた。

今も苦悶しているユーリを見やった後、先に視線で問い返す。

お前の魂胆は？　と。

「私は腹を決めました。これより王の思惑を打ち砕くために、この身を捧げます」

「……貴様も、焚き付けようという腹か。あの半妖精を救い出せと――」

その答えに、ユーリが思わず嚙みつくように告げると――リュールゥは、緩やかに首を横に振った。

「いいえ。黙って見守ってほしいのです」

「なっ……」

啞然とするユーリの隣で、ガルムスも同じ表情を浮かべる。

吟遊詩人は笑みを浮かべ、空を見上げる。

「『風』を感じませんか？　この王都に流れ込む『波乱の風』を」

暗雲は移ろわず、今も月を隠したまま。

しかし、笛のような風鳴りがかすかに聞こえる。

脈動を孕む不穏な夜気が。

「私の勘違い？　いいえ、確かに風向きは変わっている！　だって、彼はアルゴノゥト！　このまま終わる筈がない！」

リュールゥは口端を上げ、高らかに声を打った。

爪弾くは相棒の竪琴。

妖精の聖樹から生まれた楽器の旋律が、興奮する詩人の歌に同調する。

「彼には失うものはなく、取り返すものしかない！　ならば、来る！　嗚呼、来るぞ‼」

予定調和ではなく、予想外の喜劇を求めて。

妖精は舞台に躍り出る役者の名を告げた。

「道化のアルゴノゥトが！」


「はぁあああああ！」

裂帛の雄叫びが轟く。

たなびくマントとともに駆け抜けるのは、雷閃を伴った斬撃だった。

アルゴノゥトが放つ一撃に横一線、五匹に及ぶ魔物どもが寸断される。

『オオオオオオオオオ⁉』

今まで人類の命を貪っていた異形の末路は儚い。

切断された体軀は暴れ狂う電流に根こそぎ食い荒らされ、例外なく輪郭を溶かして大量の灰となって散った。

刹那のうちに巻き起こった雷の蹂躙に、犬頭人体の魔物達が完全に消滅する。

「魔物の相手、お疲れ様。……それで、どう？　『精霊の剣』には慣れた？」

「まだ振り回されることはあるが……ようやく手に馴染んできたように思う」

背後から声をかけられ、振り向く。

歩み寄ってくるオルナに、アルゴノゥトは苦笑交じりに答えた。

「正直に言うと、あの好々爺の声でいつダメ出しされるかと身構えていたが……喋り出す気配もない」

兵士隊を返り討ちにし、『精霊の祠』から発って、もう二日が経とうとしている。

王都へ戻る帰路の途中で、アルゴノゥトは何度も魔物を相手取っていた。

そして一向に負ける気配がない。『精霊の加護』は本物だと実感するほど、今の自分には全能感が溢れていることを認める。

一方で、全能感の源は祠での一幕が嘘だったかのように静かなままだった。

「武器化した『精霊』は、存在する僅かな自我も消失すると聞くわ。多大な力を与える代わりに」

「……」

「あの『精霊』は文字通り、使い手のための『剣』となったのよ」

オルナの説明に、アルゴノゥトは口を閉ざした。

寂寥感(せきりょうかん)とも異なる沈黙は数奇な巡り合わせに対する追想であり、唇に浮かぶ笑みは感謝に違いなかった。

「本当に、嵐のような精霊だったな。風の中で雷がゴロゴロ鳴っている方の……」

「違いないわね」

「こちらを好きなだけ振り回して……なぜ私のような男に、こうまで力を貸してくれたのか」

『精霊の剣』を見下ろす青年を、オルナはじっと眺めた。

手に入れた力にうぬぼれず、己の弱さを認め、腐ることなく、その横顔は今も『展望』を抱いている。オルナでさえ見通せていない景色を。

オルナは僅かに悩んだ後、口を開いた。

「……アルゴノゥト、一つ聞いていい？」

「突然なんだと思いつつ、美少女が私のことを聞きたいだなんて！　嬉(うれ)し恥ずかし興奮するぅ！」

「貴方は、本当にただの村人？」

「！」

道化を演じようとする青年を、懐に深く踏み込む言葉で制する。

「貴方には『教養』がある、『意志』がある。確かな『先見の識』存在する」

「…………」

「ふざけた言動で誤魔化しているけれど、『一つの信念』のもとに行動している……私はそう感じている」

声に冷気はなく、表情にも険はない。

ただオルナは真っ直ぐ、真剣に見つめた。

アルゴノゥトはふざけた態度を消し、黙りこくる。

「貴方は言ったわ。今こそが『英雄神話』……人類は新たな伝説となって、未来を繋がなければならないと」

「……ああ、確かに言った」

「あの鍛冶師も大概変わり者だけど……彼の考え方が普通。普通の人間は目先のことだけで、世界の行く末など考えられない」

今、ここにはない赤髪の鍛冶師の言動を振り返るオルナは、視線を深紅の瞳へ戻す。

「未来を憂い、今をあがこうとする貴方の思想は学者や賢者、あるいは――――そう、『王族』

のそれ」

　そして、核心に触れた。

「アルゴノゥト……貴方は王族だったのではないの？」

　かつて、『イルコス』という国があった。

　そこはこの時代において稀有と言えるほど善良な王が統治する只人の王国で、他種族の難民を受け入れていた。そこには獣人も、小人族も、妖精もいた。

　ラクリオスから遠く離れた都の仔細を、伝聞以外に知る術はない。

　だが、『イルコス』の王家には稀に『白い髪』を持つ者が現れるそうだ。

　先祖返りとも呼ばれる彼等彼女等には、ありとあらゆる教養と知識が与えられ、王族と国を導く『導者』を期待される。

　ある者は無論王に、ある者は戦場を選び軍師に、ある者は余計な諍いを避けるため自ら身を退き、君主を支える右腕として宰相に。

　そしてある者は、国に巣食う絶望を払うため、滑稽な宮廷道化師を買って出たという。

「…………」

　風が吹き、白い髪を揺らした。

　オルナの目に、それはとある国の知識と知恵、そして想いの結晶に見えた。

　遺産とも言えるかもしれない。

荒野に無言の時が流れる中、白い前髪の下で、紅い瞳が一度だけ瞼を被る。

「……いいや」

間もなく、深紅は微笑んだ。

「アルゴノゥトはただの村人。それ以上でも以下でもない。この『英雄日誌』に綴られる内容が全てだ」

取り出されるのは、一冊の本。

「もし、本当にもし……僕みたいなやつが『英雄』になれば、みんな呆れて、笑ってくれる。指をさして、腹を抱えながら」

「……！」

「ただの道化が滑稽に振る舞う『物語』……アルゴノゥトにはそれがいい。それでいい」

青年は右手に持つ日誌を胸に押し当てた。

まるで物語の巡りゆく末を願い、遥か彼方へ想いを馳せるように。

オルナの瞳が、見開かれる。

「悲劇も、惨劇も要らない。あるのは、『喜劇』だけで十分だ」

もう一度、風が鳴った。

雲を割って陽光が二人を照らす。

眩さに欠け、舞台を彩る照明には届かないその光は、希望と言うには弱く、儚過ぎる。

けれど、オルナの耳にどこまでも反響し、胸を叩いた。

「『喜劇』だけ……？」

歌っては踊り、笑い続ける道化の『真実』に触れかけたオルナはその言葉を反芻し、もう一度問いかけようとしたが、

「戻ったぞ」

「おお、クロッゾ！　王都への偵察ご苦労だった！」

二人のもとを離れていたクロッゾが、帰ってきた。

『精霊』の力を手に入れたアルゴノゥトにもうお守りは必要ないと判断した彼は、一人王都への潜入を試みてくれていたのだ。

「それで、どうだった？」

「城下に、半妖精……お前の妹を公開処刑するっていう触れが出回ってる。それも大々的にな。まぁ、間違いなく『罠』だな」

持ち帰られた情報が王の企みを知らせる。

アルゴノゥトはその可能性も考慮していたように驚きを見せず、真剣な表情を纏った。

「そうか……処刑の日はいつになる？」

「明日だ。もう時間はない。どうするんだ、アル？」

「――行くに決まっている。フィーナを助け、全ての事柄に決着をつけにいく！」

アルゴノゥトは間髪入れず答えた。

「待っていろ、王都！　アルゴノゥトが今、行くぞ！」

王都の方角に剣を高々と掲げた道化は、格好いい姿勢（ポーズ）を決めた。

しばし悦に浸っていたかと思うと、高笑いを始める。

その振る舞いに、クロッゾがおかしそうに笑みを落とす。

そんな中、彼等から一歩離れた位置にたたずむオルナは、道化の背中をじっと見ていた。

「……求めるのは『英雄譚（えいゆうたん）』ではなく、『喜劇』」

訪れるのは不可思議な感覚。

まるで喜劇の台本を手に取り、綴られるト書きを何度も読み返すような。

道化の舞台に込められた願いと想いに、オルナは辿り着こうとしていた。

「アルゴノゥト、もしかして、貴方は……」

CHAPTER 4

四章　よく晴れた、青い空の下で

乱暴とも言える喧噪や足音が、地下にも響いてくる。

その日は朝から騒がしかった。

まるで鞭一つで人を殺しかねない猛獣使いの機嫌を損なわぬよう、奴隷達が駆けずり回っているかのようだ。

王城にいる兵士達が、大々的な見世物の準備をしている。

「今日が処刑日……」

冷たい石床の上でフィーナは、力なく呟いた。

物々しい空気が檻の内側にも伝わってくる。

こちらを見張る監視の目は鬼気迫っていた。

動員されている数も昨日までとは桁違いだ。

脱走は不可能だろう。

今日まで慰み者にならなかった時点で――リュールゥ達が小まめに様子を見に来て注意していたおかげもあったのだろうが――フィーナには人質として価値があるのだろう。兵士達は王の不興を買うのを過度に恐れている。

彼等は人質の価値を知らぬほど馬鹿ではなくて、乱心している王の不安定さを感じる程度には賢かったのだ。

不審な動きを許さぬよう、今日ばかりはリュールゥ達も面会を禁止されている。

今も自分の片足を縛る枷(かせ)と鎖を見やった後、フィーナは目を閉じようとした。

義兄の無事だけを願い、祈りを捧(ささ)げるため両手を組もうとした、その時。

「…………」

「貴方は……エルミナさん？」

一人の女戦士(アマゾネス)がフィーナの牢(ろう)を訪れた。

驚きを宿した後、警戒心を剝(む)き出しにする。

「何ですか、こんな時に現れて……」

「……お前が死ぬ前に、聞きたかった」

エルミナは無感動の表情で問う。

「お前と、あの道化は……繫(つな)がっている。どうして血が繫がっていないのに……お前達は繫がり合える？」

その問いに、フィーナの警戒は強張(こわば)った顔から剝(は)がれることとなった。

代わりにもう一度驚きが広がり、それは純粋な戸惑いに変貌する。

どうしてこのような時に、そのような問いを？　と。

（……繫がり合う？　そういえば、この人もオルナさんっていう妹がいるって……）

考えを巡らしたフィーナは、思い当たる節があった。

初めてラクリオス王に謁見(えっけん)した際、アルゴノゥトの口から挙がっていたし、その後もやかましい兄は聞いてもいないのに教えてくれた。オルナという、ちっとも笑わない占い師がこの王城にはいると。

「……お互いのことが、わかっているから。何をしたいのか、何を願っているのか」

逡巡(しゅんじゅん)した後、フィーナは今日までのアルゴノゥトとの日々を振り返り、心に浮かび上がった素直な思いを口にしていた。

「小言や文句は言うけど、強制はしない。相手を尊重してる。血の繋がりがなくても、今日までの日々が兄妹の絆(きずな)になっている……私はそう信じています」

何より、こちらを見つめる光を知らない昏(くら)い瞳が、どこか切実めいたものを秘めているように感じられたから。

「尊重し合う……今日までの日々……」

フィーナの言葉を、エルミナは唇の上に乗せる。

やがて、自嘲した。

「……私には、無理なことだ」

終始無感動だった相貌が一瞬、ほんの刹那(せつな)、哀しみに彩られる。

フィーナは目を疑った。

瞳を伏せたエルミナは数瞬後、何もかも幻だったように冷たい貌(かお)の女戦士(アマゾネス)に戻っており、あっさりと牢屋に背を向けた。

音もなく立ち去り、フィーナの視界から消えてゆく。

「……あの人のこと、ずっと気になってたけど……もしかして……」

見えなくなる最後まで彼女の後ろ姿を眺めていたフィーナは、自分の言動を思い返した。

『カルンガ荒原』の戦争に参加する前、城の食堂でガルムスとリュールゥ達の身の上話を聞いた時、エルミナのこともフィーナは知りたいと思った。王側の勢力、危険な女戦士（アマゾネス）と知っておきながら。

喉に引っかかっていた違和感の正体を、フィーナは呟きに変えていた。

「私とあの人は、似ている……？」

「ねぇ、アルゴノゥト。貴方、妹にはどう接しているの？」

王都へ向かう途中、そんな会話があった。

「どうしたんだ、急に？　あぁ、そういえば君には姉がいたか。あのおっそろしい女戦士（アマゾネス）の姉が……」

「……ええ。私には『姉妹』がいる。全然喋らないし、何だったら碌（ろく）に顔も合わせない『姉妹』が」

視線も交わさず、互いにただ前を向いて、荒野を歩きながら、世間話を装った。

「恥ずかしい話だけど……今もどう接していいか……わからないの」

「君の悩みは、私にはよくわからないが……そうだな——」

だから道化は、何てことないように言って、少女の背中を優しく押した。

「ちゃんと目を合わせて、伝えたいことを伝える。それだけじゃないかな」


晴れた空の下。

楽園と呼ぶに相応しい人類の都が、遥か視界の奥に広がっていた。

「帰ってきたぞ、王都……全てを取り戻しに！」

あの都が見た目通りの楽園ではないことを、アルゴノゥトはもう既に知っている。

それでも彼は笑い、見晴らしのいい崖の上で両腕を広げた。

「舞い上がってるところ悪いけど、ここからどうするの？」

「処刑場は城下町の大広場。兵士の数はすごいことになってるだろうし、きっと罠も張り巡らされてる。負ける気はないが、正面突破は分が悪いかもな」

すぐ後ろからかけられる声に振り返る。

両の手の平の上に左右の肘を置きながらオルナが、首に片手を回しながらクロッゾがそれぞれ疑問と懸念を口にする。

「貴方の妹を救うなら、広場到着前に奪還しなければならない。処刑場に運び込まれた時点で私達の負け」

簡単な理屈だ。広場は大勢の兵士だけでなく、数えきれない民衆も集まるだろう。人垣は天然の障壁となり、衆目はアルゴノゥト達の動きを捉える監視の目となる。何千という人々の間を縫ってフィーナを連れ去るのは至難の業と言える。

であるならオルナの言う通り、フィーナが処刑場に運び込まれる道中を強襲して、都の路地裏を逃走経路に変えるしかない。

「当然、どこも厳重に警戒されてるだろうがな。どうする？　何だったら派手に暴れて、陽動くらいはしてやれるぞ？」

「ふーむ、そうだなぁ……」

クロッゾが自分の剣の柄を片手で叩く中、アルゴノゥトは目を瞑り、両腕を組んだ。

難しい声を出すその姿はどこか芝居臭く見え、オルナが嫌な予感を抱いていると——青年は目を開き、満面の笑みでのたまった。

「何もしない！」

「「は？」」

クロッゾとともに、結局面食らってしまうのは、やはり仕方のないことだった。

◆

「必ずやアルゴノゥトは人質の護送中を狙ってくる！　異変を感じたならすぐに報(しら)せよ！　鼠(ねずみ)一匹、見逃すな！」

油断と慢心を一切殺した騎士長の声が、王城の中庭に轟(とどろ)いた。

怒号にも近い指示に兵士達も「はっ！」と一矢乱れず応える。王の怒りをこれ以上買わぬようにするのは至上命題であり、でなければ彼等こそ恐ろしい凶牛(ミノタウロス)の胃袋に収まることとなる。自身の命を天秤(てんびん)の上に置かれていることと同義の兵士達は兜(かぶと)の下で、それこそ瞳を血走らせながら周囲の警戒に当たった。

フィーナを広場に運ぶ者も、そうでない者も、耳を澄ませては目を凝らし、不審な人影や些細な物音、怪しげな気配を徹底的に探る。

「半妖精(ハーフエルフ)は既に牢屋を出た……にもかかわらず、まだ動かぬ。『英雄候補』達にも不審な動きはない……」

城内で兵士達が盛んに移動、及び警備を続ける中、正門前の馬車へ向かっているラクリオス王は苛立(いらだ)ちを隠さなかった。

アルゴノゥトの出方として、フィーナの奪還だけでなく、王自身の誘拐も考えられる。

故に周囲には多数の兵士達が同伴し、護衛態勢を敷いていた。

考えうる全ての可能性を、ラクリオス王は徹底的に排除している。

しかしそれでも、一向に安心することはできない。

憎たらしいほど晴れ渡った空がもたらす波乱なき空気が、嵐の前の静けさに感じられ、老獪と恐れられるラクリオス王をして胸中をかき乱されるのだ。

「いれば騒がしく、姿を現さなければこうまで不安を駆り立てる……道化め……」

馬車に乗り込みながら、老王は忌々しそうに吐き捨てた。

「どこで仕掛けてくると思います？」

一方、そんな王を乗せた馬車が出発するのを眼下に、リュールゥは口端を上げた。

「楽しそうだな、吟遊詩人……」

「我々はフィーナ殿のもとから遠ざけられ、挙句に見張られている。ならば、やることなど楽しむか歌うしかないでしょう？」

ガルムスが向けてくる呆れ顔に、リュールゥは笑顔を返す。

場所は王城の四階廊下、その窓辺。

吟遊詩人の言葉通り、アルゴノゥトと行動をともにしていたリュールゥ、ガルムス、そしてユーリはフィーナから遠ざけられていた。

今、リュールゥ達の立場は極めて微妙だった。

王や兵士達は貴重かつ強大な戦力として、今後も確保しておきたい。しかしアルゴノゥトを逃した時のように見え透いた芝居を行い、フィーナの逃亡に手を貸す可能性もある。始末したくてもできない王都側の事情(ジレンマ)だった。

今は反抗心を抑え、黙って付き従っているが、何を起こすかわからないリュールゥ達は姿を見せない道化の次に厄介で、不安の種である。そんな不穏因子をラクリオス王が放置している筈(はず)もなく、現在もエルミナに監視させていた。

(我々が妙な行動をすれば、それがアル殿の手がかりにもなるとも読んでいるか。確かに彼がこちらに接触を図ってくるなら、エルミナ殿が音もなく抹殺(まっさつ)することだろう)

長い廊下の暗がりと同化しながら、今も無言でこちらを眺めている暗殺者(アサシン)の恐ろしさと言ったら。

首に冷たい刃を添えられているに等しい状況に、リュールゥは内心で『おぉ怖い怖い』と震え上がりながら、それをおくびにも出さなかった。

むしろ陽気な声で、聞き取られるのも承知で会話を続ける。

少しでもエルミナ達の注意を引き付け、動揺を誘えれば儲けもの。

なにせ道化がこれから一体何(なに)を巻き起こすのか、もはや神さえも知りえないのだから!

「アル殿のことです。きっと思いもよらぬ方法で、こちらの度肝を抜いてくるに違いない」

「……通常であれば、人質が城下に入った直後。多くの民に紛れ込んで騒ぎを起こし、混乱に乗じるだろう」

リュールゥの言葉に、それまで黙っていたユーリはほとほと嫌そうに否定せず、取るべき常道を語る。

不本意にも、この中で最もアルゴノゥトと付き合いのある狼（ろう）の青年は、両眼を鋭く細め、城下を見渡した。

「――が、あの道化のことだ。どうせもう、近くまで来ている」

◆

「というわけで、城内へ楽に潜入する私達！」

怖いもの知らずの声が王城内に響く。

王や兵士達に見つかることなく、アルゴノゥトは既に城の中へもぐり込んでいた。

「緊急時、王族を逃がす『隠し通路』が城にあるのはド定番！　もの知りなオルナさんなら教えてくれると思ってました！」

「私ならどうせ知ってると思われるのも、それはそれで癪（しゃく）なのだけれど……」

今もアルゴノゥトが調子に乗って笑っていられるのも、つまりそういう理由だった。

彼の隣で不服そうな顔を浮かべるオルナが、ラクリオス王城と外に繋がる『王族専用の抜け道』を案内したのだ。

少女の非難がましい視線に今も刺されるアルゴノゥトはゴソゴソと辺りを物色していたが、そこでおもむろに、ふぅむ、と顎へ右手を添えた。

「しかし、意外にも兵が『隠し通路』に配置されていなかったな。君が抜け道を知っていることは敵も把握していると思っていたが」

「それはそうよ。人質を捕える牢屋とは真逆、城の倉庫に向かうなんて誰も思わない」

現在地は、武器庫然とした『地下倉庫』。

多くの兵が今や城の外に出払いつつある中、アルゴノゥト達はあたかも王達の背後に回り込み、死角を突くように、この倉庫へ忍び込んだのである。

クロッゾはここにはいない。

城への隠し通路に向かう前に別れ、今は別行動中だ。

「後は、そうね。妹を見捨てて王女を助けに行く、そんな可能性を危ぶんで兵を割いているんでしょう」

「心外だ！　私は可愛い妹を見捨てなどしない！　……しかし、やはりあの王も愚物ではないか」

最初は大袈裟に兄の心情を訴えていたアルゴノゥトだったが、すぐに真剣な顔を浮かべ、老王の短評を口にする。

凶牛の件で半ば我を失っていたとはいえ、アルゴノゥトは一度ラクリオス王の罠に嵌っている。年月だけで言えばアルゴノゥトの倍では利かぬほどの時を生き、多くの理不尽も味わいながら、残酷な為政者として国の舵取りを行ってきた存在だ。決して油断をしていい相手ではない。

「……で？　貴方はさっきから、この倉庫で何を漁っているわけ？」

ゴソゴソ、ガラガラ、と。

兵がいないことをいいことに、周囲の棚や木箱を片っ端から調べては物色し続けているアルゴノゥトに、オルナは半眼を向けた。

向けられてもちっとも嬉しくない青年の尻が左右に揺れる。

少女はつい、その尻を爪先で蹴っ飛ばしたくなった。

「いや、実は『探し物』があるんだが……お、いい『鎧』発見。もらっておこう」

「それ、国一番の鎧よ……。呆れた、盗賊みたいな真似をして」

金色の装具を見つけ、勝手に解体しては自分が付けやすいように弄り回し始めるアルゴノゥトに、オルナはとうとう溜息をついた。

彼女のぼやきに思わず笑うアルゴノゥトは、他にも儀仗とともに保管されていた祭典用の兵士衣装を何点か見繕い、淀みなく組み合わせていく。

まるで彼自身、貴族が抱える一流の仕立て屋のように。

「今から始めることの、必要経費だと思って目を瞑ってほしい。今だけは私も『形』を求める」

「……？　何の話？」

「オルナ、人は『英雄』を何で判断すると思う？」

こちらに問いかけているアルゴノゥトの背中に、オルナは眉を怪訝の形に曲げた。

「……力や、成し遂げた偉業ではないの？」

「真の英雄の場合なら、そうだ。しかし初見で判ずる時、人はまず『形』から見る」

オルナの理解を待たず、アルゴノゥトは何と服を脱ぎ、上半身を生まれたままの姿にする。

突然の光景に、少女の褐色の肌が赤らんだ。

何も知らぬ初心な乙女のように硬直したオルナは、慌てて体ごと目を逸らす。

「私はそれが『外見』と、『声』だと思っている」

耳まで真っ赤にした少女と背中を向き合わせる中で、青年はなおも手も口も止めない。

「言葉を突き付ける時、意志を訴える瞬間。あらゆる時に『形』は重要なものだ」

衣擦れの音を立て、少女の羞恥心など露知らず、下半身も着替え終える。

「逆に言えば、それさえ満たしていれば、中身がその実『道化』であったとしても、『英雄』と信じてもらうことはできる」

「……『英雄』と、信じてもらう……？」

最後に、金の手甲や膝当てを装着し、音を立てて黒の外套を背に回す。

『精霊の剣』を腰に差し直す気配を感じ取り、それまで赤面していたオルナはようやく、おずおずと背後を向いた。

外套に包まれた青年の後ろ姿は、感触を確かめるように細かい動作を繰り返していたかと思うと、再び辺りの物色を始めた。

「しかし、なかなか目当てのものが見つからないな。『血の香り』の濃さから言って、この武器庫にある筈なんだが――」

くんくん、と頻りに鼻を揺らしていたアルゴノゥトは、一番奥にある樽よりも大きい木箱に手を伸ばす。

そこで、動きを止めた。

「――あった」

笑みを一つ。

気になったオルナが近付き、覗き込むと、その瞳は大きく見張られた。

彼女を他所にアルゴノゥトは『それ』を手頃な麻袋に押し込む。

「行こう、オルナ。準備は整った」

今にもずっしりなんて音が聞こえてきそうな袋を右肩に抱え、振り返った。

浮かべるのは、飛びっきりの笑顔である。

「フィーナを助け出しに！　『宣戦布告』を――飛びっきりの『喜劇』を告げに！」

空は本当に青く、よく晴れていた。

見上げれば、胸に宿る想いと一緒に、意識が吸い込まれてしまいそうなほどに。

「さっさと歩け！」

「…………」

背中を乱暴に押されたフィーナは地面に転がった。

空が見えなくなり、冷たい石畳が肘や膝を傷付ける。

しかし悲鳴だけは上げなかった。

この数日で埃っぽくなった山吹色の髪を揺らし、うつむきながら、鎖で縛られた両手を使い、再び立ち上がる。

「来たぞ！　血が交わった半端者！」

「てめえの糞兄貴をどこにやった！」

「王女様を返して!!」

間もなく、全身を包み込んだのは群衆の叫び声だった。

人、人、人の海。

王城が見下ろすラクリオス一広い城前広場には、都中の住人が詰めかけていた。

姿を現したフィーナに、民衆という民衆が罵倒を浴びせかける。その中で年幼い只人の娘だけは――とある白髪の青年にお守りを見つけてもらった少女だけは――民衆の怒声に怯え、涙を溜めている。

荒々しい憎悪の声々に、それでもフィーナは姿勢を伸ばし、赦しも情けも請わなかった。

「王、処刑の準備が整いました」

その光景を眼下に置く、広場中央の小塔。

急遽用意された貴賓席のもとに、騎士長の男がやって来る。

「ですが、未だアルゴノゥトは姿を見せず……」

「義妹を見捨てたか、あの男め」

耳打ちしてくる騎士長に、ラクリオス王は眉間に皺を集めた。

椅子に腰かけながら、冷たい眼差しで処刑台へ上がろうとしているフィーナを見下ろす。

「どういたしますか？」

「……刑を執行せよ。見せしめだ。この王に逆らうなど何人も許さぬことを、世に示せ」

「はっ！」

王命に従い、騎士長が踵を返す。

ラクリオス王が冷酷に眺める中、塔を下りた騎士長はそのまま処刑台へと上がった。

「これより罪人アルゴノゥトの妹、フィーナの死刑を執行する！」

木で造られた処刑台は広かった。

幅は一〇M(メドル)は存在し、奥行きもその半分は存在する。処刑台というより演劇の舞台さえ彷彿(ほうふつ)させる。物々しい兵士達や、黒頭巾を被り大斧(おおおの)を持った死刑執行人さえいなければ。

騎士長の宣言に民衆が大きく沸き立つ中、フィーナがとうとう処刑台の階段を上りきり、民衆の前へと連れてこられる。

「罪状は、逆賊の妹であること！　王女をかどわし、攫(さら)った兇徒(きょうと)の罪は重い！　それは一族郎党でも同じこと！」

騎士長の一言一句が謂(いわ)れなき罪を糾弾し、民という火に憤怒(ふんぬ)という油をそそいでいく。

正面に溜まる人込みとは別に、処刑台側面に参列する兵士達の中に並ぶユーリ、ガルムスは拳を握り、リュールゥさえも同胞への侮辱に不快感を隠さなかった。

「最後に言い残すことはあるか！」

「……この身に流れる妖精(エルフ)の血に誓って、私は罪など犯していない。兄さんも、王女様を攫(さら)ったりなんかしていない！」

「黙れ！　欺瞞(ぎまん)を重ねる魔女め！　今より刎(は)ねる貴様の首をもって、罪人(アルゴノゥト)に報いを果たさせる！」

毅然(きぜん)と言い返すフィーナに、騎士長の男は予定調和のごとく切って捨てた。

続くのは反論を許さない兵士達の雄叫びである。

更に同調するのは情報操作をされた民衆の声の津波。

ユーリ達を除けば、この場にフィーナの味方などいない。

まさに魔女狩りを連想させる光景に、ガルムスは眦をつり上げた。

「奴が現れぬのなら、俺は突っ込むぞ」

「っ……！」

「………」

声を荒らげる兵士達の陰でユーリもまた臨戦態勢を取り、リュールゥは竪琴を抱え、ただ見守り続ける。

「アル……どうするんだ」

手を振り上げる人々の中で、クロッゾも呟いた。

王城の抜け道前でオルナ達と別れ、群衆に紛れ込んでいる鍛冶師の青年は、思わず顔をしかめる。

「処刑人よ、前へ！」

間もなく、その時はやって来た。

大斧を両手に持ち、黒頭巾を纏った巨漢が音を立てて歩み出る。

血の香りがした。残忍の証が巨軀に染み付いている。恐らくは猟奇人にして異常者。血の快楽に取り憑かれた男の目は、頭巾に空いた二つの穴の奥で笑っていた。

思わず顔を背けたフィーナは、繋がれた鎖を引かれ、兵士達の手で両膝を突かされる。

抵抗はしない。

もとより、牢に閉じ込められていた少女の体にそんな力は残されていない。

「魔女め！」

「罪を償え！」

「よくも王女様を！」

枷を嵌められていく間も、容赦なき悪意が飛ぶ。

あらゆる方位から罵声に殴りつけられるフィーナは、ゆっくりと目を閉じた。

(罵倒する声が聞こえる。怨嗟に満ちた声がぶつけられている)

闇に包まれた世界からは、音が遠のいていった。

(恐ろしい人の悪意に体が震えそう。最後まで涙なんか見せないと誓っていたのに、挫けそうになる)

心の奥底に沈みながら、それでも恐怖とは無縁ではいられない。

誇り高き妖精の血を受け継ぐ少女は、今日まで決して道を踏み外さず、おぞましい悪意の渦に呑まれることなんてなかったから。

(でも)

それでも、フィーナは泣かなかった。

（空はこんなにも青いから。あの人を初めて『兄』と呼んだ時と、同じように）

瞼を開け、雄大な蒼穹を瞳に映す。

愛の喪失を味わい、哀しみに暮れ、理不尽に当たり散らし、それでも自分に笑いかけてくれた少年を、顔を真っ赤にしながら消え入りそうな声で、『兄さん』と呼んだ。

かつて交わした大切な笑みを思い出し、フィーナの唇は当時と同じ穏やかな弧を描く。

「だから、怖くなんかない」

恐ろしい罵詈雑言の中で、透いた呟きが落ちる。

それを聞き取れたのは側で足を止めた処刑人のみ。

頭巾を被り表情の知れない巨漢は、確かに不愉快とばかりに眉をひそめ、次には嗜虐的に舌なめずりをした。

（兄さん、ようやく空気を読めるようになったんですね。良かった。きっともう私がいなくても大丈夫）

枷と鎖がフィーナの体を固定する。

身動きが取れなくなった少女を、振り上げられた大斧の影が覆う。

（救われたこの命、お返しします。だからどうか――）

迫りくる紅の瞬間に、あれほど燃え上がっていた民の空気が怯む。

兵士達が殺気立ち、老王が目を細める。

反逆の声を上げるため、狼人(ウェアウルフ)達がそれぞれの得物に手を伸ばす。

暗殺者(アサシン)の女がそれを見逃さず、暗器(あんき)を構える。

全ての者の世界が、時の流れが、緩慢になった。

「やれぇ‼」

放たれる騎士長の合図。

少女は、最後の時まで笑っていた。

「――どうか、貴方だけでも」

陽光を反射し、きらめく斧の刃。

振り下ろされる断頭の一撃。

直後。


「その死刑、待った！」

刹那の光が走り、鋭い一声が処刑場に鳴り響いた。

「‼」

大斧を受け止める、重くも甲高(かんだか)い激音。

真っ先に見開かれたのは、半妖精（ハーフエルフ）の瞳。

次いで騎士長の男が、老王が、狼人（ウェアウルフ）が、土の民（ドワーフ）が、女戦士（アマゾネス）が、無数の民衆が驚愕を追う。

その姿を目に焼き付け、笑みを浮かべるのは鍛冶師と吟遊詩人。

「フィーナを離せ！」

少女の最期を許さなかった剣（つるぎ）の正体は、金色（こんじき）だった。

驚倒する処刑人の眼光を受け止める双眸（そうぼう）は、深紅だった。

そして黒の外套とともに雄々しく揺れる髪の色は、純白だった。

「アルゴノゥトはここにいる!!」

道化は、舞台の上に躍り出た。

「現れたか！　道化め!!」

驚愕を抜け、席から勢いよく立ち上がったのはラクリオス王。

禍々しい笑みの中から今ばかりは歓迎の声を上げ、小塔の上から睨（ね）めつける。

「なんだ、あいつ！」

「まさか……あれがアルゴノゥト!?」

「妹を助けにきたのか？」

処刑台正面に群がる民衆はたちまち混乱のざわめきを奏でた。

傍らに布で包まれた荷物を落とすアルゴノゥトは、右手に持った『雷霆（らいてい）の剣』を軽く切り払う。それだけで何度も刃を押し込もうとしていた処刑人は後方にふらつき、危うく背中から倒れかけそうになった。

アルゴノゥトはそのまま指揮棒を振るうように剣を二閃。

すると光の線にしか見えない雷が走り、フィーナを捕らえていた枷と鎖、全てを断ち切った。

「にい、さん……」

「遅れてすまない、フィーナ。助けにきたぞ」

解放されたフィーナが膝を崩した姿勢から、何とか上体を起こし、見上げる。

そこには、いつだって笑みを絶やさない、陽気で明るい兄がいた。

呆然としていたフィーナの眉が、ぐっとつり上がる。

「どうして……どうして来ちゃったんですか！　私、ようやく兄さんに恩を返せると思ったのに！」

発露されるのは怒りだった。

「貴方だけには、生きてほしかったのに!!　どうして！」

兄を想う一途な親愛だった。

かつて彼に救われた少女が己の命で報いようとしたのに、こちらの気も知らない当の本人は、笑った。

「何を言ってるんだ、フィーナ」

怒りでは隠しきれない悲痛な叫びに、優しく笑いかけた。

兄を想う妹（フィーナ）と同じように、誰よりも深い親愛をもって。

「あの日と同じように、今日も空は青い。なら私はお前を助けにくるさ、『妹』よ」

「――――」

決して泣かないと決めていた少女の目尻に、滴（しずく）が浮かぶ。

「ほら、笑おう！　唇を曲げるんだ！　花のようなお前には、涙なんて似合わない！」

「っ……馬鹿っ！」

両腕を広げて満面の笑みを浮かべるアルゴノゥトに、フィーナはとうとう涙を流した。

「やはり来た！」

『一』を取り戻しに来た光景に、リュールゥが歓声を上げる。

押し黙っていた竪琴（リラ）を叩くように爪弾く。

「しかし、どうするつもりだ……！」

「ここは既に敵陣の中！　人質を助けることはもとより、脱出も敵わん！」

一方で危惧を抱くのはガルムスとユーリ。

処刑場を囲む兵士達を見やり、思わず身を乗り出す。

「派手に立ち回ったとしても、民衆に被害が及ぶ……八方塞がりってやつじゃないか？」

今もどよめきを広げる人々の中で、クロッゾもまた目を眇（すが）めるように顔を歪めてしまった。

大勢の兵士と数えきれない民は、まさに二重の『檻』だ。

「馬鹿め……」

下策も下策。

考えなしのアルゴノゥトに、エルミナは冷たい声音で蔑んだ。

「随分と待たせてくれたな、アルゴノゥトよ……」

吟遊詩人と戦士達がそれぞれの反応をもって主役の登場に反応する中、重い腰を上げた王が、小塔から立ったまま見下ろす。

都を統べる王の言葉を拝聴しようと、波が引いたように喧噪が周囲から消えていった。

嗄(しわが)れた老人の声でなお、処刑場全体に響く。

「しかし、のこのこ出てくるとは……貴様はやはりうつけのままよ」

「貴方はしばらく会わぬうちに老けましたね、王よ。何か『気がかり』でもありましたか？」

片や塔を見上げるアルゴノゥトは、不敵。

フィーナを背で庇(かば)いながら、王に向かって口端を上げてみせる。

「……その煩(わずら)わしい舌ごと首を断つ前に、聞いておこう。オルナ殿はどこにいる？」

「さて。群衆にでも紛れて、固唾(かたず)を呑みながら私達を見守っているのでは？」

憎々しく顔をしかめるラクリオス王に、アルゴノゥトは何てことのないように答えた。

「…………」

件の少女は、クロッゾとは別の位置で群衆に紛れながら、不安を隠さずアルゴノゥト達のことを見つめていた。

頭からローブを被って褐色の肌を隠しており、人の森からその変装を見破るのは至難だ。

事実、いくら塔の上から見下ろしても彼女の所在は摑めない。

「ふははは……！　あっさりと白状しおって！　ならば、もはや貴様になど用はない！」

しかしラクリオス王は、憂いがなくなったように笑い声を上げげた。

必要な情報が手に入った以上、この王都で罪人となった道化を死人に変えない道理はない。

「城から盗んだであろうその鎧、お前には釣り合わぬ代物だが……死に装束としてくれてやる！　やれ、兵士達よ！」

響く王命。

荒々しい靴音とともに、兵士達が処刑場に次々と上がる。

断頭を妨げられ苛立つ処刑人を筆頭に、多くの武器がアルゴノゥトを取り囲んだ。

「兄さんっ……！」

体に鞭を打ち、何とか立ち上がろうとするフィーナを安心させるように、そっと。

兄の手が妹の体を制する。

「あれは……まさか」

自らも飛び出そうとしたユーリとガルムスも、ばっと。

リュールゥの広げた腕に動きを止められた。

咎(とが)めてくるユーリ達の眼差しを他所に、吟遊詩人の瞳は、青年の手の中にある『黄金の剣』に釘付(くぎづ)けとなる。

「……さぁ、ここから始めよう。今、この時のために、私は過ぎた力を手に入れた」

アルゴノゥトに恐怖はない。

戸惑いも不安もない。

そこには意志だけがある。

王女を救えず、妹達に護られ、『一』も救えず惨めに逃げ落ちた、あの雨の夜を越え、アルゴノゥトは戻ってきた。

いくら人に騙(だま)され、王に利用され、多くの者の思惑に振り回されようとも、決して誰にも奪えない笑みを湛(たた)えて、帰ってきた。

だから、始まりの時だ。

今日こそが『神話の船出』を告げる、その時だ。

「やるぞ、『雷霆(らいてい)の剣(つるぎ)』よ！」

雷剣(らいけん)を高々と掲げ、アルゴノゥトは開幕の鐘(ベル)を鳴らした。

序曲（オーバーチュア）――『万雷（ばんらい）』。

晴れ渡る蒼穹の下で、走り抜ける稲妻が合図。

衆目に焼きつく金色（こんじき）の電流が踊り、歌う。

器楽は剣（つるぎ）、指揮棒もまた剣（つるぎ）、奏でられるは雷鳴。

奏者は無論、道化。

演者も兼ねる傲岸不遜（ごうがんふそん）にして大胆不敵な男の名は、アルゴノゥト。

歓喜と興奮、そして闘志を抑えきれず、道化は舞台袖から飛び出した。

笑みを刻み、白髪をなびかせながら、深紅の眼光を雷（いかずち）の瞬きと絡め、彩る。

疾走（ステップ）を一つ、旋風（ピルエット）を二つ、天舞（アラベスク）はまだお預け。

無数の兵士達と交わされるは仮借なき殺陣（たて）。

捉（とら）えられぬ。

斬りつけられぬ。

白風（はくふう）のごとく速く、疾雷のごとく鋭く。

翻（ひるがえ）る黒の外套（がいとう）はかき鳴らされる剣戟（けんげき）をすり抜け、すれ違う間際に続々と雷の華（はな）を生んだ。

弾ける兜、吹き飛ぶ鎧、崩れ落ちていく兵の数々。

舞台を見上げる民衆は瞳と時を奪われ、その黄金（おうごん）の輝きに見惚（みと）れた。

拍手はない。

歓声もない。

道化自ら上げる雷霆（らいてい）の歌声と旋律こそが『万雷（ばんらい）』そのもの。

それはいかなるものよりも滑稽で、何ものよりも雄々しい、飛びっきりの歌劇。

故（ゆえ）に演目の名は――『英雄喜劇』。

「ぐぁあああああああああああああああああああああああああ⁉」

世界を置き去りにした雷（いかずち）の奏楽（そうがく）に、兵士達の悲鳴が追いついた。

処刑台の上で巻き起こった一瞬の攻防劇。

驚倒する狼人（ウェアウルフ）達だけが追うことのできた斬撃の総数、四十と八閃。

兵隊相手に雷光そのものと化したアルゴノゥトは、その全てを斬り伏せていた。

「なっ、なぁ……⁉　なんだぁ、おめえはァ⁉」

暴れ狂う稲妻の余波によって、被っていた黒頭巾を吹き飛ばされた処刑人の男は、日の光の下に晒（さら）された醜悪な強面（こわもて）を恐怖に歪めた。

突撃した兵士達が防波堤となり、たった一人取り残されたのは幸運だったのか不幸だったのか。本来ならば自分が殺す筈だった美しい半妖精（ハーフ）の少女はもはや取り上げられ、落とした首を持ち帰って愛（め）でることもできない。その加虐心は完全に行き場を失った。

恐慌（きょうこう）と激昂（げっこう）。

その二つが混ざり合った只人(ただびと)の男は、衝動のままに斬りかかっていた。

「――ぐげぇえ⁉」

だが、一蹴。

大上段から振り下ろされた大斧を、片手に持つ『雷霆の剣』で軽々と受け止めたアルゴノゥトは弾くと同時、返す剣で処刑人の体躯を切り裂いていた。

下から伸びた斬閃にその巨体が嘘のように舞い上がり、処刑台を飛び越え、逃げ惑う兵士達のもとへ轟然と墜落する。

「なぁっ……⁉」

僅か数瞬の間に繰り広げられた雷劇(らいげき)に、ラクリオス王の眼が大きく剝かれる。

「雷(いかずち)⁉　まさか……『精霊の力』！」

エルミナも驚愕し、それと同時に規格外な雷の正体を見抜いた。

「にい、さん……？」

自分がよく知る兄とは思えぬ勇姿に、彼の背中に守られるフィーナは放心する。

「今や私は『雷(いかずち)の恩恵』を賜(たま)っている！　その身を雷霆に焼かれたくなければ、すぐに退(ひ)け！」

剣を振り鳴らすアルゴノゥトが雄叫(おたけ)ぶ。

電流を帯びる風が凱旋(がいせん)の声を上げるように広場を駆け抜け、兵士はおろか民衆もその言葉が真実であると認めなければならなかった。

「ふ、ふざけるな……！　ここから逃がすとでも思っているのか！」

声を爆（は）ぜさせるのは、小塔にいるラクリオス王だ。

予定外の事態に動揺しつつ、眼下に広がる『盤面』を正確に理解している老王は気丈に言い返す。

「そうだ！　罪人のアルゴノゥト！」

「王女様を連れ去ったくせに！」

支持するのは王の可愛い民草達。

今日まで王都という楽園と、王の治政に護られてきた彼等（ら）彼女等（ら）にとって、味方すべき者など最初から決まりきっている。

男も女も、余所者の罪人を決して許すことなどしない。

「兵を退（しりぞ）ける力を手に入れても、敵の数は膨大。情報操作されている民衆も、貴方への認識を覆さない」

飛び交う罵詈雑言の中に身を置くオルナは、右手をぎゅっと胸に抱く。

そもそもこの地に住まう者達にとって、部外者（アルゴノゥト）と統治者（ラクリオスおう）では信頼値が天と地ほどの差がある。

どんなに廉潔（れんけつ）であろうと統治者（ラクリオスおう）が『黒』と定めた時点で、それは咎人（とがびと）だ。王の箱庭は罪と罰の行方をどこまでも求める。

この悪感情を、そして王が綴った筋書きを覆すことは不可能に近い。

「どうするの、アルゴノゥト……？」

青年の身を案ずる少女が、不安を隠さず呟きを落とした、その時。


「聞いてくれ、王都にいる全ての者よ！」


「「!!」」

かつてないほど『高らかな声』が、広場の隅々まで響き渡った。

「私がここに来たのは、罪の潔白を証明するためだ！」

――アルゴノゥトの『声』は、よく通った。

国一番の鎧を纏ったアルゴノゥトの『外見』は、真実『英雄』のように見えた。

背筋を伸ばし、偽りの『王者の威風』を纏う彼に、誰もが目と時を奪われた。

「王女を連れ去ったのは私ではない！　犯人は別にいる！」

それは罵倒を途絶えさせるほどの声の才覚。

それは静寂を生み、空気を一変させるほどの『導者』の資質。

いや、いや、中身がその実『道化』であったとしても、『英雄』と信じさせる『形』そのもの。

英雄を名乗り、王者を嘯く道化の、一世一代の『演説』。

「じゃ、じゃあ誰が犯人だっていうんだ！」

貫禄に呑まれていた民の一人が、はっと我を取り戻し、慌てたように問い返した。

誰もが固唾を呑んで、その問いかけの行方に耳を澄ませていると——。

「『ミノタウロス』」

英雄たる道化は、堂々とのたまった。

「はっ……？」

「真の元凶は『ミノタウロス』！　恐ろしい凶牛の魔物が、姫を攫ってしまったのだ！」

呆然とする民衆に向かって、威風堂々とそう宣言したのだ。

「なっ……⁉」

言葉を失うのはオルナである。フィーナである。クロッゾである。

ユーリ達『英雄候補』である。

何を言っているのかわからない群衆の中で、アルゴノゥトの味方である彼女達ですら耳を疑ってしまったのだ。

「私は姫を助けるため、つい先程までずっと戦っていた！」

「はっ……ははははははっ⁉　言うに事欠いて魔物が王女を攫っただと！　馬鹿も休み休み言え！」

まさに面食らう民衆に向かって、アルゴノゥトが戯言を重ねていく中、小塔の上でラクリオス王は高笑いをした。

実際『ミノタウロス』の名が出た時、ラクリオス王は僅かに過ぎずとも動揺した。

天授物(アーティスト)や死肉貪る戦牛(ミノタウロス)――王家が秘していた真実が白日の下に晒されるやもしれない。それを一瞬でも危惧した。

だが暴露されたところで、そんな荒唐無稽な物語を誰も信じるわけがない。

少なくとも王の可愛く無知で愚かな民草は信じない。聞くに値(あたい)しない作り話だと吐き捨てて石を投げることだろう。それほどまでに光溢(あふ)れる楽園(ラクリオス)と闇の実態は乖離(かいり)しているのだ。

苦し紛れの摘発(てきはつ)か、あるいは盛大な自滅。

全くもって笑劇(ファルス)としか言いようのないアルゴノゥトの言動に、ラクリオス王は噴飯ものだと喉と腹を何度も揺する。

「人を喰らう魔物が、そんなことするわけなかろう！　くだらない虚言(きょげん)を弄(ろう)しおって！」

「王様の言う通りだ！」

「化物が王女様にほれ込んだとでも言いてえのか！」

「馬鹿馬鹿しい！」

手すりに両手をつき、塔から身を乗り出す老王の言葉に民も頻りに頷いた。

罵声が復活し、処刑台の上に立つ男に怒りの野次が投じられる。

だが、野次も罵声も慣れっこの道化は怯(ひる)まない。

「いいえ、王！　事実です！　証拠に、私は『遺品』と『遺言』を預かっている！」

「『遺品』？　『遺言』……？」

どころか、より胸を張って『次なる爆弾』を準備する。

小塔（こちら）に向かって妙なことを口走るアルゴノゥトに、ラクリオス王は怪訝な顔をした。

王は知らない。

ここに現れるまで、アルゴノゥトが国一番の鎧と一緒に何を拝借したのかを。

オルナだけは知っている。

あの憎たらしいほどの自信の裏に隠された『反則札（ワイルドカード）』の存在を。

占い師の少女の瞳が見開かれる先、状況に翻弄されるフィーナのすぐ目の前。

処刑台に姿を現してから今の今まで、妹の前に落として放置していた布でいい包まれた荷物を、
アルゴノゥトは右手で摑み上げた。

「民よ、見よ！　これが証拠だ!!」

そして掲げる。

『雷霆の剣』を足もとに突き刺し、左手で、勢いよく白布を剝ぎ取る。

転瞬、

「ひっ!?」

民衆は悲鳴によって揺れた。

「あれは……！」

ガルムス達さえ目を疑った。

「血濡(ちぬ)れの、大兜……？」

瞳に飛び込んできたその物体に、クロッヅも瞠目(どうもく)しながら呟いていた。

処刑台の上で民衆に向かい合ったアルゴノゥトが掲げるもの。

それは、ドス黒い鮮血を浴びた『特注の大兜』だったのである。

「まさか！」

思わず一歩前に踏み出したのは、ユーリ。

今から起こることを未来視したがごとく、否応なく道化のもとに引き寄せられる。

笑みを消し、何者よりも凛然とたたずむアルゴノゥトは、言い放った。

「そう、これはミノス将軍の兜！『遺品』となってしまった彼の装備だ！」

ぞくっ！　と肌(はだ)がわなないたオルナが思い描いた通りに。

道化の男は、その『爆弾』を投下した。

「私は貴方達に告げなければならない！　――ミ、ミ、ミノス将軍は死んだ!!」

静寂は一瞬。

世界がその意味を理解させられるのも、一瞬。

次の瞬間、少女の予想通りに、王城前広場は爆壊した。

「そんな⁉」

「嘘よッ‼」

「ミノス将軍がだなんて‼」

「楽園の守護者が……もういない？」

かつてない悲鳴と怒声、そして混乱が大渦を為す。

鼓膜を破壊しようかという民衆の叫喚に、唖然としていた兵士達も仰け反り、何とか鎮めようとするが、理性という名の堰は木っ端微塵に破壊された。決壊した感情、困惑と恐怖は濁流となって止められない。逆に兵士達が突き飛ばされる。

たった一つの爆弾が、王都ラクリオスを天変地異のごとく揺るがした。

「なっ、なっ、なぁ……⁉」

ラクリオス王も、目玉がこぼれ落ちんばかりに双眸を見開く。

揺れる塔の手すりを咄嗟に摑んで踏みとどまるも、上下に開いた顎がもとに戻らない。眼下の光景は、まさに悠久の楽園が崩壊したがごとく。ぶわっと大量の汗が吹き出る。

それは『ミノス将軍』という存在のほどを物語る証そのもの。

民草が冷静さをかなぐり捨てるほど『雷公』の名は絶対だ。

常勝将軍はこの地の心の拠り所であり、民衆の心に根ざす要石だったのである。

「に、偽物だ！　将軍の兜であるわけ……!!」

収拾のつかない事態に、騎士長の男が大声を張り上げる。

多分に焦燥を孕むその指摘に、しかしアルゴノゥトは憎らしいほど揺るがない。

「兜に刻まれている、この雷の紋章が見えないのか！　これこそ他ならない『雷公』の武具であることの証左!!」

「っ……!?」

逆に『物証』を突きつけ、反論の術を封じ込む始末。

アルゴノゥトが持つ兜に刻まれた血まみれの紋章が、騎士長の喉を塞いだ。

「あれは、もしかして……」

悲鳴の嵐に包まれる広場にあって、呆然としているのはフィーナ。

兄が今も民衆に見せつける大兜を見つめ、意識が過去に飛ぶ。

『重厚な鎧に、雷の紋章が刻まれた兜、巻きついた鎖、それに巨大な戦斧……』

それは『カルンガ荒原』で口にされた言葉。

『聞きしに勝る大将軍、紅き雷鳴を轟かす『雷公』。兜を壊し、顎を開き、人肉をその口に――』

それは妖精の吟遊詩人が口ずさんだ戦慄の詩。

あの峡谷で見た記憶が――『ミノタウロス』が纏っていた『血濡れの兜』が、眼前の光景とぴったり重なり合う。

「……あの時の兜を⁉」

あんな代物をくすねてきた兄の手癖の悪さを、フィーナは脱帽するより他なかった。

「城の『武器庫』に行ったのも、回収された兜を探し出すためか！」

ミノタウロスにまつわる情報を共有していたクロッゾも、合点がいった笑みを浮かべる。

全てが王都全体の風向きを変える仕込みであり、楽園を『混沌の極致』に陥れる単純明快にして極悪な一手だ。

「『ミノタウロス』に敗れ、私の前でミノス将軍は息絶えたのだ。最後まで姫を守ろうとしたがために！」

数々の村々や人々を振り回してきたアルゴノゥトの舌が、真骨頂とばかりに情報を捏造しては真に迫り、聞く者へ衝撃をもたらしていく。

民衆に真偽を見極める方法はない。

彼等彼女等は『ミノス将軍』の素性はおろか、姿形を目撃したことすらないのだから。

『王都を護るため常に戦場を駆け巡っている』。

『魔物の侵攻を阻むため戦わない日はない』。

ラクリオス王達は彼の雷公が都に姿を現さない理由を、武勇伝に結び付け喧伝していた。

この暗黒の時代の中で楽園という領域が保たれている時点で豪傑の存在を疑わぬ者はいない。

事実『鎖』に操られる凶牛（ミノタウロス）は敵を排除し続けてきた。享受できる平和そのものが民にこの上ない現実性（リアリティ）を与えていたのだ。

その上で、完全なる秘匿性が今、痛烈な仇（あだ）となった。

もはや民衆の判断の源（みなもと）は王や兵士達の反応のみ。

そこに狼狽（ろうばい）する騎士長達の姿が飛び込んでくれば、『本当に、もしかしたら』という疑念が民衆の心に鮮やかに芽吹いていく。

（ばっ、馬鹿な……⁉）

ラクリオス王の心中が荒れ狂う。

こんなくだらない『出まかせ』一つによって、楽園と呼ばれている王都の秩序が、突けば壊れる積み木の城のごとく不安定となっている。

通常の告発ではこうはならなかった。

民衆が全て一箇所に集まり、公開処刑というある種の感情（ボルテージ）の高まりさえ利用されなければ、ラクリオス王が速やかに手を打って混乱を鎮めていただろう。

この奇襲じみた、そして『劇的』な道化の舞台さえなければ！

「でっ、出鱈目（でたらめ）だ⁉　ミノス将軍が死んだなどと‼　全てが虚言（きょげん）っ――」

この馬鹿げた嵐を鎮めようと塔から身を乗り出し、老体に鞭を打って大声を放つラクリオス王だったが、

「ならば王よ！　『ミノス将軍』をお呼びください！　虚言を連ねる不届き者を捕えよと、楽園の猛将を此処に！」

「――っっ⁉」

『その言葉を待っていた』と言わんばかりに反転し、大兜を下ろし、右手を胸に、左腕を水平に広げ、痛切に塔へ訴えてくるアルゴノゥトに、王はとうとう絶句した。

「どうしたのですか？　何故呼ばれないのです！　何を躊躇われているのか！　王都を護り続けてきた轟雷の将ならば、何をしていいようと、どんなところにいようと、駆け付けてくる筈！」

ここぞと並べられるその文句に、はっと食いついたのは民衆。

「そうだ、王様！　ミノス将軍を呼んでください！」

「早くあの罪人を捕まえて‼」

「何をしてるのですか！　どうして呼ばれないのです⁉　も、もしかして……」

「やっぱり、本当に将軍は……！」

立ちつくし何も答えられない王に、絶望するのもまた民衆。

「ツッツ……⁉」

矢に射抜かれたがごとく、ラクリオス王は充血しきった両目をかっ開いた。

（呼べる筈がない！　最初から『ミノス』などという将軍はこの世に存在しないのだから！）

鳥肌とともに発火した全身の内側で、咆哮を上げるのはガルムス。

（全ては化物が被っていた醜き仮面！　明かしたら最後、この王都、ひいては王の破滅が待っている！）

道化の手並みに舌を巻き、拳を握りしめては土の民（ドワーフ）に同調するのはユーリ。

目の前で展開される逆転劇の中で、アルゴノゥトはなおも舞台役者のように言の葉（ことは）も、動作一つも駆使し尽くす。

「ええ、わかります、わかりますとも王！　喪（うしな）われた忠臣の存在をひた隠そうとする御身（おんみ）の心中（しんちゅう）！　民を不安にさせまいとする貴方の想い！　そのお心は正（ただ）しく王の在り方です！」

両目を瞑り、大袈裟に、そして深く感じ入るように何度も頷く姿に、思わず笑みを浮かべてしまうのはフィーナだ。

（なんて白々しい!!　我が兄ながら！）

誰よりも頰を染め、興奮の言いなりと化すのはリュールゥその人。

（しかし、なんて痛快だ！　もはや此処は彼の独り舞台！）

今にも相棒（リラ）を放り投げてしまいそうな衝動に駆られながら、瞳を輝かせ、舞台に立つ青年に熱い眼差しをそそぎ込む。

「だって、見ろ！　王は立ちつくし、兵士はうろたえ、民衆さえ今や彼の一言一句に翻弄される！」

子供のように笑うリュールゥは、自らも『彼の劇場』に取り込まれたことを悟った。

王は塔の上の敵将(ジェネラル)。

兵士達は右往左往する滑稽な踊り子。

民衆は荒れ狂う雷の楽譜を与えられた楽隊。

自分は差し詰め狂言回しか。

観衆は真実、我等を見下ろす天空ただ一人。

蒼穹は祝福し、陽光が照明を当て、『英雄』を名乗る大いなる愚者を照らし出す。

「ははっ……！　『筋書き』を書き換えた！　陰惨な王の『計画』から、自分の『物語』に！

都(みやこ)の全ての人間が集う、この場所を利用することで！」

道化が躍る。

敵も味方も巻き込んで、最高の歌劇を織りなす！

「これが――アルゴノゥトの本領！」

その鮮やかな舞台劇に、吟遊詩人は喝采を上げた。

「……！　死ね、道化!!」

とどまることを知らぬ歌劇に、焦燥を燃え上がらせたのはエルミナだった。

妹ともども悲惨な死を遂げる筈の操り人形が、間抜けな王から糸を乗っ取り暴れ出す始末。

最初は無感動に傍観し、起こった雷(いかずち)に驚愕して、その鮮やかな歌舞(かぶ)に呆然としていた女戦士(アマゾネス)は、とうとう看過できぬと地を蹴った。

それはアルゴノゥトが唯一危惧していた暗殺者の介入。

雷の加護を賜ってなお圧倒できぬ純粋な暴力。

この茶番を打ち壊さんと、殺戮の刃が処刑台へと飛びかかる。

「今、ちょうどいいところなんだ」

「っ⁉」

だが。

その襲撃を、道化の『友』が阻んだ。

「だから大人しくしてようぜ？　なっ？」

「っっ……貴様ぁ‼」

大剣と暗剣が弾き合う衝突音。

赫灼たる紅剣を肩に担ぎ、突如として目の前に現れたクロッゾに、エルミナは激昂の声を上げた。両者の姿が霞み、迅烈な斬り合いが瞬く間に繰り広げられる。

「本当にミノス将軍が死んだなんて……！」

「ああ、駄目よ、もう王都も終わりだわ……！」

処刑場の右方、舞台袖で知れず闘劇が演じられる中、激する刃と刃の衝突音でさえ、民衆の絶え間ない悲鳴と喧噪が塗り潰してしまう。

人々に絶望が取りつこうとしたその時、再度、雷が嘶いた。

「動じるな、民よ！　将軍の『遺志』を継ぐ者はここにいる！」

顔を上げる群衆を照らすのは、雄々しき精霊の剣を掲げる一人の男。

その勇ましき姿に思わず見惚れる人々に、アルゴノゥトは高らかに、新たな希望をもたらした。

「将軍は言ったのだ！　死を看取った私に、姫を助けろと！　私こそ将軍の後継者！」


「嘘、八百!!」

噴き出すのは無論、妖精の吟遊詩人。

「身のほど知らずの虚言妄言高言！　ここまで来ると清々しい！」

絶望の反転。

希望へのすり替え。

自身の冤罪を払拭するおまけ付き。

舞台の展開と感情の落差に民衆という民衆が目を回す。

もはや笑いが止まらないリュールゥは、まるで指を鳴らすように羽付き帽子の鍔を勢いよく弾いた。

「けれど王は止められない！　彼の独壇場を!!」

妖精の瞳が向かう先、小塔の上。

両手で手すりを握り、体を前に傾け、ラクリオス王が今にも転落しそうな姿を晒している。

「……、……、……っっ⁉」

何度も口を開いては閉じるも、決して言葉が形になることはない。

衝撃と動揺、焦りと危惧に支配される老王はリュールゥの言う通り、アルゴノゥトの一人舞台を止めることができない。

止められるなら、とうにやっている。

『ミノス将軍』をこの場に呼び出すことができない時点で、王は既に同情されるべき一国の主──舞台の登場人物の一人なのだ。

「多くは語るまい！　だが、この身に纏いし雷こそ将軍の遺志の証！　偉大なる『雷公』の権能は、私に受け継がれたのだ！」

『雷霆の剣』から鮮やかな電流が発せられ、民の視線を奪う。

処刑台へ乱入しようとしていた兵士達の増援の前に立ちはだかり、それを殴り飛ばしたユーリは口端を上げた。

「よく抜かす……！」

「戯言も戯言よ！　どうせ行き当たりばったりの後付けだろうに！」

ガルムスも同じだった。

ユーリとともに、太い腕で兵士達を掴んでは放り投げながら小憎らしそうな笑みを作る。

「でも、民衆の耳には……！」

戦うユーリ達の光景を横目に、フィーナは処刑台の上から周囲を見回した。

僅かな凪が訪れた後、『風向き』が変わった人々という波を。

「ミノス将軍の後継者……？　本当に？」

「見て、あの雷……本物の『雷公』みたい……！」

処刑台を見上げる顔に、剣を携える青年を映す瞳に、信用と希望が灯っていく。

「故に！　約束しよう！　この私が、アリアドネ王女を救い出してみせると！」

頃合いを見てアルゴノゥトが叫んだ瞬間――――おおっ!!　と。

雄叫びが城前広場を震わせた。

つい先程まで飛び交っていた罵倒と悲鳴が反転し、大歓声が爆発する。

王都の住民はアルゴノゥトを『雷公』の後継者と認めたのだ。

大衆を愚か、とは言うまい。

　雷を操るアルゴノゥトはこの時、確かに神秘の担い手で、幻想の使者であり、『希望』の旗印に違いなかった。

　声と姿、そして稲妻という反則の『形』を従える青年の姿は、何も知らぬ民の瞳には紛れもなき『英雄』として映ったのだ。

「…………『英雄日誌』」

今や都中を沸騰させようかという熱狂と、その光景に、目を奪われてしまうオルナは無意識のうちに呟いていた。

「綴られるのは、一人の男の軌跡……。愚かな一人の男が、人に騙され、王に利用され、多くの者達の思惑に振り回される、滑稽な物語……」

それはオルナ自身も口にしたことのある道化の生き様。

それと同時に彼女の目が見守ってきた、青年の苦難と冒険。

「友の知恵を借り、精霊から武器を授かって……なし崩し的に姫を助け出してしまうような、とびっきりの『喜劇』」

男は常に本を持っていた。

どんなにくだらないことも頁に筆を走らせ、記録してきた。

綴る『軌跡』を、まるでいつの日か、全てそこに結実させるかのように。

――悲劇も、惨劇も要らない。

――あるのは、『喜劇』だけで十分だ。

この王都に来る直前、青年が語っていた言葉を思い返す。

「アルゴノゥト……貴方は……」

少女は瞳と、胸を震わせ、その『核心』を唇に乗せていた。

「この国の負の連鎖を……全て『喜劇』に変えようというの？」

返事はない。

答えはない。

未だ道化は歌い、踊っている。

故に英雄(アルゴノゥト)が示すのは唯(ただ)一つ。

長き喜劇(ものがたり)の始まり。


「これは悪しき猛牛を、『ミノタウロス』を倒すだけの物語！」


突き立てる。

処刑台(ぶたい)の正面にたたずみ、黄金(こがね)に輝く精霊の剣(つるぎ)を。

「そうだ、たった一匹の魔物を倒すだけ！　だが、この一歩をもって人類は前進する！」

猛る。

唸(うな)る雷(いかずち)とともに、天と大地に向かって。

「どうか約束してほしい！　この『偉業』が果たされた時、みなの手で『英雄神話(しんわ)』を紡ぐと！」

それは男が描いていた希望の始まり。

それは絶望を払い、世を覆す『神話』の足がかり。

燃えた亡国(こきょう)ともに一度死に、新たに産声を上げた少年は、自分を救った一冊の英雄譚(ほん)に命の炎(ひかり)を捧げる。

愚物から愚者へ。

愚者から世界へ。

世界から未来へ。

神話は巡る。

かつての英雄達の意志を継ぎ、自らが新たな物語の一頁(ページ)になることを誓う。

「嘆きと絶望の時代は終わった！　これより始まるは『英雄の時代』！　人類反撃の狼煙(のろし)を上げる、その時だ！」

何も知らぬ者は言うだろう。

ただの大言壮語と。

愚かな夢物語だと。

今、この地でその宣言を聞いた者は言うだろう。

それは至尊(しそん)の約定(やくじょう)であると。

男が『雄牛(おうし)殺し』を成し遂げた時、契約は果たされる。

世界は目を覚まし、男の偉業に報いるため、雄叫びを上げるのだ。

この小さき楽園、大陸の片隅から。

導き手はここに。

「私は今より『英雄達の船』になろう！　だから、どうか！　どうか私の後に続いてくれ！

勇者達よ!!」

約束されるは『大いなる航海』。

遥か数千年後、光昇る水平線を目指す『英雄達の船旅』。

錨は上がり、船笛は響いた。

続く者はいるか？

乗り込む者は誰だ？

名乗りを上げ、伝説を目の当たりにするのは一体誰か？

──決まっている。

「約束しよう！　必ずや貴様の後に続くと！　英雄の灯火は途絶えさせぬと!!」

土の民が。

「我が誇りに誓おう！　弱者が上げた咆哮を、今も眠る強者に聞かせると!!」

狼人が。

「この名に懸けて果たしましょう！　貴方の『物語』を必ずや、世界の果てまで届けると!!」

妖精が。

力の雄叫びと、誓いの咆哮と、風の竪琴をかき鳴らし、拳を振り上げ、尾を揺らし、帽子を押さえながら、船梯子を駆け上がり、甲板へと躍り出る。

兵士を薙ぎ払って処刑台に上がった声々に、英雄の船は笑みを刻んだ。

ならば後は歌い、踊るのみ。

「よろしい！　ならば神々よ、ご照覧あれ！」

この出港を目にした楽園の住人が証人であり、この地こそが震源地。

わけもわからず心が震え、瞳から涙を流す民は、船旅への叫喚を上げていた。

「この時をもって新たな時代を切り拓く！」

響き渡るは祝福の歌。

それは神話へと至る『喜劇』。

『英雄』は世界へと、号令を解き放った。

「私が、始まりの英雄だ‼」

この日、この時、この場所で。
私は確かに天上からの『声』を聞いた。
それは呵々大笑(かかたいしょう)の声。
腹を押さえ、転げ回る、神の笑い声。
天の支配者は、その男の『宣戦布告』に対し告げたのだ。
『やってみるがいい』と。
道化の答えは一つだけ。
だから、さぁ——。

喜劇を始めましょう。

CHAPTER 5

五章

最後の晩餐
～あるいは鍛冶師の計らい～

熱気が収まらぬ。

歓声が鳴りやまぬ。

新たな時代の胎動を無意識に予感する民衆は声を上げ、『英雄を名乗る道化』を受け入れた。

『ミノス将軍』という記号に代わる雷の代行者。

あたかも神話の始まりを目撃したように興奮を隠せず、楽園はどこまでも声援と祝福を送り続ける。

「ふざけるな……ふざけるなアルゴノゥト……！　貴様の思い通りなど許さぬ、許さぬぞぉおおおおお……！」

そんな祝福の中で、呪詛を絞り落とす者が一人。

ラクリオス王である。

賑わいに満ちる景色を小塔の上から見下ろしながら、相貌を歪めに歪め、枯れた枝のように細い全身を軋ませる。

召し物を濡らすほど汗をかき、その顔色は赤と蒼白の間で往復していた。

「ぐぅうううううう……⁉」

獣のごとき唸り声を発したかと思うと、王はぐるんっと白目を剝き、音を立てて卒倒した。

頭に血が上り、老体が耐えかねて気を失ったのだ。

すぐに異変に気付いた騎士長が塔を駆け上がり、悲鳴めいた声を散らす。

「王⁉　兵士達よ、城へ戻るぞ！　心労が重なった王を送り届けるのだ！」

塔から身を乗り出して命令する騎士長に、兵士達は従うより他ない。

戦場から撤退するかのように慌ただしいまでに甲冑の音を鳴らし、馬車に乗せられたラクリオス王を囲みながら王城へと大移動した。

それまで歓声一色だった広場も王と兵士達が消え、ようやくどよめきを発するようになった。一体どうしたのかという戸惑いの声の後、『ミノス将軍』という偉大なる右腕を失ったからに違いないと、王の心中を察する憐憫が広まった。

真実を知らぬ大衆は賢く、楽園の統治者に対しどこまでも同情的であった。

「兵が退いていく……諦めたのか？」

どよめく民のもとに、クロッゾが着地を決める。

斬撃を弾いて後退の姿勢で跳躍してきた鍛冶師を、群衆は慌てて避けた。

「民衆の目があるこの場では、もう何もできないと悟っただけよ。アルゴノゥトを始末する大義名分を、彼等は引っくり返された」

そんな彼に歩み寄り、変装用のフードを脱いだオルナが説明する。

なるほどな、とクロッゾが頷いていると、音もなく一人の女戦士が処刑台の端に現れた。

「エルミナ……」

一瞬、悲しみに暮れるように目を伏せた暗殺者は、次には感情など殺して『妹』のことを見つめる。

「たとえ憎まれようと……私は、お前を守る」

次には踵(きびす)を返し、城に帰還する兵士達のもとへ去っていった。

立ち去った『姉』の姿に、今度はオルナが目を伏せ、沈黙を纏(まと)う番だった。

「…………」

その一部始終を、アルゴノゥトは処刑台の上から黙って眺めていた。

自分の妹の救出を優先した今の彼に、何かを言う資格はない。

「兄さん……兄さんっ！」

「おおっ、フィーナ！　無事だったか！」

そこで、背後から妹の声がかかる。

立ち上がれるようになったのか、よろよろと身を起こすフィーナの姿に、アルゴノゥトは喜色満面の笑みを浮かべる。

愛する妹との、念願にして感動の再会だ。

「兄さぁぁぁぁぁん！」

「フィーナァァァァ！」

兄妹揃って駆け出す。

その細くも柔らかい体が胸の中に飛び込んでくることを確信した男は、両腕を広げた。

片や両手を振って近付くフィーナは勢いよく踏み込んで——握り拳を振り抜いた。

「このッ、ボッケナスゥーーーーーーーーーー!!」

「ぐはぁああああああああああああ!?」

愚兄（ボケナス）の鳩尾（みぞおち）に妖精拳（ようせいけん）が炸裂（さくれつ）する！

両の眉を急角度につり上げたフィーナ怒りの一撃が突き刺さり、目をかっ開いたアルゴノゥトはゴミのように吹き飛ぶ。

「人の気も知らないで勝手なことばかりして！　今度という今度は許しませんよ!?」

「あのっ、フィーナさんっ、照れ隠しにしては過剰というか殺意が拳に乗り過ぎているというか……お、お助けー!?」

ふぅふぅと肩で息をするフィーナは顔を真っ赤にして、倒れた兄に馬乗りした。

肩叩き（かたたたき）、と言うには少々威力が強い両拳の雨をボカボカと振り下ろしてくる凶妹（きょうまい）に、肢体の柔らかさなど堪能する余裕もないアルゴノゥトは悲鳴を上げた。

その光景に観衆が戸惑いの声を上げ始める頃、オルナは溜息（ためいき）をつく。

「台無しね……」

「仲のいい兄妹だな」

すぐ横でクロッゾが笑みを浮かべていると、アルゴノゥト達のもとに三つの影が近付く。

「少し見ないうちに変わったと思いきや、相変わらずのようですね、アル殿」

「どんなに気取ろうが、道化は道化よ。むしろこれくらいがちょうどいい」

「リュールゥ！　ガルムス！　それに、ユーリ！」

「………」

妖精(エルフ)、土の民(ドワーフ)、狼人(ウェアウルフ)の三人だ。

とうとう力つき、ぐでーと動きを止めるフィーナを優しく横に寝かせ、アルゴノゥトが立ち上がると、笑(え)むガルムス達とは対照的にユーリは無言で睨(にら)みつけてきた。

下水道での別れを思い出しているのだろう。酷(ひど)く無愛想の表情を浮かべている。

しかしアルゴノゥトは、やっぱりそんなことは気にしない。

「多くの迷惑をかけた！　どうか謝らせてほしい！　君達のおかげで私は今、ここに立っている！　すまない！　そして、ありがとう！」

自分を逃がすため力を貸してくれた亜人の戦友達に、嘘(うそ)偽りのない謝罪と感謝を捧げる。

「ふんっ……やめろ、気色悪い」

馬鹿正直に謝っては礼を告げるアルゴノゥトに、ユーリは眉をひそめる。

「……別に、貴様のためにやったわけでは、ない……」

そして顔を明後日の方向に向け、そんなことを呟(つぶや)くのだった。

誇り高き狼(ろう)の戦士がその時どんな表情を浮かべたのか、言葉にするのは野暮というものだろう。

「何やらお約束の言葉が聞こえた気がするが！　ともあれ綴(つづ)るぞ、『英雄日誌』！」

代わりにアルゴノゥトは懐から日誌を取り出し、羽ペンを走らせた。

呆(あき)れるガルムス達と、笑みを噛み殺すリュールゥの目の前で、次の一文を書き記す。


『アルゴノゥトは仲間の手を借り、窮地を脱したのだった！』


興奮冷めやらぬ王都の状態は、日が西に傾き、宵闇が迫った後も続いた。

突如もたらされた『ミノス将軍』の戦死に衝撃と不安は隠せず、弔いの声は途切れなかったものの、ざわめく民衆の話し声には期待があった。あのちょっとおかしい『英雄』の青年が楽園の守護ではなく、新しい何かを始めてくれるのではないか、と。

雷(いかずち)を従え、衆目の前で堂々と宣言したアルゴノゥトには、そう思わせるほどの覇気と引力が確かに存在したのだ。

「いやぁ、しかし何度思い返しても見事な立ち回り。私はアル殿に感服いたしました！」

そして、そんな道化を誉めそやすのが身内にも一人。

星明かり照らす夜空の下、リュールゥは竪琴(リラ)を弾きながらやんややんやと称(たた)えた。

「はっはっはっ！　褒(ほ)め過ぎだリュールゥ！　しかし私の自尊心を満たすためにもっと褒め

てぇ！」

アルゴノゥトは当然のように有頂天となり、承認欲求の魔物と成り果てる。

荒野に設けられた焚き火が火の粉を舞い上げているせいか、ここの賑々しさだけ切り取れば宴のごとくだ。吟遊詩人と道化のやり取りを眺めるオルナは、疲れ果てた表情を見せる。

「いつもこんな調子なの……？」

「大体そうですけど、今日はまた特別というか……」

彼女の隣で小さな岩に腰かけるフィーナは苦笑してから、褐色の横顔を見つめる。

「ところで、貴方がオルナさんですよね？」

「ええ。そして貴方がアルゴノゥトの妹、フィーナね」

「はい。私がいない間に、きっと貴方が兄さんに振り回されたことかと思いますが、色々とありがとうございます」

初対面のオルナに、にこやかに喋りかける。

互いにアルゴノゥトの口から人物像を聞き及んでいる二人に、障壁や抵抗はなかった。

むしろフィーナは同じ仲間を見るかのような態度で、心優しく接した。

「あと、色々お疲れ様です……」

「非常に嫌な同情を向けられてるような気がするけど……貴方も苦労しているようね」

口唇を微妙な形に曲げるオルナが悟ったように嘆息する。

しみじみと少女達が交流する一方、盛り上がりを見せるのは土の民(ドワーフ)を始めとした男衆だ。

「ほう、貴様は鍛冶師か！　職人のくせにあの女戦士(アマゾネス)を押さえ込むとは、見事なものよ！」

「剣技はまるで歯が立たなかったけどな。精霊(ウルス)の力で何とかしてただけだ」

「謙遜(けんそん)するな！　仲間のために難敵を退(しりぞ)けるなど戦士の勲章(くんしょう)に違いあるまい！」

あのエルミナと互角に渡り合っていたクロッゾの姿を認めていたガルムスは、アルゴノゥトを調子に乗らせるリュールゥに負けず劣らず称えた。クロッゾもクロッゾで豪快に振る舞うガルムスとは相性がいいのか、気楽な笑みを浮かべている。

「強き者は俺も敬意を払うところ！　火酒(ひざけ)でもあれば酌(く)み交わしたいものだ！」

「はは、気のいい土の民(ドワーフ)の親父だな」

「——俺はまだ十八だぁ!!」

「うっそだろ、お前!?」

そして土の民(ドワーフ)の罠(わな)に嵌(はま)って素(す)っ頓狂(とんきょう)な声を上げた。

驚倒するクロッゾにガルムスがたちまち怒りの声を上げ、焚き火を囲む騒々しさに歯止めがかからなくなる。

「何だ、この時間は……」

「『戦士の休息』というやつですなぁ。異種族の者が集まってこのように賑わうなど、新たな時代を象徴しているようではありませんか」

果実を齧りながら、一連の光景を眺めていたユーリは心底脱力した声を漏らした。

彼の隣でリュールゥが呑気に竪琴を奏でると、何が新たな時代だ、と狼人の青年は言い返す。

フィーナを救ったアルゴノゥトの大立ち回りから既に半日。

道化とその仲間は体を休め、しばし談笑の時間を過ごしていた。

「さて、本題だが。凶牛諸々の情報は、後でオルナに説明してもらうとして……」

「面倒を私に押し付けるの止めてくれない？」

各々が食料で腹を満たした後、アルゴノゥトは見計らったように話題を投じた。

非難がましい半眼を向けるオルナを他所に、それを切り出す。

「私は、今すぐにでも姫を助けにいきたい」

「その気持ちはわかるが……王女とやらがどこにいるのかもわかるまい」

真剣な面持ちで胸中を告げるアルゴノゥトに、大地の上に直接胡坐をかいているガルムスが当然の疑問を口にした。

只人の青年が目を向けると、オルナは溜息を隠すように一度瞑目し、ガルムスや他の者達の顔を見回す。

「……普段『ミノタウロス』が閉じ込められているのは、城の地下に築き上げられた『ラビリンス』。ラクリオス王家に仕えていた異様な『名工』が命と引き換えに作り上げた、複雑怪奇な大迷宮よ」

耳を疑うフィーナ達は、だがすぐに神妙な顔で銘々が思考に耽った。

『カルンガ荒原』の大峡谷にて、『ミノタウロス』が現れた巨大な門を彼女達は目にしている。あの峡谷に築かれた埒外の構造物が『大迷宮』とやらの『入口』だったとしたなら、オルナの話も一気に現実味を帯び、疑うことが難しくなる。

「今日のアルゴノゥトの演説のせいで、王城側の計画は一気に破綻した。こうなってしまえば王はアリアドネの『生贄』を急がせる。今頃、地下牢から大迷宮へと運び込まれている筈よ」

もともとアルゴノゥトを罪人に仕立て上げ、彼に攫われた生贄を闇の中に葬るのがラクリオス王の筋書きだった。

しかし今や愚かな道化は救国の英雄の座に据わりつつあり、王の計画は頓挫しかけている。ならば『ミノタウロス』を御するためにも、アリアドネを贄として捧げるだろうというのがオルナの見解であった。ユーリ達に加え、雷の加護を授かったアルゴノゥトに対抗できるのは、あの猛牛の怪物しかいない。

「なんにせよ、今夜はここで体を休ませた方がいいかと。大迷宮などというものに挑むというなら、尚更英気を養わなくては」

「……そもそもなんですけど、どうして私達はこんな場所で野営してるんですか？　しかも王都の目と鼻の先で」

リュールゥの提案に、ふとフィーナが疑問を口にする。

現在地は王都の壁外。

王都を視認できる場所にあって、めくれたように岩陰がそり立つ荒野の一角だ。

焚き火のすぐ側に突き刺した『雷霆の剣』が結界よろしく、うっすらとした光の膜を張り、魔物が近寄ってくる気配はない。民衆から快く作物を譲ってもらったアルゴノゥト達は、この場所で夜を越そうとしていた。

何日も牢屋に閉じ込められていた疲労から、ここに来て満足な食事を取るまで朦朧としていたフィーナが首を傾げていると、

「王都は依然、私達の始末を諦めていません。のうのうと城にいては格好の的。暗殺されるのがオチでしょう」

「……！」

リュールゥがそう答えた。

フィーナははっとして、杖を引き寄せ辺りを窺ってしまう。

「そ、それじゃあ、今も私達を狙って……！」

「いや、地上で仕掛けてくることはない。そこの道化は民衆を味方につけているも同然だ」

獣人の五感を頼りに、誰よりも聴覚や嗅覚を研ぎ澄ませているユーリは杞憂だと告げる。

ガルムスも頷き、戦士としての直感を口にした。

「ああ。仕掛けてくるとしたら……人目につくことのない大迷宮とやらが、ちょうどおあつら

え向きだな」

「『ミノタウロス』の討伐は失敗した、っていう体で葬るってわけか……」

フィーナともども、話を聞いていたクロッゾが納得する。

敵はアルゴノゥト達を亡き者にしようとしている。

一方で、アルゴノゥト達の方から打って出ることはできない。できない、というよりアルゴノゥト自身がそれを望んでいない。

この一連の事件の終結が、王を弑殺するでは意味がない。

何も知らぬ民衆からすればラクリオス王は未だ楽園を護ってきた名君。彼を討てば少なからず王都は混乱し、地盤が崩れる可能性を孕んでいる。余所者のアルゴノゥトが血濡れの王座を奪ったとしたら、間違いなく民衆の反感を買い、反乱を招くだろう。

何より、血による粛清はアルゴノゥトが望む喜劇になりえない。

歪んだ領域に成り果てた楽園の大本、『ミノタウロス』を討ち、アリアドネを救う。

それがアルゴノゥト達の勝利条件。王都をどうするか考えるのは、その後だ。

「ところで、身も蓋もない話、どれだけ勝算があるんだ?」

状況を確認し合っていたフィーナ達の中で、おもむろにクロッゾが尋ねた。

この中で唯一、彼だけが真正の怪物を目にしていない。

誰もが口を閉ざす中、アルゴノゥトは占いの結果を問うように、少女へ視線を向けた。

「オルナ……君の見立てを聞かせてほしい。精霊の力を得た今の私と、ミノタウロス。どちらが強い？」

「……まだ、ミノタウロスの方が強い」

占術がもたらすのは、酷薄なお告げだった。

「あの怪物は数え切れない人と魔物を喰らい続けた魔獣。通常のミノタウロスより遥かに強く、その力は竜をも上回る」

「……！」

王家三代にもわたって死肉を貪り続けてきた『強化された種』と告げられ、フィーナが息を呑む。

誰も口を開かず、焚き火の音だけが響き、空気が重くなりかける。

だがその直前、アルゴノゥトはあっけらかんと明るい声を出した。

「まぁ、悲観していてもしょうがない！　それに私は独りではないのだから！」

それは道化の素直な思いである。

「幸いにも、私には仲間がいる。みなの力を合わせれば、凶悪な怪物だって打ち倒せるさ！」

「兄さん……」

何も根拠なんてないくせに自信満々にのたまうアルゴノゥトに、フィーナは笑顔を浮かべた。

彼がそう言えば本当にそうなるような気がして、リュールゥやガルムスの間にも笑みが宿る。

「さぁ、もう寝よう！　明日は迷宮へと繰り出し、雄牛退治だ！」

アルゴノゥトはそう言って、就寝の準備を始める。

『ミノタウロス』の襲撃を警戒する、と言って民に譲ってもらった天幕の設置に精を出した。

「…………」

フィーナ達もそれを手伝う中、クロッゾは黙ってアルゴノゥトの背を見つめた。

◆

オルナを除けば各々が旅をし慣れているとあって、天幕の設置はすぐだった。

岩陰を風除けに用いつつ設置された天幕は三つ。男用と女用、そしてリューールゥ用だ。

なぜ鼻持ちならない妖精一人のために天幕を用意せねばならん、とガルムスが抗議の声を頻りに上げたが、当の本人はというと、

「おっしゃる通り妖精は何かと鼻持ちならず、潔癖症で神経質！　皆々様には申し訳ないと思っているのですが、種族の文化と思って見逃して頂きたい！」

などと、いけしゃあしゃあと言った。清々しい笑みを添えて。

差別などとはほど遠い変わり種のくせにしてよく言う、とユーリ達に呆れられながら、素性が謎に包まれた妖精はまんまと個人用の天幕を勝ち取ったのである。

そんな一悶着があった後の、夜半。

「どうした、鍛冶師？　見張りの交代にはまだ早いぞ？」

焚き火の前で見張りをしていたガルムスとユーリの前に、天幕から抜け出したクロッゾが姿を現した。

「なぁ、お前等。『工房』に心当たりはあるか？」

「『工房』……？　兵士達の武器を製造する国管轄下の工場ならば、王都にはあった筈だが……」

移住させる部族の安全は護られるのか、『英雄候補』として王都内を軽く視察していたユーリは記憶にある光景をそのまま語った。王都に初めて足を踏み入れたアルゴノゥトも目にしている、箱型の建物だ。

クロッゾはそれに、よし、と笑って依頼をする。

「そこでいい。俺を案内してくれないか？」

「待て待て、何を言っている？　工場なんぞに足を運んでどうするつもりだ？」

「俺は鍛冶師だ。なら、やることなんて一つだけだろう？」

手の平を向けて問いただすガルムスに、赤髪の青年は鏡のように自らも手の平を向けた。

「あいつに作ってやりたいものがある。面倒な『重荷』を背負っちまってるようだからな」

「！」

「アルは、いいやつだ。俺はあいつを死なせたくないし、力になってやりたい」

鍛冶師として武器を打つ。

そうのたまうクロッゾに、ガルムスとユーリは軽く目を開いた。

「……王城はバタバタしていて、工場に人員を割く余裕もない。今ならば容易に忍び込み、作業の一つや二つは可能、か」

「一晩で武器を用意するつもりか？　まず不可能だろう」

土の民(ドワーフ)はその義理堅さに感心し、狼人(ウェアウルフ)は現実的な視点から発言する。

「俺のやり方は少し特別だからな。体に流れる『力』を使えば、まぁ間に合うだろう」

ユーリの指摘に、クロッゾは手の平を見下ろした。

すると彼の中の『血』が反応するように、熱気を纏った赤い靄(もや)が立ちこめ始める。

その光景に、獣人の青年はそれ以上の追及はしなかった。

「……いいだろう、付き合ってやる。お前も来い、狼人(ウェアウルフ)。獣人の鼻は役に立つ」

「勝手に巻き込むな、土の民(ドワーフ)。だが……致し方あるまい。同伴してやる」

「悪いな、アルのために」

髭を揺らし、口の端を上げるガルムスに、文句を言っていたユーリは不承不承の体(てい)で立ち上がった。クロッゾは謝ろうとしたが、

「勘違いするな。あの道化のためではない。ただ化物を倒す確率は僅かでも上げておく、それ

だけのことだ」

「ははっ、建前は何だっていいさ。じゃあ、付き合ってくれ！」

そんな素直じゃない獣人に、声を上げて笑う。

肩から浮かび上がる精霊(ウルス)に、自分達の代わりに周辺を見張るよう言いつけ、剣と工具を持って駆け出す。赤髪の鍛冶師をすぐに追い抜くユーリが先頭となって、男達は闇に沈む王都へ侵入するのだった。

「アルゴノゥトを大迷宮(ラビリンス)で亡き者にせよ！」

真夜中の王城。

知れずクロッゾ達が都の工場へ潜入している同時刻、玉座の間に王の大喝が轟(とどろ)いた。

「どんな手を使ってでもだ！　奴をっ、あの道化を必ずや殺せ！」

「しかし、アルゴノゥトはミノス将軍の後継者として民衆の支持がとどまることを知らず……！　不用意に始末すれば、あらぬ疑念を招くことに……」

整列する者の中で、兵士の一人が戦(おのの)きながら具申すると、王は声を一層荒らげた。

「その時は新たな『ミノス』を用意すればいい！　虚構の存在だ、『ミノタウロス』さえいれば何とでもなる！　行け！」

「は、ははぁ！」

怯（おび）える兵士達が揃って退出する。

はぁ、はぁ、と玉座の上で呼吸を乱すラクリオス王は、衣（ころも）の上から胸を握りしめた。

「凶牛（ミノタウロス）を失うわけにはいかん……！　それは王都の崩壊と同義っ。いやっ、あれを失えば私が行ってきたことの意味が……！」

その姿に邪知（じゃち）深い君主の面影は残っていない。

怒りと危機感、そして後悔と逃避の念が吐息の中に滲み出ていると、

「……王」

黒き衣の暗殺者（アサシン）が、闇から降り立つように現れる。

「エルミナ……貴様まで私を裏切りはしまいな？」

「………………」

ぎょろりと音を立て、王は血走った眼球を女に向けた。

「よいか、貴様の望みはあの雄牛が生きてこそだ。あれがいなければ、安寧の『楽園』など成り立つ筈がないのだ！」

「……わかっている」

「大迷宮（ラビリンス）の『門』を全て開かせる！　王女の『生贄』も急がせよう！　お前はアルゴノゥト達

を殺せ！」

闇夜に包まれる広間が、二人の関係性を物語る。

彼等は王と臣下ではなく、『共犯者』。

「さすれば、お前も『妹』を守れるであろう！」

「……言われるまでもない」

揺らめく燭台の火の下、影が伸びる玉座の間で、王の言葉にエルミナは決意を新たにするのだった。

◆

「アリアドネ様。牢より出てください」

感情を窺わせない声が、地下牢に響いた。

「これより迷宮の最奥……『祭壇』にまでお連れします」

「……もう？　予定より随分早い……。何か、あったのですか？」

牢の前に立つ兵士にアリアドネは覇気なく、それと同時に怪訝そうに顔を上げる。

「……貴方が知る必要はありません。さぁ」

兵士はにべもなく告げ、牢を開いた。

複数人に囲まれるアリアドネは乱暴な真似こそされなかったが、体に繋がれた鎖を引かれ、黙って地下深くの暗闇へと連れていかれる。

アリアドネは無言だった。

顔を伏せ、悲しみに暮れる――そんな悲劇の王女を装いながら、思考を働かせていた。

(兵達の様子がおかしい。それにやはり、大迷宮(ラビリンス)へ連れていかれる時期が早過ぎる)

長い金の髪で顔の左右を隠しながら、兵士達に気付かれないように視線を走らせる。

王家の人間として――ラクリオス王の打算と保険として――帝王学を始め多くの教養を学んでいたアリアドネは、鎧で身を隠した兵士達が抱える焦りを見抜いていた。

(何があったかはわからない。それにもし何かあったとしても、鎖で縛られている私には逃げることなどできない)

辿(たど)り着く結論は決まっている。

弱い王女の細腕ではここで暴れることも、兵士達の目をかいくぐって逃げ出すこともできない。

(でも、もしかしたら……『あの人』が何かをしてくれているんだとしたら……)

しかし、アリアドネは希望を捨てなかった。

『百』のための犠牲となろうとしている自分の覚悟を笑い飛ばし、この状況を魔法のように覆す者がいたとしたら、アリアドネの心当たりは『一人の道化』しかありえなかったから。

だからアリアドネは、純白のドレスの中に隠していた『針』を、そっと片手に忍ばせた。

「……糸（いと）を」

少女の手の中に生まれるのは、滴となって紡がれる『赤い糸』だった。

「作戦はいたって単純だ」

夜が明ける。

快晴とは言い難い。されど再び日が沈む頃には雲も消え、今宵は美しい満月が見えましょうぞ、と吟遊詩人は誰に話すわけでもなく言った。

「みんなで大迷宮（ラビリンス）へ突っ込んで凶牛（ミノタウロス）を倒す。それで姫を救う。作戦終わり」

「さすがに雑過ぎます!!」

兄妹のかけ合いがお約束のように響く中、アルゴノゥト達は野営地を後にした。

天幕は万が一の時に備えて岩陰に隠し、王都に背を向ける。

彼等が向かうのは、王都真南。

「迷宮の入り口の多くは城内に存在する。王はそれを私達には使わせないでしょう。となれば必然的に侵入経路は――」

「我々が初めて『ミノタウロス』を目にした場所。カルンガ荒原（こうげん）の北、『峡谷（きょうこく）の門』ですね」

「ええ。大迷宮（ラビリンス）内では兵達が待ち構えているのは勿論（もちろん）のこと、あらゆる手段をもってこちらを葬ろうとしてくる筈」

二度目となるカルンガ荒原に来訪し、オルナに手を貸しながら一行は峡谷を降りていった。

未だ血の香りが濃い。『ミノタウロス』一匹に滅ぼされた侵略者達の死肉（たべのこし）が散見された。オルナとフィーナが顔をしかめていると、屍（しかばね）の肉片を貪っていた魔物達が襲いかかってくる。

それをアルゴノゥトは、雷の権能をもって撃退した。

「私達だけで全ての障害を取り除いて、長い迷路を越えて、『ミノタウロス』を討たないといけない……」

「私達ならできる。やってのけよう」

杖を抱きながら緊張する妹の肩を叩く。

普段と変わらず飄々（ひょうひょう）とした笑みを浮かべる兄の姿に、フィーナは笑い返し、肩から力を抜いた。

間もなく、見覚えのある広大な空間へと足を踏み入れる。

「――で！　『門』の前まで来たわけだが、私以外の男性諸君はどこに行ったのかナ！」

「朝からいないようでしたけど……一体なにをしてるんでしょうか……」

時間もないという理由でここまで移動した――焚き火の側で幻影のように揺らめいていた赤の精霊（ウルス）に『先に行っていていい』とチョイチョイ指を差されたので発った――ものの、クロッゾ達は一向に姿を現さない。

そろそろ不安になってきたアルゴノゥトが虚空に突っ込み、フィーナが辺りを窺っていると、

「悪い！　遅くなった！」

「狼人(ウェアウルフ)の鼻がなかったら追えんかったな！　ハハハハッ！」

「便利屋扱いするな、土の民(ドワーフ)。貴様とはいつか決着を付けるからな」

「クロッゾさん！　それにお二人も！」

崖から駆け下りて、勢いよくクロッゾ達が一行の前に着地した。

フィーナが安堵(あんど)の声をこぼし、アルゴノゥトも胸を撫(な)で下ろす。

「間に合ってくれて一安心だが、何をやっていたんだ？　一応、これでも心配していたんだが……」

「お前のために『剣』を打った。使ってくれ」

歩み寄るアルゴノゥトに、クロッゾは昨夜まで持っていなかった『鞘(さや)』を差し出した。

えっ？　と思わず目を丸くするアルゴノゥトは反射的に受け取り、しげしげと眺める。

「これは……紅の長剣？」

鞘から引き抜くと、それは紅い剣身を持っていた。

『雷霆の剣(つるぎ)』より細く、長い。まるで炎の結晶を固めて鍛え上げたかのように色鮮やか。鍔(ガード)部分は蝙蝠(こうもり)の翼を彷彿(ほうふつ)とさせ、一見『竜の剣(つるぎ)』という言葉まで連想させた。

思わず見惚れていたアルゴノゥトは顔を上げる。

「これを、私に？」

「ああ。礼もお代も要らない。俺が作りたかったから作ったんだ。だから、気に入ったんなら受け取ってくれ。鍛冶師にとって、それが一番浮かばれる」

「……わかった、クロッゾ。だが言わせてくれ！　本当に嬉しい、ありがとう！」

子供のような笑みを浮かべるアルゴノゥトに、一度瞬きをしたクロッゾは、釣られて破顔した。まるで数年来の親友のやり取りに、思わずフィーナがじろーと半眼で見つめてしまう中、アルゴノゥトは再び視線を剣に戻した。

「素晴らしい出来だ……しかし熱が灯ってる？　まるでこの剣が『炎』そのもののような……」

「前に言っただろう？　精霊の『血』をもらってから、変な武器まで作れるようになったってな。俺はそれを『魔剣』と呼んでる」

「『魔剣』……。そうか、気に入った！」

肌から伝わる感覚はフィーナが行使する『魔法』の余波——魔力にも近いだろうか。

鞘に納め直して腰に差したアルゴノゥトは、喜びを抑えきれず、つい尋ねてしまった。

「ちなみに、銘はあるのか？」

「ああ！　ミノタウロスを倒すために誕生した剣、それを縮めて『ミノタン』にしようと思ってる！」

「えっ？」

「「えっ？」」

嬉しそうに語るクロッゾを前に、アルゴノゥトだけでなくフィーナやオルナも動きを止めた。

「いい名前だろ！　我ながら会心の出来だ！」

「あ、はい、うん………………いっ、イイ名前だなー！　ハハハハ！」

「あの兄さんが困ってる……」

「クロッゾ殿もある意味大物ですねー」

「しがない鍛冶師とか言ってたけど、武器が売れない理由がわかった気がするわ……」

顔を引きつらせるアルゴノゥトの背後で、フィーナやリュールゥが小声を交わす。オルナは溜息交じりに一人納得していた。

「は、ははっ！　便宜上の問題で私は『炎の魔剣』と言わせてもらおう！　いやー残念だなー⁉」

「気持ちはわかるが、お前の言い分も苦しいぞ……」

無理やり笑うアルゴノゥトにユーリがすかさず指摘する脇で、「そうか……」とクロッゾは少し残念そうだった。無性に居たたまれなくなるアルゴノゥトは心の中で謝罪を述べつつ、「うおっほん！」とわざとらしく咳払いをする。

「冗談はここまでにして、準備はいいか？」

「みなまで聞くな、道化。臆する者など、この場には誰もおらん」

土の民（ドワーフ）のガルムスが大戦鎚（だいせんつい）を担ぎ直し、真っ先に答える。

アルゴノゥトはその意気や良しと頷き、そびえる巨大な門に向き直った。

「これが私達の最初で最後の『雄牛（おうし）退治』。今より冒険に臨み、勝利を勝ち取って、姫を救い出す」

舞台役者よろしく、口上を述べ始める道化に、他の者は慣れ切ったように笑みを浮かべる。

「今より始めるは盛大な『喜劇』！　悲劇などにさせはしないさ！」

「勿論です！　必ずお姉様を！」

アルゴノゥトとフィーナの兄妹が揃（そろ）って気概に満ちる。

「貴様と出会ってしまったのが運の尽き……ならば最後まで付き合ってやる」

ユーリが鉤爪（かぎづめ）を装着し、道化の隣に並ぶ。

「血が騒ぐぞ、腕が鳴る！　これこそ俺が求めていたもう一つの望み、熱き戦いよ！」

ガルムスが溢れる戦意を隠さず吠（ほ）え、

「どのような『物語』が紡がれるのか、この目で見届けさせてもらいますとも」

一歩離れた後方からリュールゥが竪琴（リラ）を鳴らし、

「なんかいいな、こういうのは。俺も存分に使ってくれ」

うっすらと浮かび上がる精霊（ウルス）を伴ったクロッゾが、大剣を引き抜いた。

「……諦めの悪い道化。それに感化され集まった一角の人物達。『絶望』に塗り潰されず、ここまで来た」

そんな戦士達を眺めるのは一人の少女。

「なら、私も何も言わない。何より私も、貴方達の行く末を見届けたい」

オルナが望むのは一つ。

敗北でもなく絶望でもなく、そう、まるで喜劇のような笑顔が溢れる未来。

「貴方達の行く末を占うことはできないけれど、せめて祈りましょう。——どうか貴方達に勝利を」

少女の言葉に、揺れて鳴る黒の外套をもって答え、アルゴノゥトは片手に本を取り出す。

「よし！　それでは綴るぞ、『英雄日誌』！」

すぐ隣でフィーナが杖を構える中、次の一文を綴った。

『アルゴノゥトは頼もしい仲間とともに、迷宮へと足を踏み入れた!!』

突き出された杖が発光し、爆炎。

凄まじい火炎弾が門を破壊すると同時、アルゴノゥト一行は大迷宮へと飛び込むのだった。

CHAPTER 6 六章

炎が燃ゆる場所

その『名工』は、荒野に舞う砂塵のようにふらりと、ラクリオス王家の前に現れたとされている。

現在の王都に広がる城下町の原型を作ったと言われており、数えきれない彫刻噴水や神殿めいた建物は全て彼の『作品』だったという記録も残っている。当時、外敵からの侵略を防ぐ巨大城壁を主導で築いた時に王家から完全なる信頼を勝ち取った『名工』は、一つだけ要望を口にしたのだそうだ。

『この広大な大地の下に、大迷宮を築かせてほしい』と。

男の腕を知っていた王家はそれを許可した。

彼の思惑など知る由もなかったが、きっとすばらしい建築、何なら地下に第二の宮殿でも築かれるのかもしれないと思っていた王族達の期待は、半分が当たり、半分が予想外のものとなった。

『名工』は確かに地下宮殿と呼べるものを築いた。

しかしそれは、複雑怪奇な『迷路』を伴う領域であった。

狭く細い通路もあれば、見上げるほど天井が高い大広間が存在し、壁面や柱は病的なまでに牛や鳥など獣の意匠が凝らされた。王族避難用の隠し通路と呼ぶにはあまりに複雑であり、秘密の神殿と言うには奥へ赴いて二度と戻ってこれない者達が続出した。

自身の一族や部下を総動員して奇怪の領域を作り上げていた『名工』は、王族がいよいよ止めようとするその前に、迷宮の中でぴたりと動きを止め、全身を割るような絶叫を上げたかと思うと、油を頭から被って火を放ち、獄炎をもって命を絶ったと言い伝えられている。

まるで自分の『設計図』に狂いが生まれたことを察し、憤死したかのように。

――アルゴノゥト達が足を踏み入れたのは、そんな人智では計り知れぬ者が作り上げた『魔窟』であった。

「とんでもない迷宮だな。広い上にこの複雑な構造……そこらへんの遺跡なんかより、よっぽどすごいんじゃないか？」

「城の地下に広がっているというのが未だに信じられん！　穴掘りが得意な土の民でも、このような領域は作れんぞ！」

通路にいくつもの足音が反響する中、周囲を見渡すクロッゾが口を開く。

大迷宮内は摩訶不思議な空間と言ってよかった。左右にいくつもの横道があるかと思えば、上に伸びる階段、あるいは更に下へと続く下り坂が存在する。悪魔を彷彿とさせる獣の彫刻に薄気味悪いものを覚えていると、次には一気に空間が開け、三階建ての建物が収まりそうな大通路が現れる。通路を曲がる度に『未知』と遭遇する、奇世界の連続だ。

分野が異なるとはいえ同じ職人として舌を巻くクロッゾのすぐ側で、ガルムスは唸るように吠えた。

「一体どれほどの『奇人』なら、こんな馬鹿げた領域を作れる！」

アルゴノゥト達の胸の内を代弁するガルムスだったが、大迷宮（ラビリンス）から返ってくる答えはない。

先に進み、進み、進み続ける。

そして。

通路の奥から響き渡ってくるのは、人では出せぬ『激しい雄叫び（おたけび）』の数々だった。

「犬頭（コボルト）！　それに放火魔（バスカヴィル）まで!?　迷宮中が魔物で溢（あふ）れてる！」

「王都の外に通ずる他の『門』を開けて、中に招いたか！」

前方の暗がりに浮かび上がる眼光の正体を、混血（ハーフ）とはいえ妖精の眼を持つフィーナが素早く見抜く。鼻を鳴らすユーリが眉をひそめる頃には、魔物どもが大挙して押し寄せてきた。

「通路を埋めつくす無数の魔物、蠢（うごめ）く黒き影。ならばここは、超絶強くなった英雄（わたし）に任せてもらおうか！」

自称『英雄』のアルゴノゥトは、精霊の剣を得てからというもの調子に乗っている態度を隠しもせず、更なる自信の源（みなもと）を腰から引き抜いた。

「『クロッゾの魔剣』のお披露目だ！　行くぞ、『炎の魔剣』よ！」

最高の鍛冶師からもらい受けた剣を水平に振りかぶり、遠慮なく、一閃。

薙（な）ぎ払われた大振りの一撃は——目を疑うような『炎の洪水』を生んだ。

『ゴァアアアアアアアアアアアアアアアアアアアアアアアアアアアアア!?』

三十は群れていた魔物が、炎の波に一瞬で呑（の）み込まれる。

逃げる暇もなかった異形の影は断末魔の悲鳴を連ね、業火の奥で消滅してしまった。

「ええ…………？」

「……一発で魔物どもが消し飛んだぞ」

杖(つえ)を構えようとしていたフィーナが酷(ひど)く自信を失った声をこぼし、忌み嫌う妖精(エルフ)でも再現不可能な火力にガルムスが驚愕(きょうがく)を通り越して呆(あき)れ果てる。

当のアルゴノゥトはというと、剣を振り抜いた体勢で硬直していた。

「……つ、強ぉおおおおおおおおおお!?　魔剣すごぉおおおおおおおおおおお!?」

「何故(なぜ)使用した貴様が一番驚いている！」

　ユーリの突っ込みも意に介さず叫びまくるアルゴノゥトは、何度も剣身を調べるように『炎の魔剣』を確かめた。

「えっ、これ、すごくない!?　下手したら『雷霆(らいてい)の剣』より威力高くない!?　これもう楽勝でしょ！　バカスカ撃てば敵牛(ミノタウロス)にも完勝でしょう！　英雄譚(えいゆうたん)アルゴノゥト・完！」

　興奮のあまり脳内で大長編叙事詩を完結させた男は、調子に乗りに乗った高笑いを上げた。

「バカスカ撃ってると、あっという間に砕けるぞー。大事に使えー」

「ハイ、大切に使います！　英雄譚アルゴノゥトはまだまだ続くヨ!!」

　口もとに片手を当ててクロッゾが呼びかけると、アルゴノゥトは姿勢を正して再び叙事詩を再開させる。毎度お馴染(なじ)みの道化の奇行に付き合うだけ時間と体力の無駄だと悟っているオルナ達は、華麗に無視を決めた。

「しかし、解せませんなぁ。これほどの魔物を招き入れるとは。この大迷宮（ラビリンス）は王城とも直結しているのでしょう？　たとえ我々を始末したとしても、その後は城も陥落してしまうのでは？」

「『ミノタウロス』さえ無事なら掃討できる。そう踏んでるんでしょう。あの王が考えそうなことだわ。……そして悔しいことに、それは当たってる」

疑問を呈するリュールゥに答えるのはオルナだ。

戦う力を持たず、困った時の情報提供者として隊列の後方にいる少女は松明（たいまつ）を携えながら、不愉快そうに論じた。

「それならば俄然（がぜん）『ミノタウロス』の動きが気になってきますなぁ。昨夜オルナ殿が語った話によれば、『鎖』に戒められた『ミノタウロス』を王は制御でき、自由に操れるという話でしたが……」

「ええ、合っているわ。ただ、新たな『生贄（いけにえ）』……王族の血を取り込ませない限り、『鎖』の支配力は弱まったまま。アリアドネがまだ生贄として捧（ささ）げられていない以上、王にとって今は最も『ミノタウロス』を制御できない時期よ」

別角度の懸念にも、オルナは淀（よど）みなく返答した。

今の『ミノタウロス』の在り方は純然たる魔物に近い。言外にそう説明され、聞き耳を立てていたアルゴノゥト達は「なるほど」と頷（うなず）く。

「それはそれで怖くもある。本能で生きる魔物は何をしでかすかわからない。王が裏で操っている方がまだ予測もできたというもの。はてさて、どうなることやら……」

複雑怪奇かつ不気味な大迷宮（ラビリンス）も相まって、リュールゥが予断を許さぬことを憂いていると、ガルムスがその会話を遮った。

「話はその辺りにしておけ！　また大群だ、来るぞ！」

予告通り、今度は二股道の奥からそれぞれ魔物が殺到してくる。

既に駆け出しているガルムスを皮切りに、ユーリ、アルゴノゥト、クロッゾが前衛として前線に出た。

たちまち巻き起こるのは激する戦闘だ。

人が鍛えた武器と、捕食者の爪牙がぶつかり合う。優れた技を持つ前者が本能のままに襲いかかってくる後者を次々と切り倒しては粉砕し、爪と牙の破片が幾度となく散った。

ガルムスとクロッゾが右の道を、アルゴノゥトとユーリが左の道を担当して敵勢を押さえ込む。後方ではフィーナが詠唱を進め『魔法』の援護を行った。

「……ユーリ。いいか。貴方に聞いておかなければならないことがある」

「なんだ、こんな時に。戦（いくさ）の最中（さなか）だぞ」

斬撃音や燃焼音が頻（しき）りに響く中で、背中合わせに戦うユーリにアルゴノゥトは口を開いた。

「告げた通り、私はミノタウロスを倒す。私は『楽園』を壊す」

「…………」

「貴方が部族の移住を求めるこの王都は、絶対的な領域ではなくなるだろう。……それでも、貴方はいいのか？」

ずっと胸の奥にしまっていた事柄を尋ねる。

一族の使命があったからこそ、ユーリは無実の罪を着せられたアルゴノゥトと反目し、仲違いをしなければならなかった。

ガルムスに説得された彼は獣人としての誇りを選び、アルゴノゥトに味方してくれているが、本心では一族の安全を捨てきれていないのは間違いないだろう。

アルゴノゥトの問いに数瞬の沈黙を挟んだユーリは、答えた。

「……怪物の存在ではなく、人の手で守る都となる。正しい道理に戻る、ただそれだけだろう。

──それに！」

アルゴノゥトの驚愕を他所に、頭上より迫っていた影へ鉤爪を一閃させる。

『ガァァァ⁉』と言って引き裂かれるのは白い毛皮を持つ野猿の魔物。死角から迫った敵に反応できなかったアルゴノゥトに『まだ甘い』と言うように、ユーリは鼻を鳴らした。

「これまで王都を守護してきた化物に打ち勝ったならば、その者達が都を守り通せるのもまた道理。違うか？」

「……なるほど、道理だ！」

顔を僅かに振り向かせ、視線を投げてくる狼人に、アルゴノゥトは笑みを見せた。

「それならば、存分に暴れるとしよう！」

杞憂がなくなったように、アルゴノゥトは雷伴う斬撃を振るい始める。

ユーリもまた鼻を鳴らして駆け出し、凶暴な魔物どもから悲鳴を引きずり出していった。

ややあって、動く敵の姿が二股道から消えてなくなる。

「終わったな。しかし、魔物ならいくらでも倒してやるが……肝心な姫様ってのは、どこにいるんだ？」

大剣を床に刺し、小休止するクロッゾはぼやくように言った。

前衛と合流する一行の視線は、独りでにオルナのもとへ集まる。

「……『生贄』は迷宮最奥の『祭壇』に連れていかれると聞いている。正確な位置は王しかわからない。場所を教えられ『生贄』を運んだ兵士も、何も知らないまま魔物に『処分』される……」

「口封じというわけか……吐き気がするほど徹底している」

「しかし、困りましたね。それでは何の当てもなく、この広大な迷路をさまようことになる」

ガルムスが嫌悪を隠さず言うと、リュールゥが目を前に向けた。

アルゴノゥト達の前にはちょうど二股道、つまり分かれ道が存在する。

ここに来るまでは、峡谷で殺戮を行った『ミノタウロス』の残り香をユーリが嗅ぎ取り、

それを進路の手掛かりにしていたのだが、

「獣人である彼に匂いを追ってもらえたら、と思っていたのだけれど……」

「……駄目だな。魔物が入り乱れて、臭いが踏み荒らされたように判然としない。王女とは一度会っているが、これでは追えん」

度重なる魔物との戦闘で、その臭いも薄れるようになっていた。

血の香りと強い異臭をまきちらす魔物どもの痕跡の前では、アリアドネの香りも嗅ぎ分けられるものではない。オルナの縋るような眼差しに、ユーリは首を横に振った。

八方塞がり。

既に迷宮の奥深くへ侵入しつつある一団が行動の指針を失い、その言葉を心の中で共有していると、

「……！」

びりっとつま先が痺れる感覚を覚え、ふと足もとを見たアルゴノゥトが、引き寄せられるように膝を折った。

「兄さん？」

「この床……血痕が先へ続いている……」

「えっ⁉」

フィーナが驚いて駆け寄ると、確かに等間隔で小さな赤い斑点が続いていた。

　最初は壁画に施されたものと同様、床の模様かと思っていたアルゴノゥトだったが、その類稀なる洞察力で気付くことができた。――もっと言うと、『可愛い子ちゃんセンサー』が発動したように『雷霆の剣』が痕跡について訴えたのだ。

　点と点を繋ぐ『赤い糸』を、アルゴノゥトはこの時、確かに幻視した。

「まさか……王女のものか？」

「胸部を貫かれて死に絶えた魔物は基本、血液さえ灰となって消滅する……何よりこの血の跡は小さく、綺麗過ぎます」

　ガルムスの驚きの声に、リュールゥは否定する材料がないことを告げる。

　クロッゾ達の強力な一撃によって魔物のほとんどが灰となって消えている以上、魔物の血痕ということもありえない。

　何者かがここを通り、血を垂らして、所在を伝えようとしているのだ。

「姫だ、姫に違いない！　彼女が私達に居場所を教えている！」

「はい！　きっとそうです、兄さん！」

　笑みを抑えきれない兄に、妹もまた喜びを隠さなかった。

　顔を振り上げるアルゴノゥトは、仲間達に言った。

「行こう！　『道標』が導く先へ！」

アルゴノゥト達は『糸』を辿った。

床に続くアリアドネの血痕を見逃さぬよう、目を凝らしては確認し、迷宮の奥へ奥へと。

道中、何度も魔物と交戦したが『カルンガ荒原』の戦いを乗り越えた彼等からすればものの数ではない。無限にも思えた荒原での争いと比べれば大迷宮（ラビリンス）での交戦はあくまでも散発的。前進を妨げられ時間は削られるものの、クロッゾや雷の恩恵を得たアルゴノゥトも加わった今、突破力は格段に上がっていた。

折を見て休憩も忘れない。

オルナの助言を受け、事前に準備していた食料や水を補給し、フィーナの回復魔法で体力も万全の状態に戻していく。迷宮の最奥部まで一足飛びで踏破できないことを歯がゆく思いつつ、魔物の群れを蹴散らして『道標（アリアドネ）』に導かれていく。

そうして、大迷宮（ラビリンス）の半分を踏破したのではと体感する頃。

『うおおおおおおおおおおおおおおおおおおおおおおおお！』

これまでの魔物の雄叫びとは異なる『鯨波（げいは）』が、正面の道から迫ってきた。

「あれは、兵士達⁉」

「とうとう人の刺客が来たか！」

視界に飛び込んできた鎧の群れにフィーナが声を上げ、ガルムスが得物を構える。

一度は怯みかけたフィーナだったが、すぐに考え直す。ここで人の軍勢が現れたということは、この先に彼等の守るべきものが存在していることも意味している。アリアドネの居場所は近い。目的地は確実に迫ってきている。

「王命により逆賊どもを討つ！　この大迷宮で奴等の首級を挙げるのだ！」

勢いづこうとするフィーナ達を他所に、そうはさせじと気炎を上げるのが王都勢力だ。

黒の鎧を纏う騎士長の号令のもと、長槍を持った兵士達が凄まじき喊声を上げた。

「覚悟しろ、アルゴノゥト！　裁かれろ、罪人ども！」

「面白い。やってみせろ！」

先陣を切ったユーリが兵士達と衝突し、戦端は開かれた。

大通路はたちまち剣戟の音で満ちるようになった。

「ぬうっ、雑兵と思いきや……！」

「敵も必死のようですなぁ。まるで獣のように瞳をギラつかせて。褒美でも約束されているのか、あるいは脅されているのか」

「貴様もいい加減戦え！」

すぐに倒れず、粘ってくる敵勢にガルムスが唸っていると、リュールゥが緊張感なく喋りながら槍をひょいひょいと躱す。土の民の怒声が響く中、赤い鎧の兵士を中心に敵勢は果敢に攻めかかってきた。

その正体は近衛兵だ。王を護る筈の選りすぐりの上等兵まで動員して、王都勢力はアルゴノゥト達を葬ろうとしている。

馬鹿にできない戦技で斬りかかってくる相手に顔をしかめつつ、それでも個の力で上回るユーリ達は奮闘した。数の利をもって押し潰そうとしてくる兵士達を押し返すのはフィーナの魔法とアルゴノゥトの雷、個々の動きを補完して隙を潰すのは連携。これまでの戦いを経てアルゴノゥト達は各々の癖や動きを理解しつつあり、互いを助け合った。

「クロッゾ！　無理しない程度に自由に動いてくれ！　私が援護する！」

「おう！」

「オルナさんは悩殺の姿勢(ポーズ)で兵の注意を引いてくださいお願いします！」

「後ろから蹴るわよ」

アルゴノゥトは会って日が浅いクロッゾに遊撃役として好き勝手に暴れるよう指示し、ついでにオルナを見つけて目の色を変えて確保しようとしている敵の動向に気付き、これ見よがしに少女を『囮(おとり)』に使った。

部隊から突出して誘い込まれた兵士を感電させ、淀みなく意識を断(た)っていく。戦うことのできないオルナは文句こそ言わなかったものの、愚図(ぐず)の極みである道化を白眼視した。

『ガアアアアアアア！』

「……！　魔物まで来ます！　気を付けて！」

アルゴノゥト達の優勢で進んでいた戦いだったが、変化が訪れる。

同族同士で戦う愚かな人類の争音(そうおん)を聞きつけ、魔物の群れが横道より現れたのである。

「う、うわぁあああああああああああああ!?」

「……！　兵士が、魔物に襲われて……」

横からの襲撃を何とか『魔法』で食い止めたフィーナだったが、押し倒され牙の餌食となる兵達に顔色を変える。思い出してしまうのは『カルンガ荒原』での残虐な光景だった。

「化物に兵士、そして俺達……三つ巴(どもえ)ってやつだな」

「魔物が自由に動き回るのが唯一の幸いよ。奴等は人の都合など知らん」

一方で割り切ることのできているクロッゾとガルムスは、戦況を冷静に分析した。

「近付けば誰彼関係なく襲いかかる。王都側の思う通りにことは動かん！」

小さく固まって連携さえ保てば状況はむしろ好転する——そう思った矢先のことだった。

「！」

「ユーリ？　どうした？」

「やかましい足音の重なり……新たな一団がここに来るぞ！　しかも、これは……！」

獣の耳を鋭く立ち上げ、弾かれたように周囲を見るユーリの視線の先々。

この大通路に繋がる複数の横道から、新たな兵隊が出現する。

「……おい、待て。あいつ等の後ろに付いてきているのは……」

しかも兵士だけではない。

『オオオオオオオオオオオオオオオオオッ！』

彼等の背後には、魔物の群れが続いていた。

「魔物の『行列』！　どれだけいるの⁉」

「まさか、自分達を『餌』にして……大量の魔物を私達のもとまで⁉」

オルナの驚倒の後にフィーナの危惧が、そしてアルゴノゥトの焦りが連なる。

「まずい！」

離脱は、間に合わなかった。

特攻じみた己の命運に恐怖しながら、先頭を走る兵士が叫ぶ。

「いっ、偉大なる王にっ……栄光あれぇええええええええええええ!!」

兵士達が後ろから喰い殺されるのと、そのままアルゴノゥト達のもとに魔物の行列（パレード）が届けられるのは、同時だった。

『オオオッ、オオオッ!!』

『グガァァァァァァァァァァァ！』

「大乱戦……⁉　いけない！」

あっという間に人も魔物も入り乱れる光景に、フィーナが悲鳴を上げる。

魔物が足もとや頭上を飛び交い、兵士達まで襲いかかってくる。後衛のフィーナはもとより、アルゴノゥト達前衛の間で保たれていた『連携の距離』がズタズタに引き裂かれた。

「このままでは連携を阻まれ、お互いを見失ってしまう！　──おっと！」

頬のすれすれを掠めていった爪撃を間一髪躱したリュールゥにも、もはや余裕はない。魔物の巨体と兵士の人垣のせいで仲間の姿を見失ってしまう。

吹き飛ばされかける帽子を片手で押さえながら、自分のことに精一杯になってしまう。

「お前達、どこだ⁉　離れ離れになるぞ！」

ユーリの呼びかけも乱戦の叫喚にかき消される。

部隊の秩序が消え、統率を見失う。大迷宮という限定された閉鎖空間であることも始末が悪い。長く広い大通路と言えど、溢れるほどの魔物と人がそそぎ込まれれば混沌と化すのは自明の理であった。

「こんなの、まともに戦うことも……！」

既に孤立しかけているフィーナが詠唱を捨て、必死に杖で魔物を叩き払う。

そのほぼ同刻、オルナのもとにも危険が迫った。

仲間と離れ無防備となってしまった彼女のもとに、魔物の牙が肉薄したのである。

「っ⁉」

「──ふッ！」

それを間一髪防いだのは、駆け付けた雷閃。

『ギアァ⁉』

「無事か、オルナ!」

「アルゴノゥト……ええ、大丈夫。ありがとう」

悲鳴を上げる魔物を灰に還しながら、アルゴノゥトは少女を守る。

消耗覚悟で『雷霆の剣』を放電させ、辺りの敵を吹き飛ばし、無理矢理フィーナとも合流を果たしていると、

「ふはははっ! 集え、兵達! もっとだ! 魔物を連れて、ここを奴等の死に場所に変えろ‼」

指揮を執る騎士長の男が哄笑を上げた。

アルゴノゥトがどれだけ敵を退けても、兵も魔物も増え続ける。

小隊を組んだ兵士達が的確に魔物達を誘導して、行列を押し付けるのだ。

まさに大型獣に喰らいつく蛇の群れのごとくユーリ達を苦しめていく。

「……! いいのか、指揮官殿! このままでは貴方も命を捨てることになるぞ!」

「構うものか! ここで失敗すれば、どうせ私は魔物の餌! そうでなくとも都の守護者を失えば、将兵は王都ごと滅ぶ運命!」

黒の甲冑を視界奥に見つけ、揺さぶりをかけようとアルゴノゥトが声を張り上げるが、騎

士長の男は取り合わなかった。兵士達もまた喚声をもって彼の言葉を肯定する。

魔物を誘導してくる小隊も含め、ガルムス達と交戦する兵士はまさに『死兵』だった。

刃で切り裂かれようが、魔物に食らいつかれようが、死にもの狂いでガルムス達だけを狙ってくる。

この兵士達の中にはリュールゥが指摘したように、褒美を約束され欲望のまま戦う者もいるだろう。だがそれ以上に、自らの命と家族を人質に取られている者が多数を占めているのは明らかだった。

そもそも絶大な『ミノタウロス』の力をもってして保たれていた安全神話。それが崩れれば兵士とその血縁者は絶対的な生存圏を失う。いくら人の道に外れていると理解していても大切な者を護るため、兵士達は必死だった。それこそ部族を思い、葛藤していたユーリと同じように。

「そも、私にとってあの暴力の化身こそ『ミノス将軍』そのもの！　偽りの仮面だとほざくか？　いいや違う、将軍は実在する‼」

「な……⁉」

そんな中、騎士長の男だけは『異端』であった。

「あの御方の暴力こそ絶対ッ！　私は将軍の圧倒的な蹂躙に魅入られ、忠誠を誓ったのだ！　あらゆる戦場に導き、多くの供物をあの方に捧げると！」

言葉が熱を帯び始め、狂気さえ宿る。

漆黒の兜の下で、禍々しく口端を引き裂く気配が溢れた。

「ならば、いかなる手段をもってしても、貴様等をここで葬るしかなかろぉおおおおおおおおおおおおおおおおおおおお!!」

魔物にも劣らぬ獣のごとき咆哮が、アルゴノゥトはもとよりユーリ達の耳にも届く。

オルナは顔を歪めた。

「壊れている……！　ずっと間近で化物の蹂躙を見ていたせいで、感覚も価値観も、何もかも！」

「王とは異なり、彼にとって凶牛の悪夢そのものが『神』……！　まさしく狂信者か！」

それが騎士長と呼ばれる男の正体。

恐らくは、非効率とでも言うべき『カルンガ荒原』での徹底的な敗走指示も彼の欲望が多分に交ざっていたのだ。彼こそ怪物に血肉を用意する『闇の司祭』そのもの。

心酔と陶酔、そして騎士にあるまじき忠誠心の言いなりとなり、騎士長の男は雄叫ぶ。

「愛する者を持つ兵士達よ、失いたくなくば命を捧げろ！　ミノス将軍を殺させるなぁあああああああああああああ！」

一人の異端者に煽動される兵士達は、血と涙をまき散らしながら猛った。

半ば理性を失った特攻に、アルゴノゥト達も気圧されていく。

全力で殺しにくる相手に対し、こちらは命までは奪えないことも大きい。

じりじりとじりじりじりと余力を削られ、窮地に追い込まれようとした、その時。

「……やるしかないな」

鍛冶師は一人、決意した。

「――頼む、精霊(ウルス)!!」

自身の背後に『炎の精霊』を顕現させ、これまでにない大火力を解き放つ。

「ぐぁあああああああああああああ!?」

『――――――――オォォォッ!?』

打ち上がる兵士と魔物の叫喚。

激しい赤の明滅。

凄まじい火炎が、アルゴノゥト達に群がることごとくを吹き飛ばした。

「なにっ!?」

騎士長は驚愕をあらわにした。

意志を持たない筈の炎が、兵士と魔物だけを的確に押し流したのだ。

「炎の濁流が、私達だけを避けて……」

「い、今ならユーリさん達と合流できます!」

唖然(あぜん)とするのはオルナ達も同じだった。

敵と味方が入り乱れていた筈の大通路が、今は見晴らしのいい火の粉舞う炎場(えんじょう)に変わっている。炎はまるで魚のように跳ねてはうねり、オルナ達を脅かすどころか道を譲った。フィーナは急いで駆け出し、アルゴノゥト達とともにユーリ達のもとへ集結した。

「行け、アル！　ここは俺が何とかしてやる！」

「クロッゾ⁉」

そして、何時まで経っても合流しない鍛冶師の背中が、先に進むよう促した。

「お前がまともに関わっちゃいけない連中だ、こいつ等は！　お前がしなきゃならないのは、もっと真っ当なことの筈だ！」

自分の命を勘定に入れず、味方もろとも破滅を求める軍勢を睨みつけながら、クロッゾは言った。

武器を生み出す鍛冶師として、ここは決して『使い手の戦場』ではないと断言した。

「知ってるだろ、俺は結構強いぞ！　敵がどれだけいようと、全部燃やし返してやる！」

「しかしっ……！」

まだ残っている兵士達と魔物に向かって大剣を振り下ろし、炎撃を叩き込んでは寄せ付けないクロッゾの背に、アルゴノゥトが踏ん切りを付けられないでいると、

「……なぁ、アル。俺は信じられないか？」

「えっ？」

背を向けていた男は、笑みと一緒に振り返った。

「まだ出会ったばっかりだ。信頼丸々預けろとは言わない。ただ、俺のことも『それっぽく』

呼んでくれよ」

「――――」

その言葉に、アルゴノゥトは目を見開いていた。

赤い髪を揺らし、青年は笑みを深める。

「俺も、お前の『仲間』になりたいんだ」

なんてことのない、けれどとても大切な想いが胸を叩く。

アルゴノゥトの答えなんて、決まりきっていた。

「……いいや、いいや！　何を言ってるんだ、クロッゾ！　君はとっくに私達の『仲間』だ！」

胸に迫るものにアルゴノゥトは抗わず、クロッゾの勘違いを正した。

その上で、自身の思い違いを正さなければならなかった。

彼に預けるものは決して心配などでない。

決然と自分達を守ってくれる、あの背中に預けるものがあるとすれば、それは――。

「私は君に信頼を預けるぞ！　だから、任せたぞ、我が無二の友！」

もし。

二人がお互いのことを忘れてしまったとしても、この答えは変わらないだろう。

どれだけ時が経ち、場所が移ろい、姿形さえ変わってしまったとしても、巡り合った二人は互いを『友』と、そう呼ぶだろう。

「私を助け、私を支え、私に勇気をくれた、たった一人の鍛冶師！」

たった一人の相棒に向かって、アルゴノゥトは何故か潤みそうになる瞳を堪え、そう叫んでいた。

こちらを見る鍛冶師の青年の横顔が、にかっ、と初めて会った時のように相好を崩す。

「兄さん！」

「……行こう！」

フィーナに呼びかけられ、アルゴノゥトは発った。

友が築いてくれた炎の道を辿り、王女が待つ迷宮の先へと。

「アルゴノゥト達が……！　貴様っ、余計なことを！」

その光景に怒り狂うのは騎士長の男だ。

魔物を全て焼き払い、未だ襲いかかってくる炎の腕を何とか斬り払って、燃焼音にも負けぬ怒号を放つ。

「この都の人間でなければ『英雄候補』ですらない！　本来いる筈のない部外者め！　何者だ、貴様は⁉」

「俺か？　俺はクロッゾ。ただのクロッゾ。ちっとも武器が売れない、しがない鍛冶師だ」

誰何の声に、クロッゾは大剣を肩に担ぎながら、律儀に答えた。

『選定の儀』にも参加していなかった素性の知れない鍛冶師に、騎士長は更に苛立ちを募らせる。

「ならばクロッゾ、貴様は自分が何をしているのかわかってるのか⁉」

「いいや、それがあまりわかってない。正直、成り行きでここまで来ちまったんだ」

思うがまま胸の内を吐露する鍛冶師はそこで、決然と騎士長と兵士達を見据えた。

「ただ、自分が今、何をやりたいかはわかってる」

「なんだ、それは！　救国の英雄でも気取るつもりか⁉」

「国を救うなんて柄じゃない。ましてや、世界を救うなんて想像もできない」

「ならば何故、我々の前に立ちはだかる⁉」

アルゴノゥトの答えが決まりきっていたように。

男が今、言うべきこともまた決まりきっていた。


「友のため」


炎を越えて届いた断言に、騎士長は愕然と立ちつくす。

「俺を信じてくれた、かけがえのない英雄(アルゴノゥト)のためだ！」

「なっ……⁉」

「ああ、そうだ！　まだ会って間もない連中だ！　ただ放っておけないんだ！　助けてやりたい！」

それが偽りのない本心。

嘘なんてつくことのできない鍛冶師の、たった一つの単純な理由。

それが、彼の炎が燃ゆる場所。

「国も世界も救えない、そんな俺が戦う理由なんて、それで十分だろう！」

武具を生み出すことしかできない鍛冶師は、今この時、友を護るための剣となることを誓った。

「こっ、このっっ、愚か者がぁああああああああああああああ！」

憤激と罵声。

我を失った騎士長が長剣の切っ先をクロッゾに向け、全兵を投入する。

兵士達は喊声を上げて、たった一人の鍛冶師に突撃した。

その数、六十。

魔物が消えたことで自由となった全ての矛先がクロッゾに向けられる。四肢のいずこが欠損した負傷兵だろうと関係ない。騎士長の狂気、ひいては王都のまやかしの安寧に縋りつき、精鋭たる近衛兵を中心に殺到する。

「行くぞ、ウルス！　力を貸してくれ！」

殺意の津波に、クロッゾは吠えた。

赫灼(かくしゃく)たる光を放つ大剣を振り鳴らし、身に宿る力の源(みなもと)に呼びかける。

直後瞬(またた)く、紅の炎光。

「なっ――――!?」

見上げるほどの『炎の化身』が、クロッゾの背後に降臨する。

視界を焼きつくそうかという熱波と、凄まじい『精霊』の存在に、騎士長ともども兵士達が動きを止めてしまう。総身六M(メドル)は越そうかという炎の精霊は、愛する男の敵を睥睨(へいげい)し、その紅蓮の片腕を薙いだ。

「おらぁあああああああああああああああああ！」

振り抜かれるクロッゾの斬撃と同調して放たれる炎腕(えんわん)。

咄嗟に構えられた長槍も一瞬で燃やしつくす超火力の炎撃が、十五の兵士をまとめて薙ぎ払う。

「がぁあああああああああああああああああ!?」

一度、二度、三度、四度。

それで終わりだった。

淀みなく四閃された宿主(クロッゾ)の大剣に合わせ、左右に振るわれた両の炎腕が六十の兵士達を吹き飛ばす。

最後に取り残され、炎荒(あら)ぶる戦場にあって凍りつく騎士長の男へ、大上段からの縦一閃を振り下ろす。

「ばっ、馬鹿なぁあああああああああああああああ!?」

大通路の天井をも削りながら放たれた縦断の炎撃に、男の絶叫が呑み込まれる。

衝撃と爆発、そして燃焼音。

破砕された鎧の破片があちらこちらに飛び、守るものを失った素顔の兵士達がそこら中に倒れている。火傷を負って白目を剝く黒髪の騎士長の男は壮年で、その体は恐ろしい凶牛に食い千切られたかのように隻腕だった。

炎が燃える大通路に死屍累々と転がる兵士達。

しかし奇妙なことに、全員息があった。

舞い散る火の粉とともに淡く輝く紅の光粒が、彼等の体から致命傷を消していた。

「ふう……景気よく、やり過ぎたな」

掃討と治癒――二重の『奇跡』を同時行使するクロッゾの体から、力が抜け落ちる。

何歩か後退し、背中にぶつかった柱にもたれるように、ずるずると腰を落とす。

シャラン、と光とともに鳴り響くのは、常人では理解できない精霊の囁き声。

「なんだ、ウルス……？　ああ、また『寿命』が縮んだ？　そりゃしょうがないな……しょうがないだろう？」

クロッゾはゆっくりと、瞼を下ろしながら答えた。

かつてクロッゾは『精霊』を救い、その代償に死にかけ、『精霊の血』を与えられることで復活した。魔法のごとく『奇跡』を操れるようになり、『魔剣』を生み出せるようになった。

血を分け与えた精霊の話によれば、クロッゾはもとから短命であったらしい。

精霊はそれを悲しんだ。だから少しでも長く生きられるように、『精霊の血』を与えた。

結果、寿命は確かに延びた。

だがその寿命は、炎を始めとした『奇跡』を使えば使うほど、あるいは『魔剣』を生み出すほど減っていく。

――それに彼の力……『制限』がある気がする。

オルナが感じていた通り、『寿命との交換』が、彼の力の代価であり制限であった。

青年を戒めるように、精霊の血から派生した魔力の残滓が、淡い陽炎となって揺らぐ。

「だって、あいつ等のためだ。少しでも生きるために取っておいた『力』なんて……使ってやるさ」

譫言のように言葉を続け、唇をほのかに曲げる。

「そうさ、『武器』と一緒だ……『魔剣』と、一緒さ……」

徐々に力を失いながら、自分自身を武器に喩える。

クロッゾは武具を打つ時、使い手が持つ『半身の姿』を想像しながら打つ。

いつ必要とされて、どんな風に使われるのか。

いつか砕ける時が来ても、その武具は本懐が果たされるのか。

武器はどんなに格好をつけても、どれだけ擁護しても、何かを傷つけ、殺してしまう。

だからクロッゾは、そんな武器の『運命』の中に、別の『意味』も持たせてやりたい。

(沢山の血に濡れた分の、千の一でも、万の一でも構わない。誰かを救って、守ってやれたなら……)

それは鍛冶師らしからぬ高慢な望み。

とても身勝手で、馬鹿な願い。

けれどそれは、彼が武器を使い捨ての『道具』などと思っていない、取るに足らない証左。

誰もがあっさりと死んでしまう、こんな時代だからこそ。

(こんなちっぽけな想いが、連綿と繋がればいい。きっとそれが、武器も、『魔剣』なんてものも熱くする——)

たとえ『武器』や『魔剣』が必ず砕け散ったとしても。

使い手という半身とともに生き、添い遂げられなかったとしても。

彼等を支え、力になってやれればいい。

クロッゾは白髪の青年達を思い浮かべながら、笑みを滲ませる。

「……少し、疲れたな。……少し、眠るか」

体から力が抜けていく。

浮かび上がっていた『精霊』の輪郭もまた、霧散するように消えていく。

勢いが衰えた炎の揺り籠に包まれながら、クロッゾは最後にそれを呟いた。

「勝てよ……アル」

CHAPTER
七章
月の咆哮、大地の怒り

炎の轟声が頻りにアルゴノゥト達の背中を叩く。

前に進むほど、そして秒が経つごとにその音は遠くなっては薄れ、ついには先を急ぐ足音が通路に響く全てとなる。

「兄さん、クロッゾさんが……！」

「彼は強い！　きっとすぐに追いかけてくる！　信じるんだ！」

走りながら背後を振り向くフィーナに、アルゴノゥトは前を見据えたまま前進を促した。

決意の留め具をもって視線を前方に固定する深紅の瞳には、断腸の思いが見え隠れしている。

それに気付いているユーリ達はしかし、何も言わない。アルゴノゥトの決断とクロッゾの協力を尊重するために、彼等は『糸』が導く目的地をひたすら目指す。

「アルゴノゥト～～～～～～～～～～!!」

だが、そこで。

聞き覚えのある男の大音声が前方から飛んできた。

「君達は……『英雄候補』の……？」

長方形の広間に足を踏み入れると、アルゴノゥト達を待っていたのは四人組の只人だった。

王城の中庭から始まった『選定の儀』をくぐり抜けてきた傭兵達である。

「信念も矜持もない獣ども！　王の側に与するか！」

真っ先に噛み付いたのはユーリ。

彼の唾棄を嗤い返すのは、長剣を背中に差す男だった。

「ばぁーか！　富も、名声も約束する方に付くに決まってんだろォ！」

「それに、俺達は王に選ばれたんだよぉ！」

すぐ隣で、重装を纏った大柄な男が居丈高に胸を張る。

彼はまるで指揮を執るように、手に持つ棍棒の先をユーリ達に向けた。

一度怪訝な顔をしたフィーナ達だったが、すぐに驚きに上塗りされる。

「大型の魔物が沢山！　しかもあれは……竜!?」

アルゴノゥト達が入ってきた通路口を含め四つある出入り口の中から、三方の通路から何体もの魔物が出現したのである。

その全てが大型であり、中でも『飛竜』と『火竜』の存在感は桁違いだった。

魔物の中でも最強と恐れられる『竜種』の姿に思わず怯むフィーナに、リュールゥは小さく首を横に振った。

「いえ、今、考えるべきなのはそこではありません。真に首を捻るべきは何故あれほどの距離で彼等は魔物に襲われないのかということ」

リュールゥの分析通り、只人達は魔物の手が届く距離にいながら、一切『攻撃対象』に含まれていなかった。人類に問答無用で襲いかかってくる魔物にはありえない光景にフィーナがうろたえていると、長剣の男は興奮を抑えられぬように口端を引き裂いた。

「ひひひっ……やっちまえぇ！」

次の瞬間、魔物の牙が、爪が、長い尾が、一斉にアルゴノゥト達を狙う。

「ぐっ⁉　まさか、今のは……」

「奴等の命令を聞いた⁉　魔物が⁉」

咄嗟(とっさ)に散開し攻撃を回避した一団の中で、オルナを庇(かば)うアルゴノゥトが目を疑った。

ガルムスも同様の疑念を叫ぶ。

「……待って。あれは……」

彼等の中で、『現象と原因』にいち早く気付いたのはオルナだった。

彼女が見つめる先、『英雄候補達』はこの世のものとは思えない美しい『銀の破片』を紐(ひも)に通し、それを首飾りのようにかけていたのだ。

「まさか、『鎖』の破片……？　砕けた『天授物(アーティファクト)』の一部を魔物に取り込ませた⁉」

悲鳴も同然の少女の驚愕(きょうがく)を、魔物どもの雄叫(おたけ)びが肯定する。

「こいつはすげえぜ！　あんなにおっかねえ魔物が言うことを聞きやがる！　これでお前達をひねり潰してやるぜ！」

長剣の男が見せつけるように、『鎖の破片』を通した紐を持ち上げる。

その姿は身に釣り合わぬ力を得て、酔いしれた無法者のそれであった。

「なんて愚か……。その程度の『破片』ではすぐに制御できなくなる」

オルナの顔に浮かぶのは軽蔑と危惧だった。

「魔物を隷属させるためには使用者の血が必要……支配を続けようとしても終わり、支配を終わらせても終わり。貴方達は必ず破滅することになる！」

「そんなコケ脅しに引っかかるかよぉ！」

「俺達は『英雄』だぜ？　死ぬわけねえだろう！」

しかし少女の訴えは『英雄候補達』には届かない。

残る二人の只人(ただびと)が笑い声を上げ、根拠のない自信を無敵の盾として掲げる。

「……行け。こんな雑種どもにかかずらうだけ時間の無駄だ」

「こやつと同じ意見なのは癪(しゃく)だが、賛成だ。お前達は先へ進め」

そんな男達に心底くだらないものを見る目を向け、狼人(ウェアウルフ)と土の民(ドワーフ)が歩み出る。

「ユーリ、ガルムス⁉」

「時間がないのだろう。姫が『生贄(いけにえ)』になるまで猶予はない。先程の鍛冶師のように、ここは私達に任せろ！」

声を上げるアルゴノゥトに、ユーリは雄々しい背中をもって覚悟を示した。

ガルムスの後ろ姿と合わせて衝撃を受ける道化は――「えっ？」と目を丸くするフィーナやオルナの肩や腕を抱き寄せては集めて、のたまった。

「いいのか、ユーリ！　いいのか、ガルムス⁉　君達がいなくなれば――私のハーレムだぞ⁉」

フィーナ、オルナ、リュールゥを左右前に侍らせたアルゴノゥトが、美少女（約一名性別不詳）の園を展開する。

「いちいちふざけなければ死んでしまう病気か貴様はァ!!」

「なぜ俺達相手だと最後まで締まらんのだ道化め!!」

格好良く背中を向けていたユーリとガルムスも、これには同時に振り向いて怒りの唾を飛び散らした。張り詰めた空気をブチ壊しにする『喜劇』の気配に、只人の傭兵達が「お、おい……?」と置いてきぼりとなる。

「くっ、無念だが綴らずにはいられない『英雄日誌』！」

『アルゴノゥトは友に背を押され、恐ろしい牛人のもとへ急いだ！』

さらさら～と素早く手記に書き込むアルゴノゥトは、やたらと男前の顔でフィーナ達に呼びかけた。

「行こう、アルゴノゥトと愉快なハーレム達！　私達の幸せを願って送り出したユーリ達のために！」

「不愉快だからヤメテ」

「今度言ったらしばき倒しますよ?」

「はっはっはっ、流石におぞましいですなぁ」

「あ、すいませっ、いたっ、ちょっ、いたいっイタイッいたいっ！　殴らないでゴメンナサァァァイ!!」

ゴミカスを見る目つきで蔑むオルナのつま先が高速で腱を打ち、眉をつり上げるフィーナの指が引き千切る勢いで頬を引っ張り、目を弓なりにして笑うリュールゥの肘が容赦なく道化の脇下を抉る。怒鳴るでも喚くでもなく、怒気をそのまま打撃力に変換させるオルナ達の乱撃の嵐に、アルゴノゥトは悲鳴を上げた。

「行きましょう!?　皆さん早く行きましょおおお!?」

袋叩きに遭いズタボロになるアルゴノゥトは凶暴な獣達に追われる羊飼いさながら、『糸』が続く左手側の道へ何とか移動した。

「ちッ、あの道化め……」

「最後の最後まで悲壮な決意をさせてくれんヤツだ……」

道化達が広間から去った頃にはすっかりげんなりとしていたユーリとガルムスだったが、

「――ユーリ！　ガルムス！」

ひょい！　と一人舞い戻ってきた白髪の青年に、面食らう。

「君達に助けられた恩を私は決して忘れない！　私の背を押してくれた君達の勇姿も、決して！」

そんな彼等に向かって、アルゴノゥトは相好を崩した。

「頑張れ！　負けるな！　これが終わったら王都で一番美味い酒を飲もう！　――私を助けてくれた、憧れの『英雄達』！」

そう言って、今度こそアルゴノゥトは去っていく。

唖然とするガルムスの隣で動きを止めていたユーリは、しかめっ面を浮かべた。

「ああ、まったく……」

そして、僅かに口端を上げた。

「本当に、人の胸をかき乱してくれる男だ」

ガルムスもまた、蓄えた髭の奥で唇が弧を描いていた。

「話は終わったか、憧れの『英雄』さんよォ～！」

「二人だけで俺達の魔物に勝てると思ってんのかぁ！」

そんな二人に、ニヤニヤと成り行きを見守っていた只人達が嘲弄を投げかける。

あっさりアルゴノゥト達を見過ごしたことを怪訝に思いつつ、ユーリとガルムスは前を向き、視線を交わさず唇を動かす。

「大型が四体。うち火竜が一、飛竜が二……やれるか、土の民？」

「普通ならば無理だ。故郷がそうであったように、俺も奴等の牙に蹂躙される」

状況は深刻だ。

アルゴノゥト達にああは言ったが、対峙（たいじ）する魔物は雑魚や雑種の類ではない。特に体高が三M（メドル）は優に越える『火竜（レッド・ドラゴン）』は、たった一匹で街はおろか国を滅ぼすほどの力を有している。

本来ならば目視した瞬間、全てを捨てて逃げ出さなければならない存在だ。

殿（しんがり）を買って出たユーリとガルムスは真実、自らを『捨て駒』に変えようとしていた。

しかし、ガルムスは続く言葉に「だが」と付け加えた。

まるで酒場で世間話をするように、笑みを纏い直したのである。

「危機を前にして、何なのだろうなぁ、この気分は。そうだな……まるで勇者を魔王のもとへ送り届ける、御伽噺（おとぎばなし）のようだ」

「やめろ、土の民（ドワーフ）。そのような高尚なものではない」

奴に毒されているぞ、とユーリは告げる。

不本意ではあるが、空想の酒の肴（さかな）はあの青年の笑みだった。

二人の体には不思議と熱を伴う戦意が宿っている。

悲壮の決意をさせてくれなかったアルゴノゥトの笑顔と想いに、しゃらくさいとばかりに鉤爪（かぎづめ）を鳴らし、狼人（ウェアウルフ）は鋭く魔物どもを見据えた。

「これはただ道化の尻を蹴り飛ばした、それだけのことだ！」

開戦の合図はなかった。

策など選ぶ余裕はない。弩砲（どほう）の矢のごとく疾駆し、動ずる只人（ただびと）達を尻目にガルムスともども先制攻撃を仕掛ける。

「ぬぅおおおおおおおおおおおお！」

「ひいっ⁉」

『ヌゥグルゥウゥ‼』

『天授物(アーティファクト)』の一部を持つ長剣の男の恐怖心を敏感に感じ取ったのか、放たれたガルムスの戦鎚(せんつい)に対し、火竜(レッド・ドラゴン)が太く長い尾を薙(な)いだ。只人(ただびと)達を守るように放たれた薙ぎ払いに真っ向から鎚が衝突する。

拮抗(きっこう)は許されず、ガルムスは「ぐっ⁉」と靴裏が浮いたかと思うと、後方へと勢いよく弾き飛ばされた。

「せあぁッッ！」

飛ばされるガルムスを他所に頭上より襲いかかるのはユーリ。

跳躍からの強襲は竜とは別の大型級、黒犀(ブラックライノス)を狙ったもの。

竜より鈍重な魔物は回避こそ間に合わなかったものの、その鎧(よろい)と見紛う硬皮——強固な鎧皮(がいひ)がユーリの爪撃を阻んだ。

鈍い音、そして火花とともに攻撃が弾き返されたユーリの顔が歪(ゆが)む。装着されている鉤爪の方に罅が走ったのも束の間、大広間の頭上すれずれを跳んでいた二匹の飛竜(ワイヴァーン)から容赦なく火球が繰り出された。着地と同時に床を蹴りつけ回避するユーリを追うように紅蓮(ぐれん)が何発も着弾し、瞬く間に広間が火の海に包まれる。

そこからはもう手が付けられない。

四体の魔物が好き放題に暴れ、衝撃と震動が支配する。

「ぐぅううう……!?」

「えぇい、馬鹿力め！　足を踏むだけで床が割れ、身を揺するだけで衝撃が爆(は)ぜる！」

反撃はおろか防御も許されない戦況に、ユーリとガルムスは回避に精一杯となる。

そんな二人の無様に、只人(ただびと)の傭兵達は高笑いを上げた。

「は、はははは！　最初の威勢はどうしたぁ！　まだまだこんなもんじゃねぇぞ！」

有頂天となる長剣の男が首輪を引き千切り、『鎖の欠片』を高々と持ち上げた。

間髪入れず竜眼を輝かせた火竜(レッド・ドラゴン)が顎(あぎと)を開き、飛竜(ワイヴァーン)の比にならない火炎の息吹(ブレス)を吐き出す。

「一発で、迷宮の壁に穴が……!?」

「そら、弾き飛ばしてやれぇ！」

何とか業火を躱(かわ)したガルムス達に戦慄の暇も与えない。

重装の男が命じると、黒犀(ブラックライノス)が全てを蹴散らす体当たり(タックル)を敢行し、とうとう捕まる。

ユーリを庇う形でガルムスが受け止めるが、二人はそのまま壁に空いた穴へと飛翔した。

自身を砲弾に変えて何体もの影像を粉砕し、赤い炎に炙(あぶ)られながら、迷路の構造を無視していくつもの通路を横断する。

「がぁ……⁉　どこまで吹き飛ばせばっ、気が済むつもりだ……！」

「壁を何度も越えさせおって……！　どこだ、ここは……！」

四肢や頭部から流血するユーリとガルムスが、うめきながら立ち上がる。

竜の息吹（ブレス）が作り上げた穴道を強制的に進んだ二人は、見覚えのない通路に投げ出されていた。炎のせいで上昇した温度は汗を引きずり出し、瓦礫（がれき）となった柱や壁が砂塵（さじん）を呼ぶ。

「……！　土の民（ドワーフ）、避けろ！」

重い損傷（ダメージ）が敵影の接近察知を遅らせた。

流れるように通路へ飛び込んできた飛竜（ワイヴァーン）の爪を、ユーリはガルムスの体を蹴りつけながら緊急回避する。

「――俺達がいることを忘れてねぇかぁ！」

「⁉」

すかさずだった。

ばらばらの足音を響かせて砂塵を破り、槍（やり）と斧（おの）を持つ男――二匹の飛竜（ワイヴァーン）を操る男達が攻撃を叩き込む。逃げきれなかったユーリの鉤爪が槍によって、度重なる魔物の攻撃でガタがきていた大戦鎚の柄が斧によって破壊される。

「得物の『爪』と『鎚』もダメになっちまったなぁ！　いいザマだぜ！」

「ちっ……！」

武器を失った二人に傭兵達は手を叩く。

舌を弾くユーリを他所に、長剣の男は歓喜に満ちた。

「すげ〜ぜ、この『鎖』はよぉ！　『魔物』を支配して気に食わねえ野郎どもを好きなだけ嬲れる！　俺達が最強になれる‼」

男達は酔っていた。

人では到底再現できない魔物の暴力とその威力に。

破壊欲求と嗜虐心に満ちるその姿に、血が伝う片腕をだらりと下げるユーリが向けるのは、怒りでも嫌悪でもなく、哀れみだった。

「……なるほど。その『鎖』を使った者はあの王と同じように、例外なく『醜悪な魔物』となるらしい」

「カッコつけてんじゃねえ、ダボが！　その眼で見るのをやめやがれェ‼」

男達の怒りは沸点を容易に突破した。

長剣の男が歯ぎしりをしながら、怒声をぶつける。

「アルゴノゥトの野郎も腹が立ったが、特にてめー等は気に入らなかった！　いつも上から見下しやがって！」

男が解き放つのは憎しみだった。逆恨みでもあった。

あるいは、怨嗟でもあったのかもしれない。

「強いからって澄ましやがって！　弱いからって舐めやがって！　誰も彼も、てめえ等みてえに強くねえんだ！　てめえ等みてえに、誇りや信念を貫けねえんだよ!!」

うねりを上げる感情に、悲愴が混ざり始める。

怒りの形相を作り上げる男の姿は、ともすれば泣いているようにも見えた。

「それなら、こんな屑に成り下がるしかねぇだろうがよぉぉぉぉぉ！」

それは身勝手な言い分だった。

自己を弁護する劣等感であり、弱い心を守るための鎧だった。

彼等の言い分を支持する者は、きっと少なくないだろう。

それほどまでにこの暗黒の時代は過酷で、希望の芽など容易く摘む。綺麗事を貫けるのは、それこそ『英雄の器』なんてものを持つ一握りの者のみ。『弱者』の取れる選択は限られている。ならば悪事や快楽に逃げることは、果たして責められることなのか。

アルゴノゥト達をあっさり見逃していた理由をユーリ達ははっきり理解した。彼等はずっと二人のことを目の敵にして、羨んでいたのだ。

王都で出会った時から『強者』たる貫禄を見せつけていたユーリ達を、『弱者』たる只人達は睨みつけ、訴える。

「それが、お前達の偽りなき真意か？」

だが。

「ならば、やはりお前達はただの『屑』だ。僻み、嫉むだけの雑種だ」

「なにっ⁉」

ガルムスは同情などせず、ユーリははっきりと非難した。

「お前達より弱く、お前達が見下していたあの道化は……立ったぞ」

「――――っ」

そして続けられたユーリの言葉に、只人達は言葉を失った。

アルゴノゥトは『英雄』ではない。

『英雄』を豪語し、気取るだけの『器』なき道化。

彼に力はない。才能もない。

いっそ傭兵達より神に見捨てられている、資格なき者の末路であり『真の弱者』だ。

「最後まで奴は足掻くのを止めなかった。決して届かないとわかっていながら、自ら口にする『英雄』の名に背かなかった」

それでも、アルゴノゥトは悲嘆しない。

絶望もしない。屑の所業を良しとしない。

白髪の青年は誰よりも滑稽に生き、歌って踊って、摘まれた希望の芽の代わりに、笑顔をもたらそうとする。

新たな希望を呼び込もうとするのだ。

それはユーリ達でさえ認める崇高な『弱者の意志』であり、誇り高き『弱者の咆哮』であった。

「あの弱き者にはできて、自分達にはできぬと喚き立てる！　笑わせるなよ、木っ端ども！　お前達に足りぬものは力や才などではない！　邁進を恐れぬ強き意志よ!!」

だからガルムスは吠える。

弱さを振りかざし、自身の間違いを正当化しようとする『小悪党』を糾弾する。

「安心しろ、俗物ども。私達も、貴様等も『英雄』にはなれはしない」

だからユーリは断ずる。

強者でも弱者でもない、真に称えられるべき『始まりの英雄』の名を。

「あの男のような、『真の英雄』には決して」

動きを止めていた男達の時間は、逆上とともに打ち砕かれた。

「うっ、うるせぇえええええええええええええ!!」

弱者達が侮っては蔑んでいた『道化』を強者達が称えたという事実が、彼等の矜持、ひいては自尊心を今度こそ粉々にする。

かつてない怒りと殺意を宿す長剣の男は、魔物を使役することも忘れて駆け出した。

「ここでブッ殺してやる!!」

「死ねえええええええええええええ!!」

憤激の言いなりとなった重装の男とともに、ユーリとガルムスに斬りかかる。

傷を負い、武器を失った無防備の獣人と土の民（ドワーフ）の息の根を止めようと、処刑の一撃を繰り出した。

直後——ドゴッッッ!!　と。

斬撃の音ではない、蹴打と拳打の音が、男達のもとから奏でられていた。

「は、はガぁ……？」

強烈な一撃を顔面に叩き込まれ、何（なにか）が起こったかわからず、長剣の男と重装の男が後ろに数歩よろめき、困惑を等しくする。

「そういえば、言っていなかったな——」

狼人（ウェアウルフ）は、淡々と告げた。

長くしなやかな脚を高々と上げた、『上段蹴り』の体勢で。

「私は『足癖』の方が悪い」

その隣で岩のような拳を突き出した土の民（ドワーフ）も、不敵な笑みを見せる。

「俺もこの『拳』こそが至高の武器よ」

単純に、目にも留まらぬ速さと鋭さで蹴られ、殴られたと理解した男達は、折れた歯を床に転がした。

「「くたばれ」」

制止を待たない狼人（ウェアウルフ）と土の民（ドワーフ）の体。

圧縮される体感時間。ゆっくりと迫る撃砕の一撃。

秒を待たず叩き込まれる蹴りと拳を前に、どうすることもできない。

引き延ばされていた刹那が終焉を迎えた直後、二人の只人は恐怖の悲鳴を上げた。

「う、うぁああああああああああああああ!?」


炸裂する。

抉るようにして踏み込まれた回し蹴りが。

そして下方から放たれた鉄拳が。

長剣の男は胴体を、重装の男は顎を打ち抜かれ、各々異なる方向へ吹き飛んでいった。

「がはぁぁぁぁ!?」

「カーナ!?　オットー!?」

床を転がる二人の仲間の名を、槍を持った男が叫ぶように呼ぶ。

彼の隣で動揺する斧を持った男は、すぐに怒りに身を染めた。

「てめえ等、よくも……!　やれぇ、魔物ども！」

片手に『鎖の破片』を持ち、『天授物』の力を発動する。

『強制使役の効果』をもたらす禍々しき神秘の結晶はけれど、嘲笑うように、これまでとは異なる紅の光を放った。

　直後、頭上を舞っていた飛竜(ワイヴァーン)が、ぐるんっと首を男達の方に向ける。

「え……？　お、おいっ、なんでこっちに来るんだよっ？　お、俺じゃねえ!!　あいつ等だ！　あっちだ!!　あっちにっ――」

　大粒の唾液が滴り落ちた瞬間、二体の竜は晩餐(ばんさん)の吠声(ほえごえ)を上げた。

「ぎゃあああああああああああああああああ!?　よ、よせっ、やめろぉ!?　――いぎっ、ぐげぇぇぇ？」

「うあぁぁぁぁぁ!?　た、助けっ――――」

　槍の男が首に噛みつかれ、逃げ出した斧の男が頭から噛み砕かれる。

　食い千切られては貪られる『供物(くもつ)』の光景に、ユーリとガルムスは努めて表情を消した。

「愚かな……」

「『鎖』の支配力が切れた……。隷属(れいぞく)を脱すれば、操っていた者に怒りの矛先(ほこさき)が向くのは道理だろうに」

　占師(オルナ)が予言した末路と違わぬ最期に、哀悼(あいとう)を捧ぐ余地はない。

　見れば、床に転がっていた重装の男も黒犀(ブラックライノス)に捕食されるところであった。

　彼の唯一の幸運は、意識を断っている間に全てが終わり、天へ旅立てたことだろう。

「……！　来るぞ！」

自分達に首輪を付けていた憎き獲物どもを喰い終え、魔物が眼球をこちらに向ける。

更なる鮮血を貪ろうと、飛竜（ワイヴァーン）達は我先にとユーリ達のもとへ襲いかかった。

「くそっ!!　束縛から解き放たれ、魔物の獣性は増すばかり！　先程より手がつけられん！」

「我々も得物を失った……！　このままでは……！」

ガルムスが吐き捨て、ユーリが唸（うな）り声を上げる。

統制を失った魔物は本来の暴虐を取り戻した。遮二無二（しゃにむに）に暴れ、床を砕いては火を噴き、防戦一方となる戦士達を追い込んでいく。

劣勢も劣勢。身に刻まれている傷跡に、徒手空拳。特に後者は致命的。ユーリとガルムスがどんなに蹴り技と拳を誇っても、硬過ぎる竜鱗（りゅうりん）と鎧皮（がいひ）の前では分が悪い。相手への損傷（ダメージ）と引き換えにこちらの四肢が痛んでは皮が破（やぶ）ける。

せめて互いの武器さえ残っていれば――。

（いや、武器はある）

激しい敵の攻勢の中で、ユーリは双眼をつり上げた。

土の民（ドワーフ）の腰には、つり下げられた一振りの『一族の剣（つるぎ）』が。

そして自分にも、この窮地でなお残されている『切札（ぶき）』が――。

「――ごろせぇぇぇぇぇぇぇぇぇぇ！　ごいつ等をっ、殺しちまぇぇぇぇぇぇぇぇぇぇぇっ！」

「「⁉」」

不意に、思考を切断する絶叫が挙がる。

「俺の最後の命令だぁ！　俺らごと、こいつらを喰い殺すんだァァァァァァァァ‼」

絶叫の発信源は床に倒れ伏した長剣の男。

蹴られて変形した顔を血で染め上げながら、我を失った怒号を上げ、『強者』の足を摑(つか)んで地獄へと引きずり込もうとする。

彼の持つ『鎖の欠片』が男の執念と引き換えるように輝き、火竜(レッド・ドラゴン)に咆哮を上げさせた。

「貴様……！」

「ははは っ、ハハハハハハハハハハハハハハ‼」

壊れた楽器のごとく、長剣の男は最後まで哄笑(こうしょう)を上げた。竜の影に覆われてもなお。

男の体が火竜(レッド・ドラゴン)にあっけなく喰い千切られ、飲み干され、次には牙の隙間から漏れ出す焔(ほむら)が息吹(ブレス)となってユーリ達へと放射された。

『ゴオオオオオオオオオオオオオオオオ‼』

「「～～～～～～～～～～～～～～～～～～～～～～～～～～っっ⁉」」

灼熱(しゃくねつ)の濁流が土の民(ドワーフ)と狼人(ウェアウルフ)を吞み込む。

再び迷宮の壁を破壊する息吹(ブレス)に押し流され、ガルムスとユーリは通路の外へ追いやられた。

猛火の音に苦しみの叫喚さえかき消されながら。

壁を破っては燃(も)え飛ばされる彼等が辿(たど)り着いたのは、墓場と呼ぶにはあまりにも狭い袋小路の空間だった。

「がはっ、ごほっ……！　おいっ、生きているか狼人(ウェアウルフ)……！」

「………ああ……貴様に、庇われたおかげでな………」

震える体を起こすガルムスが、手にしていた『巨大な鉄塊』を横に避(よ)ける。

それは柄(え)を失った大戦鎚の鎚頭(あたま)部分だった。ガルムスは息吹(ブレス)が直撃する寸前、機転を利かせてこれを掴み寄せ、『盾』代わりに扱ったのだ。身を焦がす火傷は避けられなかったものの、一命を取り留めたのである。

だが、土の民(ドワーフ)ほど強靭(きょうじん)な肉体を持たない獣人には、余力を削り取られるには十分であった。傷だらけとなって仰向(あおむ)けに転がり、目をうっすらとしか開けないユーリの姿は、もはや瀕死(ひんし)という言葉を想起させる。

何とか立ち上がったガルムスは、彼を見下ろしながら顔を歪めた。

「どこまで追いやられた……！　もはや、ここが迷宮のいずこかもわからん……！」

視線を断ち切り、周囲を見回すも、現在地さえ知れない。

すぐにズン、ズンッ、と重々しい足音が響いてくる。翼を打つ忌々しい音もだ。

「来るか……！　憎たらしい化物どもめ……！」

起死回生の光も見えない窮地に、ガルムスが歯を食い縛っていると、

「………勝てない、か」

ユーリが、朦朧と呟いた。

「人の身では……『獣』に堕ちなければ……」

仰向けに倒れながら。

暗闇に染まった天井を見上げながら。

独白するように囁いた。

「……土の民。……外の匂いがする」

「……なに？」

「我が故里と同じ、草の香り……きっと、この王都にも似た平原があるのだろう……」

独白めいた呟きは、今にも消え入りそうな語りかけに変わる。

詩人のごとく、『鼻』が捉える景観を形容していく。

「若草を撫でる、涼し気な夜気……日はとうに暮れたのだ……」

「なんだ！　何を言っている⁉」

動きを止めるガルムスが最初に疑ったのは狼人の正気だった。

混乱する彼を他所に、ユーリは霞んだ視界の奥に、その『金の輝き』を幻視する。

「きっと、外は…………美しい『月』も出ていよう」

「‼」

土の民が真意を察する。

戦士を捨てた狼人の眦が、鋭き意志を宿し、引き裂かれんばかりにつり上がる。

ユーリは最後に、問いかけた。

「『穴掘り』は得意か、土の民？」

「──知れたことを聞くなぁ!!」

土の民は、吠えていた。

「俺達が穴を掘らずして、誰が洞穴を築くというのだ!!」

矜持が込められた返答に、狼は吠え返す。

「ならば砕き、掘り進め……！　その壁の奥に、我等の大地が待っている！」

「──うおおおおおおおおおおおおおおおおおおおおおおおおおおおっっ!!」

拳とともに放つは猛声。

迫りくる足音と魔物の気配に背を向け、ガルムスは行き止まりである迷宮壁を殴りつける。

一発では終わらぬ。怒涛のごとき拳砲、度重なる連撃に重撃。鎚も同然の土の民の鉄拳が迷宮を鳴らし、揺るがし、罅を刻んで、なんと分厚い石壁をたわませていく。

逃がしきれない熱き衝撃が、外に広がる景色へと手を伸ばす。

「開けぇえええええええええええええええええ!!」

裂帛の大音声と一際激しい粉砕音、そして竜の息吹が放たれたのは、同時だった。

とうとう屈した迷宮壁が弾け飛び、伸ばされた土の民(ドワーフ)の手が狼人(ウェアウルフ)の体を掴む。

全てが灼熱に呑み込まれる前に、貫通した穴へ二つの影が飛び込んだ。

爆炎と轟音。

穴の開いた大迷宮(ラビリンス)が吐き出す焔(ほむら)の咳(せき)。

闇夜を紅の火流(かりゅう)が切り裂く中、ごろごろと大地を転がるガルムスは、震える手をついて、頭上を仰いだ。

「……ああ、確かにいい夜だ。雲はなく、空は晴れ……神々が微笑んでいる」

そこには星空があった。

迷宮の外に飛び出したガルムスを、いくつもの天の輝きが祝福していた。

視線を落とせば、広がるのは確かな『平原』。

深い谷底でありながら広大な草の海と化している大地が、風の音を鳴らしている。

王都が近いのだろう。魔物に荒らされていない草花が吹き込んでくる気流に身を揺らす。

爆風に押し出される格好で勢いよく吹き飛ばされ、傷付いたガルムスの火照(ほて)った体も、涼しげな夜気が熱を奪っては包み込んでいった。

口もとに笑みを宿していた土の民(ドワーフ)は、間もなく、火の粉が荒ぶる『穴』を見据える。

『ウウウウウゥウゥゥゥゥゥ……！』

「来たか……来たな。獲物を貪り、血肉に酔う魔物ども……」

獲物達を追って大迷宮の外に姿を現した飛竜、黒犀、そして火竜。
恐ろしい怪物に向かって、土の民は『その空の名』を叫んだ。
「のこのこと、この『月夜』の下に姿を現したな！」
天の中央に浮かぶは『満月』。
かつて獣人達の間で神の化身と信じられていた蒼光の加護。
そして、その加護に片手を伸ばし、一身に浴びるのは——雄々しき一、、、匹の獣。

「るォおおおおおおおおおおおおおおおおおおおおおおおおおお!!」

目覚めるは獣性。
解き放たれるは凶狼。
打ち上げられるは月への狼哮。
狼人の秘奥にして秘儀、『獣化』を前に、強暴な魔物どもは初めて怯えを見せた。
「我が名はユーリ！　誇り高き『狼』の部族、族長ロウガの長子！」
血濡れの皮が押さえ込めぬ筋肉の隆起。
荒々しく血管は浮き出て、耳と尾を覆う灰毛は伸びた。
琥珀色の双眼は輝き、瞳孔が牙のごとく歪み、縦に裂ける。

「これより『誇り』を捨て、只（ただ）の『獣』となりて、貴様等を喰い殺す!!」

歯もまた鋭さを増す中、残されたなけなしの理性をもって、狼は宣言した。

「『俺』の『牙』と貴様等の『牙』――どちらが上か！　月下のもとで証明しよう!!」

捧げられるのは『絶狩（ぜっか）』の咆哮。

瀕死の肉体を猛（たけ）き『牙』へと変貌させたユーリは魔物以上の『獣』に堕ち、次の瞬間、大地を爆砕した。

『グアアアアアアアアアア――――!?』

魔物の眼をもってしても捉えられぬ颶風（ぐふう）と化し、黒犀（ブラッククライノス）の前腕を裂き千切る。

開かれた五指（ごし）は凶悪な爪と化し、素手でありながら魔物の鎧皮（がいひ）を破った。

『獣』は止まらない。咄嗟に火球や爪牙を降らす飛竜（ワイヴァーン）の間を縫い、草原を駆け抜け、草花の欠片を舞い上げながら、凄まじき旋風となって魔物どもから血飛沫と悲鳴を抉り出す。

（力を引き出せ！　命などくれてやる！　ここで燃やしつくさずして何が『狼（ろう）』の戦士！）

飛竜（ワイヴァーン）が眼球を失う。

黒犀（ブラッククライノス）から肉片が飛ぶ。

火竜（レッド・ドラゴン）が四肢の一部を削（そ）がれていく。

突き、剥（は）ぎ、裂き、打ち、斬り、刈（か）る。

吹き荒れる自らの血潮さえ前へと駆ける炎に変え、狼が爪牙の嵐を生み出す。

(妹よ、お前を守れなかった俺を許すな！　同胞よ、見殺しにした俺の無力をいつまでも呪え!!)

全てが高速化する視界と思考の中で、浮かんでは消える過去の情景に戦士(ユーリ)は血の涙を流す。

腕の中で息絶える小さき亡骸(なきがら)。

自分を庇い、あるいは自分が切り捨てた仲間達。

あらゆる無念と悲憤、憎悪、最後に当時の決意を目の前の光景に重ね合わせ、ぼろぼろに傷付いた全身から力という力を引きずり出す。

(お前達を失った『過去』を糧(かて)に——俺は『今』を討ち果たす!!)

そして、その先で。

道化達が指差す『希望の未来』があると信じて。

「がるぁああああああああああああああ!!」

『ゴォオオオオオオオオオオオオオオオ!?』

疾駆に次ぐ疾駆。

捉えられぬ凶狼の超加速。

充血した双眼から赤い滴(しずく)を風の中に溶かし、とうとうユーリの『牙』が魔物の命を脅かす。

「一(いち)！」

放たれた血の拳が黒犀(ブラックライノス)の胸部を貫通。

「二！」

振り上げられた足刀が飛竜(ワイヴァーン)の首を斬断。

「三‼」

そのまま天に向かって伸び、即座に振り下ろされた踵(かかと)が、残った飛竜(ワイヴァーン)の頭部を撃砕。

「四(よん)ッ――‼」

そして、三つの絶叫と灰の雨を浴びながら、最後の火竜(レッド・ドラゴン)に渾身(こんしん)の一撃を叩き込む。

『オオオオオオオオオオオオオオオオオオオオオッッ‼』

「がっっ――――」

まさに、その直前。

竜の方が速かった。

獣の一撃が彼(か)の竜を捉えるより先に、死角から放たれた鏃(やじり)のように尖(とが)った尾の一撃が、ユーリの胴体に風穴を空ける。

減速した勢い、僅かに精彩を欠いた脚(あし)、予定調和の肉体の限界。

最後の障害を前に、月の加護をもってしても届かず、狼(ろう)が鮮血に彩られる。

琥珀の瞳から急速に光が遠のき、全身から力が失われていく。

「――――や、れ」

間際。

震える唇をこじ開け、最後の力で竜の尾を両手で握りしめながら、ユーリは『彼』を呼んだ。

「土の民（ドワーフ）ッ……！」

満身創痍（まんしんそうい）の体を大地から引き剝がし、とうとう立ち上がった一人の戦士が、咆哮を上げる。

「言われなくともぉ!!」

腰の鞘に施されていた封印を解き、抜剣の音を奏で、『一振りの大剣』が月光を弾き返す。

「大地の民、数多の氏族（ドワーフ）が鍛えし尊剣（そうけん）『竜殺し』！　貴様にくれてやる!!」

魔物の中でも最も強い火竜（レッド・ドラゴン）を仕留めるため、ユーリを信じ、絶倒（ぜっとう）の機を狙っていたガルムスは踏み込み、地面を蹴りつけ、宙高く飛んだ。

度重なる攻撃で四肢を削られ、回避する術を失い、迎撃の尾もユーリによって拘束される竜は恐怖とともに天を仰いだ。

牙の隙間から離れる紅炎が放たれるより、落ちる隕石と化した土の民（ドワーフ）の方が、速い。

大剣を高々と構え、ガルムスは巨竜が晒す背骨の中央へと、その剛撃を繰り出した。

「砕け散れええええええええええええええええええええええええええええええええ!!」

『ガアァッッッ!?』

巨軀（きょく）の中央から折り曲げる、爆撃に等しい必殺。

まさに『竜殺し』の一撃に火竜(レッド・ドラゴン)は大量の竜血を吐き出し、粉砕の断末魔の悲鳴を残して、次には大量の灰へと変わった。

巻き起こる爆発。

まるで火竜(かりゅう)が火山と化したかのように、爆風とともに夥(おびただ)しい灰が月下に舞い散る。

発生した爆粉によって宙を泳ぎ、どしゃ、と音を立てて墜落したガルムスは、ちっとももとに戻らない呼吸を野放しにしながら、息も絶え絶えに喋った。

「討ち取ったぞ、狼人(ウェアウルフ)……俺達の、勝利だ……」

「…………」

「おい、返事をせんか……」

「…………」

「いつもの生意気な口は、どうした……」

「…………」

仰向けに倒れたガルムスの声に、返ってくる言葉はない。

竜は灰となって四散した。青年の腹を貫いた尾も、消滅していた。

離れた場所で倒れた狼人(ウェアウルフ)の体から、血の泉が広がっていく。

ガルムスは知っていた。

それでも何度も呼びかけ、ぐっと歯を噛んだ。

「ああ、まったく……どいつもこいつも……俺より先に……」

消えた戦士の息吹に、拳を握りしめようとして、上手くいかなかった。

ちっとも戻らない握力に、初めて自分自身へ怒りを感じながら、ばたりと両腕を投げ出す。

アルゴノゥト達を追わなければいけない。

悲しんでいる暇はない。

この身は打たれ強い土の民（ドワーフ）。

すぐに休めば力も戻り、仲間のもとへ戻れるだろう。

だから今は、休もう。

土の民（ドワーフ）より打たれ弱い獣人に、精一杯の憎まれ口を叩きながら。

「……『狼』の部族、ユーリ……俺が認めよう」

しかし、唇が発した言葉は、憎まれ口とほど遠かった。

「貴様こそ、土の民（ドワーフ）にも勝るとも劣らない、誇り高き戦士……」

初めての他種族への尊崇を、物言わなくなった狼人（ウェアウルフ）と、天上に浮かぶ月に向かって、捧げるのだった。

CHAPTER
八章
迷宮の陥穽

大迷宮を移動していく。

都合四人分の足音を風のように響かせながら、アルゴノゥト達は錯綜する通路を進んでいた。

「迷宮中に響いていた、激しい音が消えた……」

リュールゥは後ろ髪を引かれるように、背後を一瞥する。

大迷宮を揺るがしていた衝撃は途絶えていた。

魔物の恐ろしい叫喚も、戦士達の雄叫びも、一様に。

「もしや、ユーリ殿達が……」

「……進もう。進まなければ、私は彼等に怒られてしまう！　ユーリ達のために、ミノタウロスを討つ！」

リュールゥが口にする懸念に対し、アルゴノゥトは強かった。

仲間への思いと遂げなければならない使命を履き違えず、前へと突き進む。

「…………」

「……オルナさん？　どうしたんですか？」

そんな中、オルナだけは顔色を変えていた。

すぐ隣を走るフィーナに声をかけられても、沈黙を返すことしかできない。

（『彼女』が現れない……それが何よりも怖い……）

オルナの顔に不安をもたらす原因は、『とある人物』の不在だった。

間違いなく、この大迷宮の中で凶牛の次に恐ろしい存在。それが一向に姿を現さない。

兵士達が点けたのだろう、迷宮壁の上部に一定間隔で配置された燭台の光でも消しきれない影を何度も窺うが、王都屈指の暗殺者は発見できなかった。

（こちらを捉えていないだけ？　それとも……機を窺っている？）

普段は煩わしいくらいにオルナの近辺を護衛していた『姉』が今、姿を見せないだけでこんなにも心がざわめく。杞憂であってほしいという願いはきっと叶わぬことを自覚しながら、オルナはたった一人周囲に神経を張り巡らせていた。

その時。


オォォォォォォォォォォォォォォォォ――――……………。


オルナ達の身動きを止める低い雄叫びが、大迷宮の奥から響き渡る。

「今のは……」

「地が唸るような咆哮……恐ろしい何かが打ち上げたような……」

フィーナとリュールゥが緊張を纏う。

オルナは、危機を予言した。

「間違いない……ミノタウロスが目覚めた……！」

王都の事情を知りつくす彼女のお告げは、まさに吉凶を占う星の声に等しい。

場所は幅広の十字路。しかし少女達の瞳は迷わず前のみに固定される。

一行を包む緊迫の冷気がいっそう募る中、アルゴノゥトは、静かに呟いた。

「しかも…………近い」

彼の言葉を肯定するように。

芳醇な獲物の香りに導かれるように。

鈍重な足音が鉄槌のごとく、どぉん、どぉぉん、と響き渡り、近付いてくる。

戦きそうになる手足を堪えながら、フィーナが杖を構える。

竪琴を片手に、帽子の鍔を下げるリュールゥが鋭い鷹の目をもって見据える。

アルゴノゥトが無言で、『雷霆の剣』と『炎の魔剣』を抜き放つ。

そして息を呑むオルナの視線の先、通路に溜まる暗闇を破って、その巨軀は現れた。

『ウオオオオオオオオオオオオオオオオオオオオオオオオ!!』

激する吠声が、鼓膜だけでなく全身を打ち据える。

仰け反りかけたアルゴノゥト達の中でリュールゥがすかさず詠唱を呟き、竪琴を弾くと、うっすらと広がった『緑の膜』が恐怖の源となる咆哮から四人の心身を守った。

しかしそれでも、戦慄は禁じえない。

「『ミノタウロス』……!」

凶悪な角を含めた全高は三Ｍ、いや四Ｍに届くか。

剛毛に覆われている全身は今も鋼の大鎧を纏っていた。しかし眠りにつく前に邪魔だったのか、胴体と両腕部分の板金を除いて引き剝がされており、代わりに『光を帯びた鎖』が巻き付いていた。全ての禍根である『天授物』だ。

その手に持つのは、人の身の丈など優に越す両刃斧。

鼻を塞ぎたくなるような強烈な血の香りを放ちながら、立ちつくすアルゴノゥト達を睥睨してくる。

「一度目にしていたけど……違う。他の魔物とは違う！　ここまでなんて！」

気付けばフィーナは悲鳴を上げていた。

以前は峡谷の上から戦士達の虐殺――『食事』の光景を目にしたフィーナ達だったが、こうして相対すると威圧感は桁違いだった。その存在から放たれる圧力が生命としての格の違い、何より彼我の力の差を語らずとも叩きつけてくる。

『竜より強大』と断じていたオルナの言葉は決して間違いではない。

「威嚇的な体軀、獣性を帯びた声、血濡れの両刃斧……嗚呼、恐ろしい！　まさに怪物の権化のようだ！」

リュールゥが懲りずに歌のための詩を口にしても、フィーナ達の恐怖を拭えはしない。

それほどまでに死肉貪る戦牛は規格外で、何ものよりも『怪物』であった。

「っ……！　『雷霆の剣』よ！　私に力を貸せ！」

身に巣食う怖気を振り払うように、アルゴノゥトは精霊の剣から電流を発散した。

バチバチと音を立てて『雷の加護』を纏う只人に、初めてミノタウロスが直視する。

『食物』の中に、食べるには邪魔な毒が交ざっていることを認めたのだ。

両刃斧ごと、だらりと両腕を下げる強大な魔物を前に、アルゴノゥトは息を短く吸い、吠えた。

「ここで決着をつける！」

地を蹴る。

今やフィーナの目でも完全に追いきれない速度の塊となって、輝く雷とともにミノタウロスに斬りかかる。

正面からの袈裟切り――と見せかけた、頭上への跳躍。

ぴくりと反応した巨体の動きを完全に見切り、敵の間合いに入るギリギリのところで頭上に躍り出る。小賢しく臆病者の道化は正面突破を好まない。それは『精霊』から加護を授かっても同じだ。慢心を知らないアルゴノゥトは大通路天井すれすれまで飛び上がりながら、独楽のごとく上半身をひねった。

戦士達から言わせれば、取るに足らない曲芸。

しかし雷光を身に纏った今ならば、瞠目するほどの稲妻の奇襲。

『雷公』と呼ばれていた怪物に意趣返しのごとく、必殺の雷斬を繰り出す。

だが。

「っっ⁉」

ミノタウロスはそれを、弾いた。

軽く顔を振り、湾曲した紅の角をもって、いともたやすく。

アルゴノゥトが見切った筈の反応からの、被せるような超反応。

掠め取った不意が意味をなさない敵の反射速度に、弾かれて宙で身を泳がせるアルゴノゥトは絶句する。

雷鳴りの奇襲を防いだというのなら、敵もまた体の内側に雷を飼っているのも同然。

人外、という一言では到底足りない地の肉体能力の片鱗を見せるミノタウロスは、当然のように獲物へと追撃した。

『ヴヴォオオオオオ！』

「くっっ⁉」

外套を翻し、床ではなく壁に着地したアルゴノゥト目がけて放たれる右手の両刃斧。

電流を溜めた靴裏が間一髪壁面を蹴りつけ、難を逃れるも、一瞬後には衝撃と爆塵が生まれた。迷宮を揺るがし、非戦闘員のオルナが腰から床に倒れてしまうほどの破壊現象。

砂塵が視界を覆う中で、ミノタウロスから見て左膝付近、左側面の死角に飛び込んだアルゴノゥトは大粒の汗を飛ばしながら、今度こそすれ違いざまに敵の体を切った。深々とは言わずとも、大鎧で保護できていない左脹脛(ふくらはぎ)の部分を。

走り抜けて感電させた雷の一閃に、ミノタウロスは眉間に太い皺(しわ)を寄せたが、それだけだった。

獲物の抵抗に腹を立てるように、咆哮を上げて暴れ出す。

「ぐぁあ⁉」

「アル兄さん⁉」

たちまち激烈な刃闘(じんとう)を繰り広げる一人と一匹の中で、間もなくアルゴノゥトが押され始める。

何度も剣で斬りつけ、電流を浴びせる。それでもミノタウロスは倒れない。どころか、生み出される怒りを上乗せするように攻撃を激化させ、剣の防御の上から只人(ただびと)を殴り飛ばした。

その圧倒的巨軀が暴れるだけで、大人が十人並んでもおつりが来るほどの大通路があまりにも狭い殺戮場(リング)に成り果てる。

数瞬の攻防に置いてけぼりとなっていたフィーナが杖を構えて『魔法』を撃ち出すも、それでも止まらない。猛牛の魔物は背中に命中した火炎をものともせず、よりすばしっこくて目障りな雷(いかずち)もどきを執拗(しつよう)に狙う。

「精霊の雷(いかずち)が効かない⁉　いくら体を焼かれようが、揺るぎもしないとは……！」

「化物……！」

その光景にリュールゥや、手を貸して起こされたオルナも呻吟(しんぎん)を吐いた。

これまでの戦いにおいて強力無比であった雷霆の力も、致命傷には至らない。

人類だけでなく同胞たる魔物をも喰らい続けてきた視線の先のミノタウロスは『強化』され過ぎている。別個体の通常種（ミノタウロス）と比べても、はっきりと『別の存在』と区別できるほどに。

最初のアルゴノゥトの奇襲を弾き返した双角は紅一色に染まっており、それは虐殺してきた獲物の返り血である。

強靭（きょうじん）な体皮は斬りにくく、破けにくく、その防御力は鞣（なめ）した革鎧はおろか竜鱗（りゅうりん）をも凌（しの）ぐ。

隆々とした筋骨はそれ自体が凶器。まさに全身が武器庫と言っていい。

ラクリオス王家が長年飼い慣らし、凄惨（せいさん）な生贄（いけにえ）をもって皮肉にも育て続けてきた『常勝将軍』は、全ての能力が人智を超えている。

（知ってた、知っていた……敵が強大だなんてことは！　しかし、ここまでとは‼）

直撃すれば即刻（そっこく）戦闘の権利を失う命懸けの攻防戦の中、肌から飛び散る熱い液体の粒がもはや汗なのか血液なのかも判断できないアルゴノゥトは、眼前の強敵に対し呼吸を震わせた。

オルナの推測からミノタウロスが自分達より勝っているという情報は肝に銘じていた。

それでも、絶望的な溝ではないと心のどこかで思っていた。

『精霊の力』があれば、いかなる困難をも乗り越えられるだろうと、そう信じていたのだ。

しかし違った。敵は『真性の怪物』である。

そしてそんな怪物に対し、自分は『英雄』ではない、ただの『道化』だということを思い知らされる。

（だが、ここで負ければ、姫は――!!）

敗北を呼び込む焦燥を、アルゴノゥトは瞬時に蹴りつけた。

脳裏に過るのは金髪碧眼の少女。

まだ一度も本当の笑みを浮かべていない、アルゴノゥトが救うと決めた『一』。

その使命の前に、湧き出る悲観など些事であった。

アルゴノゥトはこの『雄牛退治』だけは成し遂げなければならない。

「負けるものか！　終われるものかぁぁ！」

『雷霆の剣』に加え、クロッゾから与えられた『炎の魔剣』を引き抜き、繰り出す。

「いいや、終わりだ」

直後である。

凄まじい戦いの中にあって、耳を貫く氷結の囁きが聞こえたのは。

「――――――」

横手より突如として現れた影が、獣のように地を這って何よりも低く、誰よりも速く戦場を駆け抜け、音もなく跳躍する。

足を天井に、頭を床に。

上下逆様になった黒装束の女戦士（アマゾネス）が、両手を閃かす。

凍りつくフィーナ達（たち）同様、息を止めたアルゴノゥトはそれでも反応した。

いつかのように、右手が狙う頸椎（けいつい）への一撃を、無理矢理振るった『雷霆の剣（つるぎ）』で防ぐ。

しかし幸運もそこまで。

土産を渡すように、死神の鎌のごとく振られた左手が、アルゴノゥトの背中に『凶刃』を突き立てた。

「がはっ――」

「兄さんっ⁉」

兄の吐血と妹の悲鳴は同時。

「暗剣⁉　まさか！」

「エルミナ⁉」

妖精（エルフ）の驚倒と少女の危惧も同じく。

「冒険は終わり。道化の最期は私が綴（つづ）ってやろう」

刹那（せつな）の出来事にミノタウロスさえ一瞬動きを止める最中（さなか）、やはり何の音もなく迷宮の石板の上に着地した暗殺者（アサシン）――エルミナは、無感動に告げた。

「『アルゴノゥトは石に躓（つまず）き、魔物に殺された』」

そして彼女の脚本通りに、停滞していた時は打ち砕かれる。

『ヴヴォオオオオオオオオオオオオオオオオオオオ!!』

容赦なく放たれる、戦牛の突撃（チャージ）。

「——がっっっ!?」

肩から突っ込んだ強烈な体当たりに、アルゴノゥトの体が小枝のように吹き飛ぶ。

咄嗟（とっさ）に展開された電流の障壁をもってしても受け止めきれない。言葉を失うオルナから見て左手の通路——エルミナが現れた方向に、青年はミノタウロスともども決河の勢いで消えた。

「兄さぁああああああさん!!」

「いけない！　助けなければ！」

蒼白となるフィーナと一緒に、リュールゥが後を追おうとする。

だが、

「許すと思うか？」

暗殺者（アサシン）の女はどこまでも酷薄だった。

十字路の壁の中、不自然に突き出ていた石板——煉瓦（れんが）ほどの『突起』に、拳を叩きつける。

すると、あたかも支えの柱を失ったかのように壁の内側から石が爆（は）ぜる音が鳴り響き、次にはドンッッ!!　と。

リュールゥ達が左手の通路に飛び込む直前、行く手を遮る『石板の封印』が出現した。

「なっ⁉」

「天井から『障壁』が……⁉」

あわや押し潰されようかというところで天井から降ってきた極厚の石塊に、フィーナとリュールゥは愕然と立ちつくす。

『障壁』は左手、更に右手の通路まで塞ぎ、十字路を単なる直線の道に変貌させていた。

アルゴノゥトとミノタウロスのもとに向かうことができない。

「ラクリオス王家が『名工』に命じて備え付けさせた『罠』……この手の絡繰りは大迷宮の至るところに存在する」

「エルミナ……！　貴方っ！」

冷淡に語る女戦士を、オルナは両手を握りしめて睨みつけた。

抱いていた危惧が現実となる。やはりエルミナは闇に紛れ、こちらを監視し、必襲の機会を虎視眈々と狙っていたのだ。

「開けてください、ここを！　開けなさい‼」

兄の名を呼びかけ、両の拳で障壁を何度も叩いていたフィーナは、振り返るなり我を失った声で叫んだ。

平静さを失った彼女の剣幕に、エルミナは面布の下で静かに唇を動かす。

「無理だ。一度下ろした障壁はもとに戻せない」

「っ……!?」

「もとより馬鹿を言うな。あの雄牛は真性の怪物、同じ空間にいれば私達も喰い殺される」

無情な宣告にフィーナが声を失う。

エルミナはそこで、たった一人の『妹』に一瞥を投げた。

「特にオルナ……弱いお前は真っ先に死ぬ。そんなものは許すものか」

「……!」

あまりにも歪み、一方的な『姉』の庇護愛に、オルナは嫌悪と苦渋をない交ぜにした表情を浮かべる。

「『精霊の力』を得たアル殿を、最初から分断するつもりで……!」

雄牛退治をする上で中心となる人物を失い、リュールゥが呻く。

フィーナの『魔法』で障壁を破壊しようにも、この分厚さでは時間がかかる。

「厄介な男はこれで詰み……壁の向こうで喰い殺され、ミノタウロスを討てる者はもういない」

何より詠唱する時間など、二振りの暗剣を構え臨戦態勢に移る目の前の女戦士が、許しをしない。

「後はお前達を始末するだけ……さぁ、死ね」

一方的な蹂躙が始まった。

やはり音もなくかき消えるエルミナが、重力を無視するように縦横無尽、壁や天井を蹴りつけて飛び交う。

斬撃とともに走り抜ける恐ろしき影に、フィーナとリュールゥの纏う衣があっという間にボロボロになっていった。かろうじて反応する妖精達の体にも血濡れの傷が増えていく。

冷え冷えとする一閃が放たれ、逃げきれなかった山吹と緑の髪を数本舞い上げる。

かと思えば魔物を超えた破壊の一撃が床を粉砕し、無数の石片と少女達の体を吹き飛ばした。

「〜〜〜〜〜〜〜〜〜〜〜〜〜〜〜〜〜〜〜〜っっ⁉」

「強過ぎる！　女戦士のエルミナ、ここまでとは……！」

エルミナの攻勢に押されに押されるフィーナが言葉にならない叫び声を上げ、回避がやっとのリュールゥも飄々とした常の態度を手放してしまう。

この中で誰よりも世界各地を練り歩き、広く深い見聞を持つ吟遊詩人は、認識を改めねばならなかった。王都側の回し者であり、『英雄候補』の中でも底の知れなかったエルミナであるが、その平時の実力はユーリとガルムスをも凌ぐと言わざるをえない。

言わば狼人の俊敏さと土の民の力を兼ね備えている存在は、リュールゥの目をして強烈かつ異端過ぎる女戦士として映った。

そんな戦慄をひた重ねる吟遊詩人のもとに、エルミナが肉薄する。

「吟遊詩人……最も得体が知れないのはお前。先に潰す」

「っ……！　それは買い被りというもの！　私はアル殿と同じく、取り柄は逃げ足くらい！　どうか見逃してくれませんか！」

振るわれる二刀の暗剣に対し、何度も後退し、紙一重のところで避けるリュールゥは冷や汗を隠さず無理矢理笑う。ちっとも笑わぬエルミナの返答は変わらない。

「無理だな」

避けられた暗殺を囮(おとり)に、右足を踏み込み、それを軸として左足の回し蹴りを放つ。

交差した両腕で防ぐも、リュールゥは「ぐぁ⁉」という声とともに壁に叩きつけられた。

「リュールゥさんっ⁉　くっ――【契約に応えよ、大地の焔(ほむら)よ！　我が命(めい)に従い――】」

リュールゥとの近接戦を繰り広げ距離が開いたエルミナに、フィーナは詠唱を断行する。

相手が反転してこちらに接近するより、こちらが呪文を完成させる方が早い。

千載一遇の好機。妖精(エルフ)の血を引く射手の瞳は、彼我の間合いを読み違えなかった。

「そういえば」

けれど。

その女は『理外の存在』だった。

並大抵の相手ならば上回った筈の詠唱速度と間合いを、覆すほどに。

フィーナに背を向けたまま、彼(か)の女は跳んだのである。

「お前には、魔法(それ)で何度も邪魔されたな」

「――――」

頭上へと舞い、狙撃対象が消えたことで虚を突かれてしまうフィーナの空白を掠め取って、そのすぐ背後に着地する。

げに恐ろしきは人ならざる動きを再現する瞬発力。敵と対峙してなお『暗殺』を執行可能な女戦士は、ばっと振り向きざま杖を見舞ってくる少女の腕を蛇のように絡め取り――無慈悲に折った。

「あ――あああああああああああああああああああああああああっ!?」

カラン、と乾いた音を立てて、不自然に曲がった右手から杖が滑り落ちる。

右腕を押さえ、蹲りながら大粒の涙を流すフィーナを、エルミナは冷酷に見下ろした。

「これでもう、杖は握れない」

「ぁ、ああっ、ぁぁ～～～～～～～～～～～～～～っ……!!」

泣き喚く半妖精の少女へ、無造作に蹴りが放たれる。

その一撃がフィーナを破壊するより先に、リュールゥが何とか飛び込み、彼女を抱えて離脱した。

ごろごろと転がった後、青ざめるオルナのもとで身を起こす。自らも唇を血化粧する吟遊詩人は、腕の中で必死に涙を堪える少女に顔を歪めた。

「何てことを……！」

「安心しろ。お前の竪琴（リラ）も、もう二度と鳴りはしない」

エルミナは静かに左手の暗剣を振り鳴らし、僅（わず）かに付着していた血液を飛ばす。

そこで見計らったように響くのは、道を塞いだ『障壁』越しに伝わる凶牛の猛り声。

涙を溜（た）めながら目を見張るフィーナとともに、はっと顔を上げるリュールゥ達に、暗殺者（アサシン）の女は無情に告げた。

「そしてあの道化も……すぐにお前達の後を追う」


「がはっ、ごほっ……!?」

口から血の塊を吐き出しながら、アルゴノゥトは衝突した壁面から、震える体を引き剝（は）がした。

「ああっ、私はどこまで飛ばされた……！　フィーナ達はどこに……！」

凄まじい突撃（チャージ）を頂戴し、アルゴノゥト自身が突っ込んだ辺り一帯は、まさに砲撃が直撃したごときの光景を広げていた。

アルゴノゥトを受け止めた迷宮壁は天井にまで亀裂を走らせ、途中にあった柱は全て粉砕されている。

膨大な土煙が上がっている現在地は、神殿の柱廊を彷彿（ほうふつ）させる縦長の通路だった。

「傷が深いっ……骨には罅（ひび）がっ……？　これは、もしかしなくても不味（まず）いじゃないか……！」

思考が回らない頭を無理矢理動かすため、口を絶やさず動かし、軽口めいた言葉を並べる。

そして罅割れた鎧を血だらけの腕と一緒に見下ろしながら、震える手を背に回し、今も己の命を脅かしているエルミナの暗剣を「うっ……ぁぁぁ！」と一思いに引き抜いた。

即座に精霊の加護が生じ、電流の膜がこれ以上の出血を防ぐものの、応急処置にすらなっていない力技である。脳を溶かすような熱と激痛がじんじんと背中から発せられる中、アルゴノゥトは荒い息を何度もついた。

呼吸を律せないでいると、重く、大きい、非情な足音が近付いてくる。

「だがっ……泣き言も言ってられない、か……！」

赤い眼光とともに浮かんだ巨大な影が、薄布（カーテン）を引き千切るように土煙を破って現れる。

両刃斧（ラビュリス）を片手に、ミノタウロスは猛声（もうせい）を上げた。

『────────ツッツ!!』

肌をびりびりと震わせる大音声を前に、アルゴノゥトは剣を構えた。

襲いかかるミノタウロスと再び激闘を演じる。

しかし不利だ。圧倒的に不利だ。

そもそも万全の状態でなお劣っていた相手。背中に穴が開き、骨の至るところに罅が入っている今、絶対的な死地に追い込まれるのは常識より当たり前だ。

まともな反撃も叶わず、瞬く間にアルゴノゥトの体が傷で埋めつくされていく。

(心のどこかでわかっていた――)

両刃斧が唸れば鎧が弾ける。

(いくら精霊の力を手に入れても、どれだけの『ズル』をしても)

角が振るわれれば迷宮が砕ける。

(アルゴノゥトには才能がない。技術がない。力が足りない。圧倒的に『資格』が足りない)

咆哮が轟けば雷さえ裂ける。

(私では――この魔物に勝つことはできない!)

苦し紛れの『魔剣』の砲火さえ、敵は正面から突っ込み、ぶち破ってきた。

両眼を見開くアルゴノゥトに、再び猛烈な突撃が叩き込まれる。

「ぐぁああああああああああああああああああ⁉」

全身から絶叫を引きずり出されたアルゴノゥトは、飛んだ。

柱を何本も巻き込んで、破片の嵐を巻き起こしながら、完膚なきまでに打ち負けた。

致命的なまでに、絶対的なまでに。

勝機は遠のき、敗北が迫る。

(体が動かない……血がみっともなく溢れている……やられる……!)

紅い視界は炎のように熱く、陽炎のようにぼやける天井を認めて自分が仰向けに倒れていることにようやく気付いた。

鮮やかな生命の源が只人の体から溢れ出し、周辺の瓦礫を濡らす中、不条理の音色が足音となって近付いてくる。

『フゥウウウウ……！』

重傷のアルゴノゥトの前で立ち止まり、ミノタウロスは両刃斧を構えた。

超重量の斧を片手で軽々と持ち、高々と頭上を突きながら、息の根を止めようとする。

一秒後の終焉にアルゴノゥトが目を眇めた、その瞬間。

【聞こえるか、果てしなき暴獣よ。目覚めているなら耳を貸せ、傾聴せよ】

甲高い音が響いた。

全身を『鎖』で縛められた凶牛にしか聞くことのできない、音叉のような『共鳴音』が。

【あらゆる状況、委細関係なく生贄を優先せよ！　ただちに王女を喰らうのだ！】

それは大迷宮から物理的に大きく離れた、王城からの指令だった。

苛立たしげに玉座に腰かけ、『天授物』の破片を握りしめながら何度も念じるラクリオス王の仕業であった。

【『鎖』に残されし全ての魔力をもって命ずる！】

【供物（アリアドネ）を取り込み、再び我が忠実な僕（しもべ）となれ！　これは王命である！】

それは王城に居座っているラクリオス王（おう）、痛恨の失策であった。

今まさにアルゴノゥトが葬られようとしているこの場に居合わせれば、必ず始末を命じただろう。全ては騎士長達からの連絡が途絶え、事態の把握がかなわず、最悪の事態を想定してミノタウロスの制御を最優先したが故の行き違いであった。

止（とど）めを刺される直前のアルゴノゥトが一驚する中、ミノタウロスに巻き付いている『鎖』が何度も発光する。

『ウウウウゥゥ……！』

『天授物（アーティファクト）』の束縛を受ける魔獣は煩わしそうに首を何度もひねった。体も幾度となく揺すり、血塗（ちまみ）れの獲物を一頻り睨んだ後、渋々と両刃斧（ラビュリス）を下ろし、身を退（ひ）いた。

（私に、背を向ける……？　どこへ……いやっ、姫を……!?）

唖然（あぜん）としていたアルゴノゥトだったが、すぐにミノタウロスの目的地を察する。

かっと目を開き、穴だらけの体から力をかき集めようとするものの、

「四肢よ、動け……！　動いてくれ！　行かせてはいけないっ、行かせるものか……！」

手足はうんともすんとも動いてくれなかった。

その間にも、魔物の巨軀は視界から遠ざかっていく。

「私を見ろっ、ミノタウロス！　私はここにいるぞ、大いなる魔物！」

アルゴノゥトは叫んだ。

舞台を去ろうとする因縁の相手に呼びかけるように、未練ったらしく何度も声を上げた。

しかしその背中は止まらず、振り返らない。

「行くなっ……頼むっ……行かないでくれ……」

叫喚は惨めにも懇願へと成り果てる。

アルゴノゥトの意志とは関係なしに、視界に暗幕が下り始めていく。

「くそぉっ……！」

一人舞台に取り残された男は、再戦を求めるように、宿敵の背へ手を伸ばし続けた。

意識が途切れ、全てが暗闇に包まれるその時まで。

CHAPTER 9
九章

凍えた過去に咲く、たった一輪の妄執

生まれた時よりそうだった。

浴びるのは紅い鮮血。
耳に残るのは悲鳴の残滓。
繰り返される『闘争』の中で数えきれない命を奪ってきた。
殺すことしか知らない。
死に近付く痛みしか実感できない。
だから殺すしかなかった。
だって、死ぬのは痛くて、怖かった。
殴殺し、絞殺し、斬殺し、虐殺する——人も魔物も関係ない。
多くの死を乗り越えて、多くの死を生んだ。
心がいつ凍えたのかはわからない。
涙はもとから枯れていて、感情は真っ先に絶えていた。
だからか、気付けば誰もが私を恐れていた。
誰もが殺される前に、私を殺そうと躍起になった。

死に囲まれる毎日。
豊かな生ではなく、冷たい死に埋もれる居場所。
それが『死んでいる』ことと同じだと気付いたのは、随分と経った後。
生死の境界に立つ私には、何もない。
何もない、筈だった。

『死んじゃあ、だめ』

けれど。
その言葉に、救われた。
これだけは。
これだけは失わせない。
守ってみせる。
ただ、それだけを誓った――。

「やめなさい、エルミナ！　お願いだから、もうやめて！」

焦りと、そして恐怖を孕(はら)んだ叫声が上がる。

目の前に広がる光景に、オルナは泣き叫ぶように喉を震わせていた。

「それ以上、彼女達を傷付けないで！」

酷(ひど)い有様だった。

アルゴノゥトと引き離された少女達は、たった一人の暗殺者(アサシン)に真実蹂躙(じゅうりん)されていた。

片腕の骨が折れたフィーナは血に汚れて倒れ伏し、膝を震わしながらエルミナと対峙(たいじ)しているリュールゥも、かろうじて立っている状態。

何の感情もない人形のような双眼を妖精(エルフ)に固定させているエルミナは、後方にいる妹(オルナ)に、振り返らず答えた。

「聞けないな、オルナ。安心しろ、オルナ。お前は私が守ってやる」

「……っ！」

「私が、全てを始末してやる」

まるで呪詛(じゅそ)めいたエルミナの守護の意志に、オルナの恐怖心は苛立(いらだ)ちに塗り潰されることになった。

「話を聞けと言っているのよ！　私に近付く者は全員殺してのけて！」

すぐにそれは憤慨に変わる。

一方的で、それでいて押し付けがましい理不尽な善意に、抑圧されていたオルナの怒りと恨みが爆発したのである。

「私を守るですって⁉　笑わせないで！　王と貴方は、私を『鳥籠』に閉じ込めたいだけでしょう⁉」

「…………………」

背後からの糾弾に、エルミナは初めて目を伏せた。

それは愛しい者に理解されない苦しみか、それとも身に覚えのある後ろめたさが原因か。どちらにせよ殺戮人形だった暗殺者が初めて真っ当な感情、『悲しみ』を滲ませる。

――その時、二人の会話に耳を澄ませていた吟遊詩人が何かに気付いたように肩を揺らし、瞳を細めたことに、オルナ達は気付かなかった。

「……それでも、私はお前を守る」

やがて、絞り出すようにエルミナは呟いた。

「終わりだ、『英雄候補』ども。あの道化とともに、この暗い迷宮で屍を晒せ」

「「っ……！」」

悲嘆を引き剝がした女が殺戮人形に戻る。

覆しようのない死刑宣告にリュールゥとフィーナの顔が危機感に埋めつくされる。

「死ね」

オルナの制止も間に合わず、音のない断頭の一撃が宙を舞い、まずはリュールゥの首に吸い込まれる。

「――させるものかよ」

しかし、それを阻む者がいた。

豪速で投げられた戦鎚(せんつい)の鎚頭(あたま)がまさに投石よろしく、宙を舞っていたエルミナに直撃したのである。

面布(ヴェール)でも隠せない驚愕(きょうがく)と苦悶(くもん)を散らしながら、体をひねって獣のごとく着地したエルミナはその邪魔者に眼差(まなざ)しを飛ばした。

「貴様っ……！」

「生きとるか、妖精(エルフ)どもぉ！」

エルミナの視線の先、後方にいたオルナの更に奥。

響いてきた聞き覚えのある声に、リュールゥやフィーナも弾かれたように振り返る。

「貴方は……」

「ガルムスさん！」

自分達と負けず劣らず傷付き、しかしそれでも体を躍動させて駆け付けてくる土の民(ドワーフ)の姿にリュールゥは一驚を、フィーナは喜びをあらわにした。

強靭(きょうじん)な竜どもを仕留めた後、床に残されている『血痕(いと)』を追って合流を果たしたガルムスは、エルミナと対峙する形で足を止めた。

「ようやく追いついたぞ！　しかしこれは、どういう状況だ！」

「『罠（わな）』にかかり、アル殿とは分断されました！　彼と合流しようにも、目の前の彼女をどうにかしなければならず！」

エルミナと睨（にら）み合うガルムスの背で、リュールゥが手早い説明をするとともに、フィーナのもとへ駆け寄る。吟遊詩人の手でよろよろと起き上がったフィーナは、折れた右腕を押さえながら問いかけた。

「それよりガルムスさん、ユーリさんは⁉　一緒にいた筈じゃあ……」

「……少し傷を負ってな、今は休んでいる！　頑丈な土の民（ドワーフ）とは違う、貧弱な獣人だからな！」

僅（わず）かにも満たない一瞬の逡巡（しゅんじゅん）を、ガルムスは心優しい少女に悟らせなかった。

「奴もすぐに追いついてこよう！　それまでに、こいつを片付けてくれる！」

力強いガルムスの言葉を聞いて、フィーナは安堵（あんど）する。

リュールゥとオルナだけが戦士が隠した真意に気付き、一度目を瞑（つむ）ったものの、すぐに切り替えた。ガルムスの言葉通り、今は目の前の存在を打ち倒さなければならない。

「……無理だな。死にかけの土の民（ドワーフ）が加わったところで、私は下せない」

「ふんっ、不意打ちしかできぬ暗殺者風情が！　よく吠（ほ）える！」

まともに被った損傷（ダメージ）が先程の投擲（とうてき）のみのエルミナと、散々魔物に痛めつけられたガルムスでは状態に雲泥の差がある。主装備の戦鎚もガルムスにはない。

だが徒手空拳とはいえ、土の民(ドワーフ)にとって怪力の肉体こそ最大の武器。魔物以外に用いぬとガルムス自身は決めているが、いざとなれば一族の尊剣(そうけん)もある。何より、こちらには妖精(エルフ)というとっておきの砲手もいるのだ。

前衛と後衛の条件は揃(そろ)った。数の利で押すのは性分には合わないが、負傷の差を差し引いても暗殺者(アサシン)相手に白兵戦で後(おく)れを取るつもりなどガルムスには更々なかった。

「——お前は何か勘違いしている」

だが。

ガルムスの戦士としての自負は、そこで確かな『一抹の危惧』を抱いた。

今までにない殺気を放つ、目の前の女に対して。

「私が暗殺術(これ)を極めたのは王都に来てから。必要に迫られたからだ。忌々しき我が故郷、闘国(テルスキュラ)の教えはこんな軟弱なものではない」

異変に気付いたガルムスの両目が、大きく見張られた。

ただならぬ威圧感にオルナとリュールゥの頬に、汗が伝った。

呆然と立ちつくすフィーナの瞳には、纏う空気を変質させる女の姿が、初めて『臨戦態勢』を取ったように見えた。

「私の最も得意とするところ——それは正面からの『殺し合い』だ」

直後、かき消える。

これまでの無音の移動術ではなく、石畳を粉砕するほどの凄（すさ）まじい踏み込みをもって、ガルムスの眼前に瞬間移動する。

回転しながら繰り出された回し蹴りが、いともたやすく土の民（ドワーフ）の体を蹴り飛ばした。

「ぐぁぁ――!?」

「ガルムスさん!?」

咄嗟（とっさ）に視認できない速度で、自身の真横を吹き飛んでいったガルムスに、フィーナが声を上げる。

遥（はる）か後方に倒れた土の民（ドワーフ）を見て、すぐに視線を前に戻した半妖精（ハーフ）は、後悔した。

これまで闇や影と同化するため気配を殺しきっていたエルミナの存在感が、まさに『化物』と言っていいほど膨れ上がっていたのである。

視線を交わすだけで気圧（けお）されるフィーナは、無意識のうちに後退（あとずさ）っていた。

「いいだろう、『闘争』を望むというのなら――解体し、引き潰し、貴様等を肉塊に変えてやる」

冷え冷えとした氷塊から燃えたぎるような溶岩そのものへ。

双眸（そうぼう）が鋭くつり上がり、瑞々（みずみず）しい肢体から力が溢れ、恐ろしい凶器へと至る。

本性を表したエルミナは、荒々しき『戦（いくさ）の王』へと変貌した。

「ぬぅううううううううううううううううううう!?」

ガルムスは立ち上がった。

真っ先に狙われたフィーナを庇（かば）うため駆け出し、そして彼女もろとも殴り飛ばされた。

ただの拳撃が土の民（ドワーフ）と半妖精（ハーフ）を壁に激突させ、なおも加虐を働く。

痛苦を振り払い矢面に立ち続けるガルムスに、無情な連撃が叩き込まれていく。太い腕を交差させて防御する土の民（ドワーフ）の防具や皮、肉が削（そ）がれていき、鮮血が吹き出す。

リュールゥが懐から取り出したナイフを投げつけ、フィーナが唱えた魔法を繰り出すも、『戦（いくさ）の王』はその全てを回避した。それどころか、己の力に耐えきれず罅割（ひびわ）れる暗剣を惜しみもせず、投擲。投げ返された刃がリュールゥの眼前に迫り、嘘（うそ）のような爆音を奏でて、竪琴（リラ）を木っ端微塵（こっぱみじん）に破壊した。相棒に守られた妖精（エルフ）の体は、余波のみで吹き飛ばされ、ごろごろと勢いよく床を転がる。

土の民（ドワーフ）より強く。

妖精（エルフ）より速く。

半妖精（ハーフ）の魔法より獰猛（どうもう）な、戦（いくさ）の化身。

まさに女戦士（アマゾネス）という言葉を十全に体現する存在に、戦闘の反動で壊され続ける大迷宮（ラビリンス）が悲鳴をばら撒く。

「仮にも『英雄候補』が三人いるというのに、たった一人で抑え込むとは……！」

床から起き上がるリュールゥが、もはや焦りを隠さず血反吐（ちへど）を拭う。

「信じられない！　女戦士（アマゾネス）のエルミナ、ここまでの傑物だったとは！」

戦慄混じりの評価は女への称賛に違いない。

八十年以上も生きている妖精（エルフ）の吟遊詩人は、目の前の存在こそ今まで出会ってきた者の中で最も強い戦士だと確信する。

リュールゥの評価を浴びるエルミナは、何の感慨もなく言い返した。

「なぜ私がお前達をすぐに殺さなかったか、わかるか？　使えるからだ。利用できるからだ」

ぼろぼろの一行の中で、ガルムスが歯を噛む。

エルミナの言葉に嘘はない。戦士として、これ以上の屈辱はない。

一方で、彼女の真の力と恐ろしさを理解しきれていなかったオルナが己の浅はかさを呪い、蒼白となる。そんな『妹』を一瞥（いちべつ）し、エルミナは己の魂胆を打ち明けた。

「この王都の守りに貢献できる。オルナを守る『楽園』のために」

今にも倒れてしまいそうな体を必死に堪（こら）えながら、話を聞いていたフィーナは、ぴくりと。尖（とが）っている耳を揺らした。

「どうして……？　どうしてオルナさんに、そこまで執着するんですか⁉」

「……簡単だ。オルナは女戦士（アマゾネス）の出来損ない。私が守らなければ死んでしまう」

問いただすフィーナに、エルミナは感情を隠すかのように、言葉を選んだ。

「お前も兄妹（きょうだい）なら、わかるだろう？」

「……！」

エルミナは共感を求めた。フィーナは否定することが、できなかった。

アルゴノゥトという戦う才能も、『英雄』の資質もない兄を持つフィーナも、自分の命より彼を優先順位の上に置いている。

だがフィーナは自分達以外のものを利用してでも生き延びようとはしていない。しようとも思わない。それは『一』も『十』も救われることを願うアルゴノゥトが望んでいないことだ。

エルミナと立場が似ているフィーナは、しかし決して同じではない。

「だから」

そう反論しようとしたフィーナだったが、静寂を破って殺気立つエルミナの拳に、声を遮られることとなった。

「お前達が『楽園』を滅ぼす因子とわかった以上、生かしておく意味はない」

女の体が再びかき消える。

もうまともに回避行動も取れないフィーナの代わりに、ガルムスが攻撃を受けた。

痛烈な一撃に、土の民(ドワーフ)の体がもう何度目とも知れない衝撃を味わう。庇われたフィーナも一緒に吹き飛ばされた。

「ミノタウロスは王都を守護するための絶対の盾。人類最後の領域を護り抜く方法は、これしかないのだから。……オルナを守る『楽園』は、失わせはしない」

「矛盾しているぞっ……！　その『楽園』は、既に俺達の討伐の成否に関係なく潰える運命だ！」

妹の生のみが戦う動機だと語る女戦士に、噛み付いたのはガルムスだった。

血によって赤黒く染まった髭を動かし、責めるように指摘する。

「王族はもはや二人！　支配から逃れたミノタウロスはこの都を滅ぼすだろうに！」

突きつけられる破滅の結末に、エルミナは平然と答えた。

「ならば別の者に『鎖』を使わせ、新たな『生贄』を捧げればいいだけのこと」

「なっ……⁉」

耳を疑ったのはフィーナ。

驚愕するガルムスともども、オルナは吐き気を催す。

「エルミナ、貴方……！」

「私が守りたいのはオルナだけ。ならば他の者がどうなろうと知ったことではない」

エルミナの目的は至極単純で、固く、何より鋭かった。

アルゴノゥトが『一』と『十』の救済を願う者なら、彼女は自分にとっての『一』のみの安全を望む戦士だ。

傑物たる彼女はある意味、誰よりも等身大であり、何者よりも極端である。

エルミナは迷わない。護るべきものを決めているからだ。

エルミナは揺るがない。彼女は欲張らず、大切なものをたった一つだけ決めているからだ。

『戦の王』はどんなものより残忍で、純粋だ。

その専心は『愛する妹』のみにそそがれている。

「……妹の『英雄』にでもなるつもりか？」

「オルナの『英雄』か。それもいい。必要ならば、下らない称号も受け入れてやろう」

眉をひそめるガルムスの皮肉を、エルミナは拒まず、甘んじた。

この楽園の地で幾度となく利用され、巡ってきた『英雄』という記号を、自分のもとへ摑(つか)み寄せる。

「この身に代えても、私がオルナを守り続ける！」

女が携える唯一の正義が、大迷宮(ラビリンス)に響く。

歪(ゆが)んでいながらも、いかなる干渉も受けつけない強固な意志に、フィーナも、ガルムスもたじろぐ。暴走する正義の原因でもあるオルナ自身は、深い苦痛の表情を浮かべた。

（彼女がああなったのは、全て私のせい……それなら、私が――）

そして人知れず、決意する。

オルナ自身は与(あずか)り知らないことだが、まるで『とある王女』のように――城下町でアルゴノゥトを守ったアリアドネのように――懐に隠し持った短剣を自分の首もとに、突きつけようとした。

己の命を秤（はかり）に置いた脅迫。

エルミナが固執する『妹』の殺害。

一瞬でも躊躇（ちゅうちょ）すれば竜より素早い暗殺者（アサシン）は短剣を弾き飛ばす。そこから自分を拘束し、再び『鳥籠』に閉じ込めるだろう。だからオルナは一切の躊躇を捨てた。戦い続けているフィーナ達に覚悟を捧げた。一秒後、自身を全力で殺すために。

エルミナに気取られないように僅かに動き、ガルムスの体で死角を作って、一思いに短剣を胸に突き刺そうとした——その瞬間。

「はは……くくく……」

小さな笑い声とともに、後ろから伸ばされた手に、自刃を止められた。

はっとするオルナが振り向くと、そこには、それまで口を閉ざし黙っていた吟遊詩人が肩を揺らしていた。

「……リュールゥ？」

短剣を取り上げ、肩に手を置かれた自分と入れ替わるように前へ出る妖精（エルフ）に、オルナはうろたえた。

エルミナ達の怪訝（けげん）な視線を集めながら、軽くうつむいたリュールゥは、次には顔を振り上げた。

盛大な笑声とともに。

「はーーはっはっはっはっ!!　なんて滑稽なことだ！　笑わずにはいられない！」

わざと過ぎるくらいに、あるいはどこかの道化のように、芝居じみた所作で大笑いする。

腹を抱えるリュールゥにフィーナが目を白黒させる一方で、エルミナは僅かに、けれど確かに苛立った。

「……何がおかしい？」

「オルナ殿を守り続ける？　誰がどうなろうと？　何て酷い押し付けの願望。守るべき者の涙に貴方が気付けていない」

みなの注目を集めた詩人は、微笑した。

「それは歪んだ想いです。捻(ね)じれた『妄執』と言ってもいい。貴方は私が見てきた中で最も強く、そして最も弱き戦士」

誇り高き妖精(エルフ)に相応(ふさわ)しくないくらい、挑発するかのごとく、薄く笑った。

「貴方のそれは『愛』ではなく、愛の幻想に飢えた子供の我儘(わがまま)……醜い『独占欲』ではないですか」

そして瞠目(どうもく)する『戦(いくさ)の王』に向かって、『真実』を突きつけた。

『死んじゃあ、だめ』

その言葉は冷たい海底で見つけた、光り輝く星の欠片のようだった。

闘争しか知らない暴力の塊にとって、それだけが唯一の温もりだった。

血と傷に埋めつくされた手を握る、柔らかい優しさ。

凍えていた心から漏れ出した、一滴の涙。

孤高と孤独に愛されていた魂が、戦（いくさ）の王冠を剝ぎ捨てるのに、何の躊躇があっただろうか。

もとより空っぽだった存在にとっては、その『二』だけで、十分だったのだ。


だから在り方が変わった後、やることは変わらなかった。

故郷を追われ、場所が移っても、ただ手段が変わるだけ。

あいつに近付く者を陰から殺す。邪魔者を処分する。

守るために、危害を招かぬように、丁寧に、丹念に殺しつくす。

恐ろしい死を与えないために。

死から、あいつを遠ざけ続けた。

それだけが、こんな絶望の時代で唯一の安らぎである筈だから。


ああ、だが、どうしてだ。

どうしてお前は、そんな悲しそうな顔をする――？

◆

「『独占欲』……？　私が……？」

リュールゥの言葉を、エルミナが唇に乗せる。

相貌の中に不快感を滲ませながら、訝しむ彼女に、リュールゥは涼しい微笑のまま告げた。

「ほら、貴方自身が気付けていない。いえ、気付かぬ振りをしている」

かと思うと、場違いなまでに、にっこりと。

気安げな笑みを投げかける。

「エルミナ殿、一つよろしいですか？　貴方にどうしても聞きたいことがありまして」

「……聞く必要はない。答える意味もない。今、ここで私がお前を殺す」

にべもない返答は、ただ煩わしかっただけだろう。時間の無駄だと思っただけだろう。決して危機感を覚えたわけではないだろう。

しかしエルミナは無意識のうちに迅速に、かつ偽りを許さぬ鏡を砕くように、リュールゥ目がけて飛びかかった。

「では勝手に尋ねさせてもらいましょう――」

閃く暗剣を、リュールゥはオルナから奪った短剣でかろうじて弾いた。

『戦(いくさ)の王』相手に、ただの吟遊詩人ではそれが限界。みっともなく尻もちをついた――いや距離と時を稼ぐためにわざと後ろに飛んだ――妖精(エルフ)は問いかけた。

「貴方とオルナ殿は闘国(テルスキュラ)の出身と聞きましたが、本当ですか？」

「……何が言いたい」

ぴたり、と。

追撃を試みようとしていたエルミナの動きが、停止する。

『闘国(テルスキュラ)』とは日夜殺し合いを繰り広げる女戦士(アマゾネス)の聖地。

彼女がそこから追放された異端の女戦士(アマゾネス)であることは、アルゴノゥトの口からフィーナ達も聞き及んでいる。よって当然、妹であるオルナも姉(エルミナ)と同じ闘国(テルスキュラ)が故郷となる。

床に敷き詰められた石板の上に腰を下ろしたまま、リュールゥは壊れた竪琴(リラ)の代わりにつつつ、と短剣の刃を指でなぞった。

「なに、私は流浪の吟遊詩人、風よりも足が軽い妖精(エルフ)でございます。なので奇(く)しくも、あの国へ一度足(あし)を運んだことがおりまして」

「えっ⁉」

「……！」

思わず反応してしまったのはフィーナで、驚きを顔全体に浮かべたのはオルナ。

彼女達を他所に、リュールゥは短剣を左右に振りながら、けらけらと笑った。

「色々死にかけたりと様々なことはありましたが、今は割愛させて頂くとして……」

そこから立ち上がり、瞳だけは笑わぬまま、『妹』と同じ面持ちを浮かべるエルミナを直視した。

「『エルミナ』という名前……ずっと引っかかっていました。私はあの闘国（テルスキュラ）で、それに類するものを聞いていた」

何を話しているのか疑念を懐きつつガルムスもまた黙って聞く中、吟遊詩人はゆっくりと、一言一句噛み締めて、子守唄のように言葉を並べる。

「そして今、ようやく思い出しました。『エルミナ』とは、只人語（こちらがわ）の発音」

エルミナは、地を蹴ろうとした。

予想外の事態に無意識のうちに心が叫んだ。

それ以上言わせるな。

殺せ。

その妖精（エルフ）の息の根を止めろ。

しかし、彼女の殺意が貫くより速く、リュールゥは彼女の『真名（まな）』を暴いた。

「女戦士（アマゾネス）の言語、闘国（テルスキュラ）の中での貴方の正しき呼び名は——『戦王（ウィーガ）』」

「!!」

エルミナの両眼が、あらん限りに見開かれる。

「闘国（テルスキュラ）の歴史の中でも、最強の戦士であると名高い女戦士（アマゾネス）。貴方を讃（たた）え、畏怖する祝詞（のりと）は常に国に響いておりましたとも」

妖精（エルフ）の眼差しが記憶の景色を映すように、一瞬遠ざかる。

怒号と歓声。血染めの闘技場に轟々（ごうごう）と響く戦士達の熱狂。

祝福を浴びるはただ一人、折り重なる屍の山に立つ黒髪の少女。

「『ゼ・ウィーガ』……『汝こそ真の戦士』、と」

息を殺し、柱の影に隠れながら、こっそりと窺っていた闘技場の光景——顔も碌（ろく）に見えなかった少女の姿が、今（いま）目の前で立ちつくす女と重なり合う。

耳を疑ったガルムスは、とうとう我慢できず口を挟んでしまった。

「馬鹿な、本当なのか⁉　そのような傑物が国を捨て、只人（ただびと）の都に身を寄せていたなどと！」

「それもあまりにも強過ぎたため……。強さこそが絶対の正義である闘国（テルスキュラ）においても、彼女は異端過ぎた」

国に刻まれる偉業にして伝説に変わりつつあったという『戦王（ウィーガ）』の戦歴を、リュールゥはことの顛末（てんまつ）とともに触れた。

「当時の女王は彼女を恐れるあまり、国から追い出し、始末しようとしたと聞きます。それも全て、失敗したようですが……」

「じゃあ、エルミナさんは故郷を追われて、この王都に流れ着いた……？」

「恐らくは。しかし、ここで疑問が一つ浮上する」

フィーナに頷（うなず）きを返すリュールゥの視線は、依然エルミナに結び付けられたまま。

「戦王（ウィーガ）……エルミナ殿に妹はおろか、姉妹など一人もいないのです」

「……！」

エルミナは凍りついていた。

まるでずっと見続けていた夢から目を覚まし、冷たい現実を認められないかのように。

「ど、どういうことですか⁉　妹がいないって……！」

「正確には、いなくなった。彼女はたった一人の妹を、自分の手で殺（あや）めています」

「なっ⁉」

返ってきた問いの答えに、フィーナとガルムスは愕然とした。

「日夜殺し合いを繰り広げている女戦士（アマゾネス）の聖地……他ならない闘国（テルスキュラ）の『儀式』の中で、戦王（ウィーガ）は実の妹を殺した」

それは闘国（テルスキュラ）の忌まわしき因習である。

戦い合い、研鑽（けんさん）を続ける女戦士（アマゾネス）の聖地は、命を賭（と）した闘争を行う。

全ては偉大なる戦士を生み出すための『儀式』。魔物が溢れる今の時代になってなお、闘国（テルスキュラ）は『儀式』をやめず、むしろ魔物を捕獲して闘争の獲物に変えていた。彼（か）の国の女戦士（アマゾネス）

達は今日も、天上におわす殺戮(さつりく)の神に血と臓物を捧げていることだろう。

　そして『儀式』の真髄とは、雑音たる感情の脱却にある。

　単なる同胞はおろか友や家族と殺し合わせることで、怒りや悲しみを血で洗い流し、情感を拭い去って、純然たる力の化身を生み出す。閉鎖的な国で生み出された教理めいた仕来(しきた)りだ。

　この因習は遥(はる)か遠い未来まで続くだろう。

　闘国(テルスキュラ)が闘国(テルスキュラ)であり続ける限り。

「それでは貴方が守ると誓っている『妹(オルナ)』とは一体誰なのか？　――そんなものは簡単だ」

　呆然とするフィーナ達の側で、オルナは一言も発さない。

　きつく目を瞑り、押し黙っていた。

　笑みを消したリュールゥはいよいよ核心に迫り、眼差しを鋭く、持っていた短剣の切っ先をエルミナに突きつける。

「貴方達は『偽りの姉妹』。血の繋(つな)がりなどない、赤の他人だ」

「――――っ」

「付け加えるなら、オルナ殿は女戦士(アマゾネス)ですらありませんね？　彼(か)の種族と人並み以上に交流した私にはわかる」

　エルミナは何も言い返さなかった。

　指(ゆび)一本たりとて、動かせなかった。

「彼女は女戦士（アマゾネス）ではなく、只人（ただびと）だ」

「…………」

横目で見るリュールゥに対し、オルナは沈黙の肯定を返した。

少女の褐色の肌は種族特有のものではなく、只人（ただびと）の母親から譲り受けたもの。

「そ、そんな……じゃあ、どうして二人は『姉妹』と身分を偽っていたんですか……？」

「さて、『何か』を隠すために『隠れ蓑（みの）』が必要だったのか……私には与（あずか）り知らないこと。それに今はそんなことはどうでもいい」

身を乗り出すフィーナの疑問に、リュールゥはとぼけるように取り合わなかった。

既に『真相』を見抜いている賢人の双眸（そうぼう）は、偽りの妹（オルナ）ではなく、偽りの姉（エルミナ）にそそがれる。

「『何者かの意図』はどうであれ、エルミナ殿にとってオルナ殿が『特別』であることは変わりません」

黙れ、と唇が震えた。

「エルミナ殿の世界は、オルナ殿がいて初めて保たれていた」

黙れっ、と怒気が渦巻いた。

「でなければ、心の均衡すら維持できなかったのでしょう」

喋（しゃべ）るなっ、と焦燥が火の粉を吐く。

「彼女が語っていた強烈な守護願望……それは失った妹を、オルナ殿に重ね合わせて――」

それら呟きを全て無視し、リューールゥが真実を告げ終えようとした瞬間。

「――殺す」

かつてない殺意を噴出させ、エルミナが殴りかかった。

「がっ⁉」

「リューールゥさん⁉」

妖精(エルフ)の体が派手に殴り飛ばされる。

先程までなら死に至らしめる拳撃にフィーナが声を上げるが、床に転がったリューールゥは、緩慢な動きで起き上がった。

構えも、力の入れ方さえもばらばらになった、真実(しんじつ)感情任せの一撃。

『戦(いくさ)の王』が誇っていた必殺の威力はそこにはない。

女が抱える闇を暴き、心を辱めた代償として拳を甘んじた吟遊詩人がよろよろと立ち上がると――エルミナは荒い呼吸を繰り返し、取り乱していた。

「私の妹はオルナだ。私の妹は、オルナだけだ！」

妄言が、冷然とした石で造られた通路に虚(むな)しく響き渡る。

右手で髪をむしり取るように頭部を摑み、次には何度も振り乱す。

「私の妹は、私を殺そうとなんかしない！　私の妹は、私に殺されたりなんかしていない！」

かつて女に降りかかった過去は消えない。

血の泉に沈む本当の妹（しょうじょ）は、空虚な瞳で幼い子供（エルミナ）を見上げるのを止めない。

どんなに叫んでも、彼女が願った結末は真実に至らない。

「私はっ、私達は――!!」

これまで排していた感情が蘇（よみがえ）る。

無感動であり続けた暗殺者（アサシン）が仮面を失い、どれだけ血を浴びても表情を変えなかった殺戮人形が心身の制御を逸（いっ）し、『戦（いくさ）の王』のもとに『実の妹』を殺めた後悔がたちまち押し寄せる。

エルミナの肉体と精神は、あっさりと均衡を失った。

「……それがお前の、ひた隠していた『傷』か」

「っっ……!　うああああああああああああああああっ!!」

哀れみが込められたガルムスの眼差しに、エルミナはとうとう激昂（げっこう）した。

自分を脅かす世界の現実を全て打ち壊そうと、なりふり構わず襲いかかり、暴走する。

そんな彼女を、オルナだけが胸を押さえて眺めた。

◆

彼女と出会ったのは、偶然だった。

まだ母が生きていた頃、まだ絶望を知らなかった時。
まるで襤褸のような、傷だらけの姿で私達の前に現れた。
幾多の噴水が存在し、水の流れに愛された王都ラクリオス。
都が恩恵を授かる清き水に運ばれるように、血みどろの彼女は都の外から流れ着いた。
刺客に襲われ続け、力つきようとしていた彼女を、護衛の兵士は殺そうとした。
私はそれを咄嗟に止めていた。
その時、彼女の顔に伝った涙を見た。
包み込んだ手の冷たさを知った。
私は、彼女が『孤独』なのだと、理解してしまった。

その日からどんなに憎み、いくら恨もうとも。
私は最後まで、彼女のことが――。

✦

「あああッ、あぁッ、ぁあああああああああッッ!!」
空を切る拳が壁を砕き、でたらめに周囲を跳ぶ足が床を粉砕する。

皮が破け、血が滴る。

制御を失った力が女自身を傷付ける。

近付くもの全てを噛み砕こうとする獣さながら、エルミナは攻撃を繰り返した。

「攻撃が乱れている……冷酷な苛烈さが奴から消えた」

小さき嵐に等しい破壊の塊を、しかしガルムス達は難なく回避していた。

過去の心傷が蘇り、遮二無二に暴れ回るエルミナは碌に狙いを付けられていない。今もガルムスが間合いを取ったことにも気付かず、あたかも幻影を振り払うように手足を振り回していた。『戦の王』たる脅威は失われている。

「妖精。貴様、最初からこれを狙っていたな？」

「このような『惑わし』は本来アル殿の役割なのですが……我々も手段は選んでいられない身の上。この回る舌をもって、彼女の『鎧』に罅を入れさせてもらいました」

戦王の過去という前知識を持っていれば、アルゴノゥトならばもっと早く、そして手際良くエルミナを無力化していたことだろう。破いた布を噛み、出血する左腕に巻きつけるリュールゥは自嘲と、エルミナに対する心苦しさを僅かに覗かせた後、気丈に笑みを纏い直した。

そんなリュールゥに、ガルムスは大した口車だと称賛も込めて鼻を鳴らしてやる。

「語っては騙る恐ろしき『吟遊詩人』め……。俺からすれば、お前もあの道化も同族よ」

「いやぁ、耳が痛い。……それではガルムス殿、もののついでに一つお願いを聞いてもらってよろしいですか？」

過去を暴いた後ろめたさはあれ、この機を逃す『英雄候補』達ではない。

アルゴノゥトのためにも容赦を捨てるリュールゥは、要求を口にした。

「彼女が取り乱している今、前衛ならば押さえ込める。どうか時間を稼いでもらいたい。私が『勝機』を呼び寄せましょう」

「……いいだろう。俺もお前の『口車』に乗ってやる」

土の民の身であってもうっすらと感じる『魔力』の高まりに、頷きを返す。

そんな彼等に触発されるように、フィーナも押さえていた右腕から手を離した。

「私だって……！　腕が折れても、魔法は唱えられる！」

「よし、行くぞ！」

ガルムスが飛び出し、フィーナが詠唱を開始する。

正面から突っ込んできた土の民に、エルミナが獣の速度で反応する。錯乱のあまり武器を放り捨てている女戦士との間で始まるのは壮絶な殴り合いだった。

本能のまま暴れ狂い、闘国の正確無比な闘技が活かされていない以上、負傷の度合いを差し引いてもガルムスが劣勢ながら食らいついていく。そこにフィーナの魔法支援が加われば、妖精の注文通りエルミナは押さえ込まれる形となった。

その貴重な隙をついて、リュールゥが悠々と『呪文』を紡ぐ。

「【契約に応えよ、生命の息吹よ。我が命に従い加護を与えよ。宿れ、風の権能、颶風の王。紡がれし讃歌をここに】」

口ずさむは八小節。

そよ風のように緩やかに、激しさを伴わず、しかし素早く。

淀みなく編まれた詠唱は、フィーナが驚愕するほどの速度で魔法名に辿り着いた。

「【ウィンド・フェリシタル】」

たちまち巻き起こる、深緑の風。

光伴う魔風にエルミナが思わず顔を腕で覆う中、風の恩恵はガルムスとフィーナのもとへ。

全身に付与される力のうねりに、二人は揃って目を見張った。

「これは……まさか『付与魔法』か！」

「私が修得できなかった『魔法』の一つ……誰をも強き戦士に変える妖精の秘術！　すごい、リューールゥさん！」

「詠唱が長い上に効果も短いので、なかなか使いどころがない代物ではありますが……」

ガルムスの驚倒、フィーナの驚嘆に対し、リューールゥは羽根付き帽子の鍔を押さえながら、一笑を作った。

「迷いを抱える『戦の王』を討つ程度なら、その力も遺憾なく発揮しましょう」

「こんな芸当ができるなら、最初から貸しておけ！　しかし——これならば！」

悪態を一つ投げ返すガルムスは湧き出る笑みはそのまま、勢いよく踏み込んだ。

すると鈍重な土の民(ドワーフ)の体が風の後押しを受けるように、まさに突風となってエルミナの目前へ肉薄する。

彼女の不意を掠め取りながら、痛烈な風の拳が叩き込んだ。

「ぐっ――⁉」

速度だけでなく威力まで底上げされた一撃。

腕の防御をもってしても止めきれず、エルミナの体が木の葉のように飛ぶ。

壁に叩きつけられた彼女を見て、オルナは唖然(あぜん)と呟いた。

「あのエルミナを、吹き飛ばした……」

「形勢逆転ですね。いくつもの策を用意して、ようやく、ですが」

精神力の消費が激しいリュールゥが疲れを隠しながら言うと、壁から体を離すエルミナが二歩、三歩と歩み出る。

「まだだ……この程度で……！」

動揺と葛藤の中で、まだ女は戦意を失っていなかった。

頭部から流れる血を額に伝わせながら、鋭い双眼でガルムス達を睨みつける。

「私は、オルナを守る……！　たとえ血が繋がっていなくても、オルナは、私が……！」

「…………」

何度も呟かれる執念に、常人ならば薄ら寒いものを感じただろう。

けれどフィーナは恐怖を捨て、無言でエルミナのことをじっと見つめた。

「……そっか。そうだったんですね。だから貴方はあの時、私にあんな質問を……」

納得の感情が導くのは、先日の出来事。

王都の処刑台に送り込まれる前、牢屋(ろうや)で行われたエルミナとの問答だった。

『お前と、あの道化は……繋がっている。どうして血が繋がっていないのに……お前達は繋がり合える？』

当時感じたものを思い出し、エルミナが問いたかった真意にも辿り着く。

「私は、あの時『既視感』を覚えた……貴方に『共感』を覚えていた。それは血の繋がりのない私と兄さんと同じように、貴方とオルナさんも血が繋がらない『姉妹』だったから」

目を瞑って回想に耽(ふけ)っていたフィーナはそこで、瞼を開ける。

「でも――これだけははっきり言える。貴方は間違ってる」

「なに……⁉」

「だって、貴方の『妹』は笑っていない！」

眉をつり上げて、はっきりと『非難』した。

「私の兄さんとは違う！　あの人はいつもヘラヘラと笑っていて、誰かを笑わさずにはいられなくて！　涙なんて大っ嫌いで！」

今日までのアルゴノゥトとの日々が蘇る。

父と母を失い、最初は泣いてばかりいたフィーナの涙を、あの心優しい少年はいつだって拭ってくれた。おどけて、滑稽な真似をして、何度だって体を張って、フィーナの悲しみが溶けるまで笑みを運んでくれた。

「私をいつも笑わせてくれる！　喜びや幸せを分けてくれる！」

自慢の兄だ。大好きな兄だ。大切な人だ。

フィーナは彼に出会えて良かった。

だからフィーナも、血の繋がらない少年を『兄』と呼ぶようになった。

もらった分だけ、いやそれよりももっと彼に幸せを返したいと、そう願ったのだ。

「だけど、貴方は違う！　貴方のはただの独りよがり！　オルナさんに自分の我儘を押し付けている！」

同じ立場であり同じ関係である筈のフィーナの糾弾に、エルミナの表情がかつてないほど罅割れる。

「貴方は、オルナさんのことも『鎖』で縛り上げているだけ！」

「黙れ……黙れ黙れ黙れ黙れェェェェ!!」

冷たい『鎖』で縛られているのは王女(アリアドネ)だけではなく、オルナさえもであると。

妄執の中から引きずり出された真実の刃を突き立てられ、エルミナは逆上した。

フィーナに飛びかかり、床に押し倒して、胸ぐらを摑む。

「うっっ⁉」

「私はオルナを守るためにっ！　守りたかっただけで！　だから！　それだけなのに！」

要領を得ない混乱の叫び声がぶちまけられる。

『戦の王』としての生き方しか知らなかった女は致命的に間違えていて、どうしようもないほど歪で純粋だった。『死への恐怖心』だけが彼女の全てであり、死を遠ざけることだけしか彼女にはできなかった。

無感動だった筈の瞳が宿す悲愴と、滴の気配に、仰向けになるフィーナの顔も悲しみに暮れる。

「どうして‼」

愛を知らない幼子のような悲痛な叫び。

フィーナを答える術を持っていない。

代わりに答えたのは、戦士の拳だった。

「がっ⁉」

「お前はもう、自分を守る『鎧』を失った。冷酷な暗殺者はもういない」

フィーナの上からエルミナが殴り飛ばされる。

血だらけのガルムスは、この戦場の終結を望んだ。

　女の妄執を断ち切ってやる戦いの終わりを。

「構えろ、女戦士（アマゾネス）。ここで決着をつけてやる」

「うっ……うぁぁぁぁぁぁぁぁぁぁぁぁぁぁぁぁぁぁぁぁぁぁあっ⁉」

　行き場を失った女戦士（アマゾネス）が髪を振り乱し、半狂乱となって飛びかかる。

　ガルムスもまた駆け出し、握りしめた紅い拳を繰り出した。

　互いの体が衝突する間際、炸裂（さくれつ）したのは、風を纏う土の民（ドワーフ）の拳撃。

「がっっ、ぁ────⁉」

　胸部中央に拳を打ち込まれたエルミナの体が、通路の奥へと転がる。

　体の真芯を捉えた決定打。

　何度も石板の床をはね、ようやく動きを止めた女の肢体は、それでもなお蠢いた。

「……まだ、だ。……まだ、っ……！」

「……まだ立ち上がるか」

「彼女もまた、執念の戦士……」

　石板を爪で引っかき、がくがくと痙攣（けいれん）する体を起こそうとするエルミナに、寒気交じりにガルムスとリュールゥが呟く。

　迷いを引きずりながらもがく女は、面布（ヴェール）を血で汚しながら、震える足で立ち上がった。

「私は、オルナを……！　オルナだけはっ……！」

「――もうやめて、エルミナ！」

「！」

その時。

腕に爪を喰い込ませながら、ずっと見守っていたオルナが、エルミナの前に駆け寄った。

「知ってたわ、貴方の気持ち……。私のために、殺め、守ってくれた……」

少女は『秘密』を持っていた。

その『秘密』を狙う者が城にはいた。少女に危害を加えようとする者を、エルミナは徹底的に排除していた。それがなければ、もしかしたら少女は今頃ここにいなかったかもしれない。

エルミナが王と結託して、少女の『鳥籠』を作り上げたのもその頃だった。

「私のために誰かを殺す貴方を……私、憎んでいた……」

ボロボロに傷付いたエルミナの目の前で、何度もためらった後、オルナは自分でも持てあましている『愛憎』を打ち明けた。

「でも、止められなかった。全て諦めていたから。自分には何もできないと。……何より、止めたら貴方の心が壊れてしまうんじゃないかって……」

「……！」

「貴方が本当に『独り』になるんじゃないかって、そう思ってしまったから」

思い出すのは、とある道化に尋ねた問いと答え。

今もどう接したらいいかわからない。オルナはそう言った。

ちゃんと目を合わせて伝えたいことを伝える。それだけだ。アルゴノゥトはそう答えた。

彼の助言をなぞりながら、オルナは目と目を合わせた。

お互い他者の温もりを知らない、そっくりの瞳を。

息を呑むエルミナに、初めてオルナの言葉が届く。

「でも、もういいの。もういいのよ、エルミナ……」

そこで初めてエルミナは、少女の心が今も泣いていることに気が付いた。

「私は『鳥籠』で暮らすのではなく、自分の選んだ道を進みたい……だから」

過去を暴かれ、身を守る鎧を失い、妄執に罅が入った今。

頑なに『オルナの死』を拒絶していた女戦士(アマゾネス)は、『オルナの生』を認めなければいけなかった。

でなければフィーナが指摘した通り、エルミナは冷たい鎖でオルナの首を縛り、絞め殺し続けることになってしまうから。

「今日まで守ってくれていて、ありが、と、う……エルミナ」

「…………」

初めて告げられた感謝の言葉に、エルミナの体から力が消失する。

糸の切れた人形のように膝から床へと落ち、戦意を手放した。

「……オルナ殿、フィーナ殿、先へ進んでください。御覧の通り、我々は深手で碌に動けません」

「情けないことこの上ないが……もう一歩も動けん」

ようやく終わった戦いに、リュールゥ達も緊張の糸が切れる。

リュールゥは壁に背中を預けて崩れ落ちないようにするのがやっとで、誰よりも負傷しているガルムスに至っては、どっしりと構えるように潔く腰を落とした。

右腕が折れているとはいえ、ガルムス達に何度も守られていた後衛(フィーナ)と、無傷のオルナだけが先へ進む資格がある。

「どうかアル殿を救い、力になってあげてください」

「リュールゥさん……はい！」

ガルムスから剣の鞘(さや)を借り受け、添え木代(が)わりに応急処置をしてくれる妖精(エルフ)に、フィーナは力強く頷いた。

「エルミナ……」

フィーナとともにこの場を発つ際、オルナは女の真横を通り過ぎながら、囁(ささや)きかけた。

「今度、生まれ変わったら……私達、本当の姉妹になれるといいわね」

「っ……!!」

エルミナの顔が、涙の気配に歪む。

彼女の返事を待たず、オルナはフィーナと並んで大迷宮(ラビリンス)の奥へと向かった。

儚い足音が遠ざかっていく。

「……こんな戦い、無意味だ」

項垂(うなだ)れていたエルミナは、やるせなく呟いた。

「たった一匹の猛牛(ミノタウロス)を討つだけの戦い……それだけの話に過ぎない」

真理である。

この『雄牛退治』は世界を救う聖戦ではない。

どれだけ汗と水、そして血を流したとて――たとえ雄牛を討つことができたとしても――絶望の時代は終わらぬまま。

後に控えるのは無限の魔物。

大陸の最果てに存在する『大穴』より溢れる異形どもの侵略は止まらない。

「たとえ此処(ここ)を乗り越えたとしても……お前達は死ぬ。オルナと私達に……未来はない」

力のない眼差しで床を見下ろすエルミナは、オルナの代わりに未来を予言した。

「いいや、意味はある」

だが、それをガルムスは否定した。

「我々が切り開いた道を辿(たど)って、また新たな英雄が立ち上がり、時代を担っていきましょう」

リュールゥもまた壊れた竪琴(リラ)の残骸を拾い上げ、愛おしそうに撫(な)でながら、告げる。

顔を上げ、目を見張るエルミナを他所に、ガルムスは頭上を仰いで、笑った。

「それが『英雄神話』……あの道化が望む未来よ」

CHAPTER

十章

英雄願望
〜The Origin〜

大迷宮(ラビリンス)は静まり返っていた。

荒ぶる炎の海は火の粉となって消え、月の光は壁に開けられた穴から差し込む。

多くの戦士と魔物は倒れ、絡み合っていたそれぞれの思惑も、妄執も断ち切られた。

後に残るのは生贄(いけにえ)と雄牛、そして『希望』を手繰(たぐ)り寄せようとする者達の息遣いのみ。

「オルナさん、こっちです！　障壁を迂回すれば、兄さんのところに……！」

「はぁ、はぁ……！　ええ！」

分断されたアルゴノゥトを探し、ひたすら左に曲がる道を辿(たど)って、行き止まりに何度も出くわしながらも、フィーナとオルナは手がかりを発見していた。他ならぬミノタウロスが破壊して作り上げた空洞である。

壁を何枚も破って築かれた穴を越えた先に、アルゴノゥトは必ずいる。

それが屍(しかばね)かはさておき。

（胸が苦しい、鼓動が全身に伝わっている。怖い……不安が収まらない）

不意に脳裏を過(よぎ)った青年(しかばね)の姿に、オルナは右手で胸を押さえていた。

（認めなければいけない。何故こんなにも動揺しているのか。自分が、誰に毒されてしまったのかを）

息を切らし、フィーナよりも遅い足で懸命に後を追いながら、もはや誤魔化しが利かないほど願ってしまっていた。

自分に何度も笑いかけてくれたあの深紅の瞳が、無事であることを。

（私は恐れている。アルゴノゥトが、私の前からいなくなってしまうことを――）

占い師なんてことも忘れ、ただ青年の無事を願う無力な少女に成り下がっていると、

「兄さん!?」

「！」

フィーナの悲鳴が耳朶を貫いた。

辿り着いてしまったのは、激しい戦いの痕跡を残す柱廊痕。

何本も崩れた柱の先、瓦礫の墓場の上に倒れている白髪の青年を見つけ、オルナは凍りついた。

「アルゴノゥト!!」

オルナは走った。

フィーナと一緒に、青年のもとへ急いだ。

彼女達が絶望するより先に、閉じられていた男の瞼が痙攣する。

「フィーナ……オルナ？　うっ……！」

返ってきた声に、安堵することはかなわなかった。

鎧は破損し、紅に染まっている全身を見て、オルナの顔から血の気が引いていく。

「酷い怪我……！　生きてるのが不思議なくらい！」

「待っててください！　今、回復の魔法を！」

側で膝をつき、怪我の状態を確認するオルナの横で、フィーナが左手に持った杖を構える。

呪文を唱えた瞬間、青い魔力光がアルゴノゥトを包み込むも、その傷は塞がりきらない。

「だめ、力が弱い……！　ここまでの戦いで、魔力を使い過ぎた……！」

こんな時に！　とフィーナは語気を荒らげた。

度重なる戦いで精神力を消耗し過ぎたのだ。この弱々しい回復魔法を最後に、フィーナはもう魔法を行使することができない。

苛立って、悲しくて、悔し涙が森色の瞳からこぼれ落ちようとする中——十分だ、と。

そんな風に言わんばかりに、アルゴノゥトははっきりと目を開き、上体を起こした。

「…………行かなくては」

「アルゴノゥト⁉」

咄嗟に添えられるオルナの手を握り返し、除けながら、今にも倒れてしまいそうな足で立ち上がる。

「ミノタウロスを、追わなくては……姫が、危ない……！」

「待って！　無理よ、そんな怪我！　今、自分の体がどうなってるか、わかっているの⁉」

青年の判断は正しい。

生贄が捧げられるまで、もはや猶予はない。

少女の判断もまた正しい。

フィーナの治癒魔法によって塞がりきった側から、傷口が開いて、じわじわと衣を紅く染めている。

そんな重傷でなおアルゴノゥトが動けるのは『精霊の力』によるものであり、男の意志に呼応するように、ばちばちと電流が飛沫を上げる。

精霊が上げる声なき激励に、今ばかりはオルナは苦渋を隠さなかった。

「もう任せて！　ミノタウロスは、私達が……！」

「……片腕が使えないフィーナと、戦えない君を、戦場に行かせるわけにはいかない……」

「っ……！」

肩を揺らしたのはフィーナ。

ぎゅっと杖を握りしめる妹に視線だけで感謝を告げながら、青年の横顔がボロボロの笑みを浮かべる。

「……駄目よ、絶対に許さない。絶対に貴方を行かせない！」

「大丈夫……大丈夫だから。自分のことは、自分が一番わかっている……」

「わかってないわよ!!」

顔を横に振り、声を震わせていたオルナは、叫んでいた。

「全然わかってない!!　貴方が何をしてきたのか、私に何をしてくれたのか――私の気持ちだって！　みんなみんな！」

こちらを見ずに進み出そうとする背中を、大声で何度も殴る。

今も胸に秘める想いを、ぶつけ続ける。

『オルナ……僕は、君も助けたい』

『ミノタウロスを倒さないと、『百』が救われても、君は救われないから。君が笑えないから』

『君の笑顔を、見たいんだ』

全てアルゴノゥトの言葉だ。

全部、彼がオルナに贈ってくれた真心だ。

絶望の中で希望を示し、凍えた心を何度だって温めてくれた、優しき笑顔。

「少しはわかりなさいよ！　貴方を死なせたくないって！　私が、貴方に死んでほしくないのよ！」

「オルナさん……」

泣き叫ぶかのような訴えに、アルゴノゥトは立ち止まっていた。

フィーナも少女を見る。

もはや自分の我儘も、エゴも隠しもせず、オルナは眉をつり上げた。

「私は言うわ、アルゴノゥト！　貴方のために『英雄』を殺す！」

かつて繰り広げた『道化論争』のように、厳しい剣幕をもってその確信を突き付ける。

「武器化した『精霊の剣』、それは貴方じゃなくても力は使える筈！　貴方が戦う必要なんてどこにもない！」

事実だった。

精霊と契約を交わしたアルゴノゥトが最も力を引き出せるのは確かだが、柄さえ握れば雷霆の権能は行使できる。

何の力を持っていないオルナだって、戦うことができる。

殺し合いに身を投じる覚悟を決めながら、オルナは必死に眼前の背中を呼び止めた。

「貴方が『英雄』じゃなくてもいい！　そうでしょう⁉」

青年のために、『英雄』の権利を剝奪する。

嫌気がした。惨めな自分に。

これではエルミナと一緒。彼女を突き放しておきながら、オルナもまたアルゴノゥトを守るために彼の意思を蔑ろにしようとしている。

それと同時に、涙が出そうになった。

あまりにも強情で、不器用で、嫌な女で、可愛げがなく、王女のような聖女になれない自分自身に。

駆け寄って、その背中を抱きしめることもできない、弱虫なオルナという少女に。

「……そうだ。『英雄』は、私じゃなくてもいい……」

やがて。

立ちつくしていたアルゴノゥトは、振り向かずに呟いた。

「でも、この『道化』だけは、私がやらなくては」

「――――」

オルナは動きを止め、言葉を失った。

「私は『英雄』の器ではない……君はそう言ったな、オルナ。わかってる、私もとっくに、わかってるんだよ……」

今、浮かべている表情を決して見せないように、アルゴノゥトは背を晒したまま心中を吐露していく。

「世界は『英雄』を欲している……それは『僕』じゃない！　悔しいよ、悔しいさ！」

「兄さん……」

「僕だって英雄になりたい！　故郷を滅ぼした魔物を、フィーナの家族を奪った奴等を殺してやりたい！」

感情が高ぶり、道化の仮面の内側にひた隠す『本当の自分』さえ晒す。

それは怒声であり、慟哭であった。

魔物がもたらす理不尽に対する怒りであり、無力な自分への憎しみでもあり、失われていく命への悲しみであった。

誰よりも兄の半生を知る妹は、やりきれぬように胸を押さえた。

「でも違うんだ、そうじゃないんだ！　――守りたいんだ！　沢山の人を、かけがえのない人達を！」

声の高まりは、そのまま願望に変わっていた。

高尚な目的に、気高き意志に。

少年のような青年がずっと秘めていた、とても単純で、尊き願いに。

「泣いている人を見たくない！　涙はもうたくさんだ！　みんなの涙を――僕は笑顔に変えたい！」

「……！」

「だったら、僕が笑わなくちゃ。僕が笑わなきゃ、誰も笑ってくれない！」

床に向かって叫び続けるアルゴノゥトの後ろ姿に、オルナは目を見開いていた。

それが青年の真実。

道化として振る舞う『本当のアルゴノゥト』。

「あ……」

オルナは思い出した。

どんな絶望の中にあっても折れず、挫(くじ)けず、自分の目の前で語られた彼の決意を。

『僕は笑うよ』

『どんなに馬鹿にされたって、どんなに笑われたって……どんなに絶望したって、唇を曲げてやるんだ』

『じゃなきゃ精霊だって、運命の女神様だって、微笑んじゃくれないよ』

アルゴノゥトの笑顔は、そのために在った。

悲劇を吹き飛ばす特効薬。

みんなに伝わり、広まり、巡りゆく太陽の欠片。

みなの笑顔のために青年は笑い、『道化』を演じる。

「そのためなら僕は……喜んで『踏み台』になろう。笑顔のために、真の英雄達の『礎』に！」

アルゴノゥトは振り返った。

そこには笑みがある。

オルナ達が何度も目にしてきた、苦境の中にあっても咲く青年の笑みが。

『道化』の正体に、オルナの唇は震えた。

自己犠牲ではない、正しく『礎』。

自身が真の『英雄』になれずとも、今も眠る『英雄達』を目覚めさせる、この『雄牛退治』だけは自らの手でやり遂げ、『喜劇』にしなくてはならない。

その愉快な歌劇に、飛びっきりの笑顔を添えて。

「……それが、貴方の『英雄神話』？」

「ああ。『種』はもう蒔(ま)いた。後は道化が躍るだけ。英雄達が立つ切っかけを作るだけだ」

「……それが、貴方が日誌を綴(つづ)る理由？」

「ああ。英雄になれない、滑稽な男がいたことを記す手記だ。こんな男が『偉業』を成し遂げたと、発破をかけるための軌跡だ」

囁(ささや)くように、何度も尋ねる。

何てことのないように、何度だって笑みが返ってくる。

「後世になんか残らなくていい。ただ、一人でも多くの『英雄』の目に留まればいい。一人でも誰かが笑顔になってくれれば、それで」

吐息にまで伝わる震えを抑えきれぬまま、その深紅の瞳を見つめる。

「……その想いは、書き記さないの？」

「こんな悲壮な思いはいらない。笑顔のためには不要だ」

息が上手く吸い込めなくなる。

その想いが美しくて、眩(まぶ)しくて、寂しくて。

孤高ではない筈なのに、とても遠くて。

舞台の上でいつも道化は踊っている筈なのに、どんなに手を伸ばしても届かない。

観客席に座る少女(じぶん)は、見守ることしかできないのだ。

「そこに……貴方の幸せはあるの？」

声が湿（しめ）った。

心から何かが溢（あふ）れる。

目尻からこぼれそうになる滴を堪（こら）えながら、それだけは尋ねなければならなかった。

「あるとも。僕は、僕という『一』を切り捨てるつもりはない」

全て彼の本心。

オルナに負けず劣らず我儘で、自分勝手で、格好付けで、少しだけ意地っ張りで、誰よりも優しい笑顔を浮かべる青年の偽りなき誓い。

これまで自分が受け取ってきた笑顔（やさしさ）を、他の誰かに返してあげることのできる、アルゴノゥトの幸福。

「悲劇や惨劇はいらない。全て『喜劇』にしよう。だから――」

オルナの瞳を見つめ返し、アルゴノゥトは約束した。

「行かせてくれ、オルナ」

「…………」

少女はゆっくりと、目を瞑った。

瞼の裏に、白い帆（ほ）が見えた。

青々とした海を渡る、一隻の船が。

どんな嵐が訪れても、空が暗黒に包まれようとも、光の水平線をどこまでも進む、雄々しい

『英雄の船』が。

何かが響いている。

未来という港に辿り着き、希望という宝を世界に示す、英雄達の雄叫びが。

只人が、獣人が、土の民が、妖精が、女戦士が、小人族が、船縁に立って振るう旗の音が。

戦う英雄達の歌が聞こえるか？

（聞こえる――）

『導き手』が先導した遥か彼方、巡りゆく『英雄神話』の光景を、涙をせき止める瞼の裏側に幻視し、幻聴する。

少女はもう、引き止めなかった。

道化は、最後の舞台へと上がった。

松明が燃えている。

赤々と闇を切り裂き、火の粉を揺らしながら、その大広間を照らしていた。

そこは『祭壇の間』と呼ぶに相応しかった。

広間中央に築かれた何段もの台座の上、牛人の意匠が彫られた石の祭壇が鎮座している。

周囲には松明が何炬も燃え、整然と並べられた石板の床には乾いた血の跡が幾つもある。

かつて捧げられた生贄の末路。

そして今、少女が辿り着こうとしている終末でもある。

「…………」

目を伏せていたアリアドネは、祭壇の上に足を崩して座っていた。

少なくない血を失った美貌は、うっすらと青ざめている。

しかしそれでも少女は気丈に姿勢を正し、鎖に手足を繋がれてもなお、気高かった。

「……来る」

金の長髪を揺らし、睫毛を震わせる。

怯えるように揺れる松明の先、地響きが鳴り、巨大な影が『祭壇の間』に到着する。

あれこそアリアドネの終焉。

幼い頃、一度だけ目にし、今日まで悪夢に現れ続けてきた運命の象徴。

恐ろしき牛の怪物、ミノタウロス。

「……何かに期待していた。小さな頃から、ずっと誰かが私を助けてくれないかと」

ゆっくり近付いてくるミノタウロスを前に、アリアドネは独白をこぼした。

恐怖心を完全に追い出せない、惨めな片手を持ち上げ、紅く滲んだ指を見つめる。

「『英雄』が私の前に、現れてくれないかって……最後まで、こんな『糸』を残して」

滴る赤い粒が白い衣を汚した。

それも、もはや些事に過ぎない。

己の腕を縛める鎖をじゃらりと鳴らし、手を下ろす。

「だけど、もういい。これが避けられない『運命』だというのなら、私はそれを受け入れる」

ミノタウロスが台座に足をかける。

アリアドネの破滅が段差を一段、また一段と上がってくる。

不意に瞳に映る、両刃斧にこびり付いた血痕。

自分が知る者達のものではないことを祈ることしかできない。

やがて、とうとう目の前で立ち止まる巨軀を、アリアドネは仰いだ。

「来なさい、ミノタウロス。私という犠牲をもって、ほんの僅かな平和をもたらして」

『フゥゥゥーーッッ……！』

荒々しく、血生臭い鼻息が玉の肌を犯す。

凶牛に巻きつけられた『鎖』が発光した。その暴力的なまでに聖なる光に、アリアドネは実の父を重ねて見る。

怨嗟は抱かなかった。

親愛もない。

最後まで犠牲のための部品──歯車としてしか自分を見ていなかったラクリオス王に、愛情は存在していなかった。王はどこまでも冷酷な為政者で、運命そのものに呪われている。

アリアドネと同じ。

同情はなく、憐憫はない。

この心は王のものでも、ましてや目の前の怪物のものでもない。

王女ではなく、ただの少女としてのアリアドネが最後に思い浮かべるのは、ただ一人。

「あの人のために、どうか——」

大きく開かれた醜悪な顎に、アリアドネは目を閉じた。

頭から喰われ、咀嚼され、呑み込まれる。

そんな凄惨な最期を、最後まで気高く受け入れようとした、その時。

炎の咆哮が届いた。

『オオオオオオオオオオオオオオオオオオッ⁉』

「⁉」

ミノタウロスの足もとから火山のごとく、炎塊が噴火する。

怪物の絶叫、そして眼前から迸る凄まじい熱量。

アリアドネは思わず目を開き、驚倒をあらわにした。

今も炎に焼かれるミノタウロスがもがき苦しみ、太い腕を何度も横に振って、台座の横手へと転げ落ちる。

開かれるアリアドネの視界。

そこで彼女の瞳に飛び込んだのは、いくつもの松明でも、空虚な広間でもない。

「声が震えている。見栄っ張りな貴方も私は好きだが、そこはどうか呼んでほしい」

紅の魔剣を地面に突き刺す、白髪の『道化』の姿だった。

「助けて、と」

「――――――」

いつかと変わらぬ笑みを湛え、アルゴノゥトは立っていた。

目を疑い、息を呑むアリアドネの視線の先で、『赤い糸』を辿ってきた男は、この『祭壇の間』に現れていた。

「姫……貴方の『英雄』が来ました」

魔剣を引き抜き、真っ直ぐ祭壇へと向かってくる。

「貴方の『運命』を砕きに、やって参りました」

二振りの剣を携え、英雄の装備を凝らし、自らも血を流しながら、少女のもとに辿り着く。

唖然(あぜん)とするアリアドネに手の平を向け、呼び出した雷(いかずち)をもって、鎖を取り払う。

自由を取り戻した少女の瞳が、潤んだ。

「……嘘よ。どうして？　どうして来ちゃったの？」

幻ではないことを確かめるように、震える両手で、その手の平を包んだ。

熱がある。

温度がある。

狂おしい温もりが、流れ出ている血と一緒にアリアドネに伝わってくる。

美しい青碧石(ターコイズ)の瞳が、とうとう耐えきれず、ぽろりと涙を流した。

「ボロボロじゃない。すぐに倒れてしまいそう。私、貴方のそんな姿を見たくなくてっ……見たくなかったから……！」

肩を何度も揺らし、嗚咽(おえつ)を堪(こら)える少女に、アルゴノゥトは包まれている右手を握り返した。

「姫、どうしたら笑ってくれる？」

「えっ……？」

「貴方の笑顔が、見たいんだ」

「！」

アリアドネは視線を上げた。

目の前で優しく微笑みかけている青年は、左手でそっと透明な滴を拭う。

「姫、僕には才能がない。英雄の器なんかじゃない。僕はまさしく道化だ」

「アル……」

「だから、貴方一人くらい笑顔にできなかったら、何のために生まれてきたのかわからない」

王城に連れていかれた夜、あの時も少女の頬は涙で濡れていた。

浮かんでいたのはアルゴノゥトのために浮かべた、悲しみそのものだった。

まだ一度も、アルゴノゥトは少女の笑顔を見ていない。

「アリア……君の笑顔は、どこにある？」

名前を呼ばれる。

問いかけられたアリアドネは、もう一度だけ、うつむいた。

涙は消えてくれない。

嗚咽も治まりそうにない。

けれど、胸に宿るこの温もりは、悲しみなんてものを溶かしてくれる。

ぎゅっと握った青年の右手を胸に抱きながら、ゆっくりと、顔を上げた。

「…………ここよ」

こぼれ落ちる涙と一緒に、微笑む。

あの夜と同じ涙に濡れた笑み。

しかし、あの時とは違う、少女が心から浮かべる『本当の笑顔』。

「ここにある。私を助けにきてくれた、貴方の目の前に」

みっともなく、ぼろぼろになった道化に向かって、アリアドネは胸の内の想いを囁いた。

「嬉(うれ)しい。ありがとう。……愛してる。私を助けにきてくれた、滑稽な英雄(ひと)」

『十』を救えない道化は、その日、少女の英雄となった。

彼女という『一』を救う、たった一人の英雄に。

「――ああ、素敵な笑顔」

少女の美しい笑みに目を細め、アルゴノゥトもまた破顔する。

「ずっとそれが見たかった！　やっと私は貴方を笑顔にできた！」

やかましい道化が戻ってくる。

姫を救いにきた王子なんて一分ももたない道化の歌声が、更に少女の笑いを誘い、厳(おごそ)かな祭壇だって喜劇の舞台に変えてしまう。

「これで思い残すことはない！　英雄アルゴノゥトの物語・完！」

締めくくりとばかりに両腕を広げ、赤くなる姫をちゃっかり抱擁(ほうよう)した後、自身の伝記に終幕の文字を綴ろうとした直後――ぬうっ、と。

愚か者の背後に、巨大な黒い影が現れる。

「って、後ろ！　うしろー!?　ミノタウロスが！」

感動とか愛おしさとかそんなもの全てブン投げて、指差すアリアドネが悲鳴を上げる。

問答無用で振り下ろされた両刃斧（ラビュリス）に、アルゴノゥトは少女を抱いたまま素早く離脱した。

振り落とされた一撃が祭壇を木っ端微塵（こっぱみじん）に粉砕し、広間全体を震わせる。

「せっかちなやつだな、猛牛の戦士よ！　私が言えた義理ではないが、もう少しだけ空気を読んでくれ！」

台座の下に着地し、更に跳ぶように後退したアルゴノゥトは自身のことを棚に上げながら、不敵な笑みを見せる。

アリアドネを床に下ろし、ちょうど背後から聞こえてくる足音に一瞥（いちべつ）を飛ばした。

「二人とも！　姫を頼む！」

「はい、兄さん！」

「フィーナ！　それにオルナ！」

「アリアドネ、こっちよ！」

フィーナとオルナが遅れて『祭壇の間（ま）』に到着する。

アリアドネの安全の確保のため、雷（いかずち）の速度を纏（まと）うアルゴノゥトが先行し、後を追っていたフィーナ達が合流した形だ。

迎えにきたフィーナ達に連れていかれる際、既に前を向いた青年の背を名残惜（なごりお）しそうに、そして祈るように見やったアリアドネは、『祭壇の間（ま）』の入口まで避難する。

三人の気配が遠ざかっていく中、アルゴノゥトは瞑目（めいもく）した。

息を大きく吸って、静かに吐き出す。

「耐えてくれ、体よ……。もう少しだけでいい、もう少しだけ『道化』でいさせてくれ……」

誰にも聞こえない囁きに、『精霊の力』が応える。

バチバチッ！　と雷が顕現した瞬間、アルゴノゥトは勢いよく眼を開いた。

「──待たせたな、ミノタウロス！　準備はできたぞ、我が敵よ！」

高らかな声と、小気味いい台詞。

広間の中央、祭壇を破壊した猛牛の巨軀がゆっくりと反転し、アルゴノゥトを見下ろす。

『オォォォ……！』

「君に再戦を申し込もう！　姫を助けた今、私の憂いは既に断たれた！」

意思疎通など叶わない魔物の唸り声に、しかし道化の口上は止まらない。

二振りの剣を腰の鞘に納めたまま、両腕を広げ、ゆっくりと歩み寄っていく。

「姫の可愛い笑顔を見れた挙句、『アルゴノゥト愛してる、好き好きー、結婚してー』と言われた今の私に不可能はない！」

「そこまで言ってません!!」

決め顔で歯を輝かせる三枚目に向かって、すかさず放り投げられる怒声。

遥か後方で顔を真っ赤にさせるアリアドネと、呆れ果てた半眼を向けるオルナ達を華麗に無視し、アルゴノゥトはあたかも舞踏を申し込むように右手を伸ばした。

「さぁさぁ、私と君だけの決闘だ！ 私達だけの果し合いだ‼」

『ウゥゥ……？』

「今より始まるは至高の剣劇！ 未来永劫語り継がれる、我等の輪舞！」

笑みを頬に刻んで放さないアルゴノゥトに、ミノタウロスは確かに、呻いた。

三代前ものラクリオス王家に束縛され、百年以上も生きる大いなる魔物はこの時、初めて目にするわけのわからぬ威勢に、戸惑ったのだ。

「ミノタウロスが、うろたえてる……？」

その光景に気付き、フィーナもまた困惑する。

隣にいるオルナはおもむろに、口を開いた。

「……今までミノタウロスに、怒りと憎しみをぶつける者はいた。恐怖と絶望を叫ぶ者はいた」

「えっ？」

「けれど、『笑み』を向けた者は、いなかった」

オルナへ目を向けた半妖精の少女は、続く言葉にはっとした。

「彼がミノタウロスの初めての相手。彼がミノタウロスの初めての『敵』」

アリアドネもまたオルナに同意するように、前方を眺める。

あの巨大で、威嚇的な体軀に恐怖を覚えない者はいない。

あらゆるものを捕食し、全てを殺戮する存在そのものに笑みを浮かべられる者などいない。

正気を手放して壊れて笑う者以外、いる筈がないのだ。

王族たるアリアドネといえど、運命を受け入れて達観するだけで、決して笑みを作ることなどできなかった。

「……ようやくわかった。アルゴノゥトは『謳う者』。戦う者じゃない。踊り、歌って、滑稽な『物語を始める者』」

今も歌劇のごとく振る舞う男を、オルナをそう名付ける。そう評する。

始まりの物語――その新たな頁が今より綴られることを、確信をもって断言した。

「アルゴノゥトの『劇場』が、始まった」

男の歌声に呼応するように、松明の火が荒ぶる。

今も頭上で舞い散る魔剣の残滓とともに舞台を照らした。

交えるのは身振り手振り。

道化は愉快に、滔々と語り出す。

「先程までは悲壮ぶっていたのがいけなかった！　姫を心配するあまり、私らしくを忘れていた！」

瞑目して鷹揚に頷いていたかと思えば、その場で足を鳴らし、軽踏と回転。

裾がぼろぼろになっている外套が膨らみ、ばさりと音を鳴らす。

「愉快に、滑稽に笑おう！　そして腹を抱えて笑われよう！　さぁミノタウロス、君も笑え！」

うろたえていたミノタウロスが動きを止め、じっと男を見つめた。

白髪を揺らし、深紅の眼光を光らせる只人は、雄の笑みを投げかけた。

「これが私達の、最後の『喜劇』だ！」

怪物に人の言語など理解できない。

魔物には男の言っていることなど通じない。

しかしミノタウロスには、その雄が刻む笑みの意味が、わかった。

猛牛の口端が裂け、歯が剝き出しとなる。

ミノタウロスはぐっと膝をかがめ、跳躍した。

「今、ミノタウロスが……」

「笑った……？」

どんっ、と地響きとともに、猛牛が間合いを置いて男の前に着地する。

幻だったかのような一瞬の出来事にフィーナとアリアドネが啞然とする中、アルゴノゥトは笑みを深めた。

「天上の神々よ、見ているか！　大地に塞がれていても無理矢理見ろ！　精霊達よ、力を貸せ！　極上の物語を紡ぐために！」

片腕を真上へと突き出し、その指で天を衝く。

雷が猛り出し、精霊の血から生み出された魔剣の焰とともに男を祝福する。

「これが我々の『英雄神話』！　雄牛を倒すだけの物語！　あるいは雄牛にやられるだけの物語！」

抜剣。

右手に『雷霆の剣（つるぎ）』を、左手に『炎の魔剣』を。

雄々しく唸る雷と炎に、戦牛もまた両刃斧（ラビュリス）を構えた。

英雄と怪物。

王女と迷宮。

双剣と巨斧。

語り継がれる『始源の物語』の条件は、ここに揃った。

「とくとご覧あれ！　雄と雄の悲喜（ひき）こもごも、笑いに満ちた勇壮なる戦いを！」

満ちるは猛牛が上げる叫喚。

二振りの武装を構え、残る力を全身に装塡（そうてん）しながら、道化は始まりを告げた。

「さぁ——決戦を!!」

『死闘』を見た。

英雄の器ではない男が、死力を尽くす時を。
恐ろしい魔物が叫喚を上げ、斧を振り回す光景を。
男は笑う。
精霊の力を用いて、血を吐きながら、とっくのとうに限界を超えて。
猛牛は笑う。
巡り会えた、たった一人の敵に喜ぶように、殺意を漲らせて。
剣が舞い、斧が吠え、雷が走り、炎が舞い、咆哮がぶつかり合う。
それはとても熱く、とても恐ろしく、とても雄々しく、とても尊く。
それはまるで——本物の『英雄譚』のように。

「ああああああああああああああああああああああッ!!」
『ウオオオオオオオオオオオオオオオオオオオオオオオッ!!』

雷剣と両刃斧が衝突し、凄まじい閃光を放つ。
牙を剝く幾条もの雷霆を純然たる力が蹴散らしては封殺する。
雄叫びは尽きない。
叫喚もまた終わらない。

反発する力と力の奔流に、観客席で見守ることを許された少女達は咄嗟に顔を腕で覆った。

「渡り合ってる……兄さんが、ミノタウロスと！」

激闘の様相を呈する一騎打ちに、援護をできないことを歯がゆく思いつつ、フィーナは叫んでいた。

「相手の方が強い筈なのに！　あの人に戦う才能なんてないのに！　どうして⁉」

それは前回の戦いからわかっていた事柄である。

ミノタウロスの能力は通常の魔物のそれを凌駕する。アルゴノゥトが『精霊の加護』を得てもなお埋め合わせられない桁違いの力。にもかかわらず道化は今、目まぐるしく駆け抜けては両刃斧を捌いては凌ぎ、互角と言っていい戦況を生み出している。その超速の反応はまるで彼自身が雷の化身になったかのようだ。

フィーナの驚愕が尽きないでいると、

「……『雷』が、叫んでる」

オルナが呟いた。

「アルの体内に電流を流して、無理矢理加速させてる。アルの内側を焼き焦がして、苦しめながら、支えてる……」

「……！　それって……」

「全ての動きを、全ての判断を、全ての一撃を限界まで高めて……『負けるな』と、応援してる」

振り返るフィーナに対し、オルナは自らも痛みを堪えるように瞳を細め、アルゴノゥトに降りかかっている事態を見抜いた。

人智を超えた雷霆増幅。

才能のない道化さえ超人の領域へと引き上げる大精霊の切り札。

オルナの予測を証明するようにアルゴノゥトの体から小規模の雷鳴と雷光が生まれ、その度に男の相貌は罅割れるように歪んだ。

「『雷霆の加護』……！　それじゃあ兄さんは、命を削って……！」

フィーナの瞳が危惧に揺れる。

細い腿が震えた。自らも舞台に上がりたい。そう叫んでいる。

しかしそれを遮るように、制御を失った雷条がすぐ前を幾度となく荒れ狂った。

今の自分では決して渡り切れない雷の河流に、少女は唇を噛む。

「それでも……」

今にも飛び出していきそうなフィーナの傍らで、アリアドネは、自身の胸を押さえた。

「それでも、あの人は……笑ってる」

どれだけ雷が走ろうと、耐えがたい苦痛が生まれようとも、道化は笑っていた。

ごふっと口から血を吐きながら、それがどうしたと口端を上げ続け、真っ向から対峙するミノタウロスに全身全霊を捧げる。

今、この時、誰が何と言おうと、青年は『英雄』に相応しい闘劇を演じた。

「はぁあああああああああ！」

『グゥウウウウウウウウウウ⁉』

身を削り続けながら行われる高速移動に、雷の乱閃。

死角を掠め取られた強襲にミノタウロスの体皮も削がれ、一部を覆っていた鎧も剝ぎ取られていく。

『精霊の力』に押し負けるように、『天授物』たる『鎖』の一部も損壊していった。

【なぜだっ、なぜだミノタウロス⁉　どうして言うことを聞かん！】

一方、混乱の声を上げるのは、この大迷宮にはいないラクリオス王だった。

彼が先程からひたすら送っている『王女を喰らえ』という思念が、いつまで経っても達成されない。

詳しい戦況を把握できない老王は自身が持つ『鎖の欠片』——激闘を物語るかのように絶え間なく震動する光の破片に、玉座の上で動揺することしかできなかった。

【王女だ、アリアドネを喰らえ！　戦いなど切り上げろ、命の危機ならば逃げ出せ！】

ちっとも従来の制御を取り戻せない状況に、まだ生贄が捧げられていないことしかわからない。

『天授物（アーティファクト）』の代償さえ支払えば猛牛の戦士は王の思うがまま。

どれだけ追い込まれようとも、いかようにも事態を打開できる。

【我が兵のもとに向かい、体勢を立て直せばいくらでも道化（アルゴノゥト）など血祭りにできる！】

王の判断は正しい。

新たに大迷宮（ラビリンス）へ派遣した兵隊と合流できれば、満身創痍（まんしんそうい）のアルゴノゥト一行を確実に始末することができる。

それが人の戦術においては最も正しい一手である。

【それなのにっ……なぜ王命に従わない⁉】

だが、魔獣は人の事情など与（あずか）り知らない。

いや、その『雄』にとって目の前の一戦こそ全てだった。

片時もこちらから目を離さず、『雄の笑み』を浮かべ続ける存在の何と腹立たしいことか。何と憎たらしいことか。

初めての感情を想起させるあの『雄』こそが、食料でも生贄でもなく、ミノタウロスにとっての初めての『敵』なのだ。

『鎖』を通し、己の激情と動作に水を差す老いぼれた声など、煩わしい騒音でしかない。

【従えっ、ミノタウロスゥゥゥゥゥゥゥゥゥゥゥゥ！】

巨軀に巻き付く『鎖』が一際強い光を放ち、王の呪いじみた執念を伝えた。

ミノタウロスが体を痙攣させ、もがき苦しむ。

放たれていた雷の斬撃が脇腹に直撃し、大量の血を吐かせ、斬りかかったアルゴノゥト自身も怪訝な顔をする。

『鎖』が音を放つほどの念動波が高まり、王の命令と魔物の獣性が激しくせめぎ合っていた、次の瞬間。

『――――オオオオオオオオオオオオオオオオオオオオッ!!』

【っ⁉】

『黙れ』と言わんばかりにミノタウロスの剛腕が、体に巻き付く『鎖』を引き剥がした。

「ミノタウロスが鎖を⁉」

「引き千切った⁉　『天授物（アーティファクト）』の支配を⁉」

フィーナとオルナの吃驚（きっきょう）の先で、その巨軀が肩で息をする。

縛め（いまし）の破壊とともに王の声は魔物の頭蓋から消え去った。王家に使役される死肉貪る戦牛（ミノタウロス）は、たった今より『ただの死闘求める戦牛（ミノタウロス）』となったのである。

楽園の崩壊と同義のその光景に、アリアドネは呆然（ぼうぜん）と呟いていた。

「『鎖』の呪縛から、脱した……。自らの『意志』をもって……」

人類を殺戮する魔物には到底ありえない現象。

必要だったのは百年以上もの悠久の時か、あるいは人類に使役されるという屈辱と抑圧か、もしくは出会いを果たした『雄』の存在か。

何にせよ、その怪物はアリアドネの言う通り、『意志』を芽吹かせた。

魔物の本能とも異なる猛々（たけだけ）しい感情のうねり、『戦意』を。

「君は……」

拘束具にも等しい『鎖』を引き千切り、一心にこちらを睨みつけてくるミノタウロスに、アルゴノゥトも唖然とした。

だが、すぐに頬に笑みを生み直す。

「そうか……それが君の『意志』か。最後まで私と戦いたいと、そう願ってくれるか！」

返事などない。

代わりに『戦意』の塊と化している猛牛は、その意志に突き動かされるように、再び口端を裂いていた。

それで十分だった。

「ならば受けて立とう！　今の君を司るものが飽くなき戦意だというのなら、私も全てをもって迎え撃つ！」

『オオオオオッ！』

「この身に残る力を使いつくして!!」

猛牛が再三吠える。

雷光が何度も弾ける。

昂る熱情にアルゴノゥトは歓喜する。

才のない道化では決して辿り着けなかった戦士の領域に興奮し、酔いしれる。

どこまでいっても彼もまた雄だった。

直後、一人と一匹は床を蹴り、再び死力を目の前の存在にぶつけ合う。

「……駄目よ、アルゴノゥト。……やめて、アル。燃えつきてしまうっ」

その光景に、真っ先に危機感を覚えたのは、オルナ。

戦意に導かれるまま、雷と鮮血、そして光の向こう側に青年が行ってしまうことを悟ってしまう。

「そのままでは貴方は本当に燃えつきて、死んでしまう！」

少女の声は届かない。

猛り狂う雄同士の雄叫びの前に、蹴散らされてしまう。

「……！」

金髪碧眼(へきがん)の少女が秘めた覚悟の吐息もまた、二重の咆哮の前にかき消えた。

「『――――――――――――――――――――――ッッッ!!』」

決戦する。

もつれ合う気勢と気迫が空気をわななかせた。既に意味をなさない互いの轟声が大迷宮(ラビリンス)を打ち震わした。

魔物の剛拳に応えるように只人(ただびと)が雷剣を振るった。道化の小細工に真っ向から対決するように猛牛の怪力がつくされた。

妥協を彼方に放り投げたぶつかり合い。凄烈な一進一退を繰り返す。加速が、止まらない。

不格好に放たれた前蹴りを雷閃が打ち落とす。

防御に構えられた剣の上から殴撃が額を割る。

振り上げられた斬撃が相手の骨を砕き、肉を裂く。

蹄(ひづめ)型に陥没する石板、剣圧で一線に切り裂かれる松明、激突の猛威に千切られる数えきれない火の粉。原初の舞台装置が静かに壊れていく。

なけなしの力を振り絞る雄と雄は決して止まろうとしなかった。決して手を休めようとしなかった。

止まらない、止まれない、譲れない。

血を浴びた雷霆(らいてい)の剣(つるぎ)とひび割れた両刃斧(ラビュリス)が、火花を交わし、もう一度ぶつかり合う。

闘いの終結が迫っていることは、もはや青ざめる少女達の目から見ても明らかであった。

『ヴォオオオオオオオオオオッ！』

「がっっ――!?」

そして。

全てを断ち切る剛斧の大閃が、アルゴノゥトの視界を横断した。

咄嗟に展開された雷の障壁をも切り裂き、かろうじて後ろに跳んだアルゴノゥトのもとに灼熱(しゃくねつ)の紅(くれない)と脳を揺さぶる衝撃をもたらす。

「アル!?」

「兄さぁん!!」

間一髪直撃を避けてなお、床に吸い込まれていく青年の背中。

それにオルナ達が悲鳴を上げると同時。

アルゴノゥトは歯を噛みしめ、左手を突き出した。

「っっ————『魔剣』よ!!」

剣の切っ先から、凄まじい砲火が生まれる。

『～～～～～～～～～～～～～～～～～～～～～ッッ⁉』

ただでは転ばぬとばかりに放たれた爆炎。

『魔剣』が限界を超え、いくつもの破片となって砕け散る最中、自壊と引き換えに繰り出された最大火力がミノタウロスの巨軀を後方へと吹き飛ばした。

当然、無理な体勢から砲撃したアルゴノゥトも反動で床を転がっていく。

迅烈な火力はアリアドネ達のもとにも届き、飛ばされかける彼女をフィーナが抱えて柱の陰へと飛び込んだ。

「アル！」

すぐ後ろの壁に叩きつけられたオルナは咳き込んだ後、気が付けば走り出していた。

衝動のままに青年のもとへ。

アルゴノゥトは震える手をついて、床から体を引き剝がすところだった。

「離れていろ、オルナ……！　まだ戦いは終わっていない……！」

「…………!!」

ぽたぽたと、血の滴る音を鳴らす青年の姿に、オルナは言葉を失くしていた。

時を止めたように立ちつくす彼女に気付かず、アルゴノゥトは取り落としてしまった愛剣を探す。

「剣は、剣はどこだ……！　早くしないと……！」

至近距離の砲撃の影響でいつまで経っても視界が回復しない。

アルゴノゥトはそれを歯がゆく思いながら、右へ左へ手を伸ばした。

何度も探した。

しかし武器は見つからない。

一度は灼熱の紅に染まった視界は、今も暗いまま。

「……剣なら、貴方の前にあるわ」

そして、立ちつくしていたオルナがそう言った。

「……！」

アルゴノゥトの肩が震える。

昂る激情によって痛みも疲労も忘れていた精神が、氷を突き刺したような冷気をもって、厳然たる事実を突きつける。

これから道化の瞳は、暗く閉ざされたままだと。

「アル……貴方っ、目が……」

オルナの声が涙に濡れる。

先程の両刃斧（ラビュリス）の一撃。

風圧ですら計り知れない怪物の一閃が、アルゴノゥトから視界を永遠に奪ったのだ。

眉間から流れる血が涙のように頬を伝う中、アルゴノゥトは息を呑んで――ややあって、笑った。

「は、ははは……そうだ、こうしよう。『英雄アルゴノゥトは恐れる敵を前に目を瞑り、へっぴり腰で夢中に剣を振った』と！」

光を失ってなお、道化は滑稽に笑った。

堪（こら）えるように片手で顔を押さえ、今まで見たことないほど不器用に笑うその姿に、オルナの目尻から滴（しずく）の雨が降る。

「さぁ我が『英雄日誌』に…………あれ、日誌はどこだ？　おかしい、見つからないぞ……」

懐を探っても見つからない。

目の前に落ちているのに気付かない。

とても滑稽ね。すごくおかしいわ。まるで目隠しをしているよう――。

そんな笑い声も、劇場には響いてくれない。

「兄さん……！」

異変に気付いたフィーナも、愕然とするアリアドネの側で、双眸に水滴を生んだ。

望まぬ悲劇が旋律を奏で出す。

「お願い……もう止めて！　そんな体で、もう戦わないで！」

オルナは抱き着くように、アルゴノゥトの体を支えていた。

膝をついて、その肩と手を抱きながら、むせび泣く。

「貴方はすご過ぎるくらいに戦った！　ミノタウロスを、あそこまで追い詰めた！」

「っ……」

「ここから逃げましょう！　他の『英雄候補』達と合流すれば……！」

耳の側でぶつけられる悲哀の声に、道化の体が一度、芋虫のように丸くなる。

暗闇が生み出す絶望と諦念に呑まれ、引き裂かれ、受け入れて、押さえ込み、制してのけた

アルゴノゥトは顔を上げた。

「……だめだ、僕は逃げない。ここで逃げたら、もう僕は何者にもなれなくなる！」

「っっ……!?」

強靭な精神。

異常なまでの想いの丈。

誰よりも強き『英雄願望』。

決して叶わないと知りながら、それでも憧憬抱く英雄達に託すため、自らの役割を果たそうとする。

ならばそれは――道化が辿る『英雄運命』。

強き意志は破滅の定めなど塗り替え、オルナも幻視した大いなる航路を導くだろう。

「『喜劇』を紡がなくては！　『喜劇』が必要なんだ！　この世界には、今の世界には！」

一は十に、十は百に、百は千、千はやがて希望に。

故にその『一』だけは全うしなければならないと、男は手を握りしめた。

悲愴の涙を嬉し涙に変えられるのは、『喜劇』しかないのだから。

「そのために、僕は……！」

激突した壁に埋もれ、今も炎の海に包まれる猛牛が怒りの声を上げ、復活を果たそうとしている。砕けてもなお『魔剣』の炎が必死に封じ込める中、悲劇の境界線を越え、惨劇の幕が上がろうとしている。

オルナは、青年の肩を抱く手にぎゅっと力を込め、うつむいた。

「……わかった……わかったから……」

そうして。

囁くように、嗚咽交じりの言葉を届ける。

「私が、貴方の『物語』を綴るから……」

「！」

「貴方の代わりに、私がみんなを笑顔にしてみせるから……！」

最後は縋りつくように、二度と開かない瞼の奥、深紅の瞳に訴えた。

「だから、アルぅ……！」

少女の涙が、きつく固められた青年の拳に落ちて、跳ねる。

火の粉が立ち昇る。

猛牛の遠吠えが鳴る。

雷は黙して語らない。

世界が切り取られたかのように、一瞬の静寂が二人を包み込む。

固められた拳は、ゆっくりと、震えるように開かれた。

今も肩を抱く少女の手の上に、重ねられる。

「……駄目だ」

「……！」

少女が悲しみに崩れ落ちようとする前に。

青年は、子供のように笑った。

「笑えない人に、そんな重責は任せられない」

「――――」

涙に濡れたオルナの瞳が、見開かれる。

「みんなを笑顔にするなら……まず君が、笑わなくちゃ」

少女の決意を抱きしめる。

本当は誰よりも優しい彼女の心の内側を、そっと叩く。

「オルナ……君は今、笑えているかい？」

笑わない女の子を笑顔にさせたかった青年は、そう尋ねていた。

もうその深紅は、ずっと望んでいた宝物を見られないにもかかわらず。

確かめる術(すべ)はない。

笑顔を映す方法はない。

もうオルナは、彼に笑顔を見せられない。

「…………」

深い後悔と悲しみ、そして誰にも渡さぬ誓いを秘め、少女は目を瞑った。

枯れぬ涙を『それ』に変えて。

彼の右手を抱きしめるように持ち上げて。

震える息を吸って。

少女は静かに、囁いた。

「ええ……」

「ほら……私、笑っているわ」

笑みを宿した頬に、彼の右手を押し当てる。

自分の想いが少しでも伝わるように、『嬉し涙』と一緒に、不器用に笑った。

血塗れの手が涙に濡れ、少女の温もりを伝える。

上がった口角が、綻ぶ唇が、愛おしさに打ち震える頬が、彼に少女の笑みを教える。

「……ああ、本当だ」

アルゴノゥトは、微笑んだ。

「……笑ってる」

オルナは笑った。

笑い続けた。

視界を透明な滴でぼやけさせながら、安心させてあげられるように、ずっと。

「なら、君に託そう。僕の『英雄日誌』を」

「ぁ……」

左手に当たった感触を頼りに、アルゴノゥトは床に落ちて開いていた手記を引き寄せた。

オルナの頬から右手を離して、その日誌を彼女に差し出す。

「アルゴノゥトの物語を。この、滑稽な『喜劇』を！」

認められた少女は何の変哲もない、けれどとても重い一冊の本を受け取る。

遥か未来まで語り継がなければならない『物語の欠片』を。

「見届けてくれ、『語り部のオルナ』！　私の冒険を、どうか最後まで！」

「……！」

道化に舞い戻った青年が、立ち上がる。

語り部は受け継がれた。

ならば後は、彼女が綴る飛びっきりの喜劇を用意するだけ。

それがアルゴノゥトの、最後の役目。

本を胸の中に抱きしめるオルナは、涙を堪えながら、止めなかった。

「妹よ！　敵はどこにいる？　教えてほしい、お前の声で！」

「……前に。貴方の、前に！」

『雷霆の剣（つるぎ）』を持ち、二度と瞼が開かない兄の呼びかけに、フィーナは泣きながら、力強く叫んでいた。

少女の声が示す先、巨軀を拘束していた壁から脱し、炎の海を裂いて、傷だらけの戦牛が歩み出る。

その体は消えぬ炎に絡めとられ、今も炎上していた。

爆炎に食い破られ、だらりと垂れ下がった右腕はもう、上がることはなかった。

「そこにいるのか、我が敵よ！」

『オオオッ！』

「私と決着を望むか、強き敵よ！」

『オオオッ!!』

傷付き合った雄は互いに吠える。

鎧を壊し、血を流して、力を失いながら、それでも笑みを浮かべて相対する。

「ならば私とお前はこれより『好敵手』！　ともに戦い合う宿命の相手だ！」

熱に浮かされるがごとく、アルゴノゥトは至上の相手と定めた。

もう姿など見えぬ敵の輪郭を、恐ろしき巨軀を、そして獰猛な笑みを今、はっきりと知覚し、理解する。

ならばこれも、一つの運命。

「さぁ、冒険をしよう！　この譲れない想いのために！」

遥かな冒険だ。

どこまでも続く冒険だ。

彼等が織りなす宿命の闘争だ。

「『僕達』は今日、初めて『冒険』をする！」

『オオオオオオオオオオオオオオオッ!!』

振り仰いだ頭上に歓喜の咆哮を打ち上げ、ミノタウロスは爆駆する。

アルゴノゥトも発走する。

凄まじい地響きと戦意が満ちた雄叫びのもとへ。

「──勝負だ!!」


全てを賭(と)した。

全てを差し出した。

この一戦に只人(ただびと)も猛牛も、あらゆるものを擲(なげう)ち、そそぎこんだ。

目が見えずとも剣を振るう。

片腕が使えずとも斧を打ち下ろす。

互いに体の機能を欠損してなお、凄まじい死闘を繰り広げる。

荒ぶる炎の海を渡り、駆け抜け、幾度となく交差する二つの影。

雷霆が猛り、両刃斧(ラビュリス)が吠え、剥き出しの命と命をぶつけ合う。

一撃に餓(う)えた。

炸裂（さくれつ）を欲した。

勝利を求めた。

限界を凌駕（りょうが）し、ことごとくを加速させ、大迷宮（ラビリンス）の最奥で戦いの物語を紡ぎ上げる。

そして。


「ぐっ……⁉」

人の脆弱（ぜいじゃく）な体が、怪物の膂力（りょりょく）に屈した。

激する一撃の前に、握力を失った手の中から武装が弾き飛ばされる。

「『精霊の剣（つるぎ）』が！」

崩れた均衡に、オルナは身を乗り出した。

放物線を描いた剣は青年の後方へ。

全能感の終わり。力尽きる精魂。

がくりと体が沈む宿敵を前に、ミノタウロスが勝利の声を上げる。

『オオオオオオオ――――ッ‼』

「兄さぁぁぁぁぁぁぁぁん！」

重なるのはフィーナの絶叫。

飛び出していたのは白の衣。

絶体絶命を悟り、もはや身構えることもできないアルゴノゥトは顔を歪め、振り下ろされる両刃斧（ラビュリス）の餌食（えじき）となる――その寸前だった。

激しい電流がミノタウロスに牙を剝いたのは。

『グオオオオォ⁉』

「「「⁉」」」

ミノタウロスの叫びと、三つの驚愕。

アルゴノゥト、オルナ、フィーナが瞠目（どうもく）する中、この『祭壇の間（ま）』にいた最後の一人は、その『雷の権能』を手にしていた。

「アリアドネが、『精霊の剣（つるぎ）』を……」

呆然とするオルナの視線の先、アルゴノゥトの背後で、息を切らすアリアドネが『雷霆の剣（つるぎ）』を両手で携えていたのである。

「ごめんなさい、アルゴノゥト……貴方達の決闘に踏み入って……」

青年のことだけを見つめていた王女は、彼の肉体が呻くや否や、窮地に陥るより早く未来予知のごとく走り出して、床に突き立った剣を引き抜いたのだ。

「けれど宿命というのなら、『運命』だというのなら！　私にもミノタウロスと因縁がある！」

瞼を閉じた顔をこちらに向けるアルゴノゥトに謝罪を、そして決意を。

燃えつきるまで戦うことを決めたアルゴノゥトの勇姿に、アリアドネも吐息とともに覚悟を秘めていたのである。

悪夢と恐怖に対する諦観ではなく、運命の象徴と対峙する意志を。

「王族が犯した咎（とが）は、私が絶たなければならない！　王家の血を受け継ぐ者として！」

「アリア……」

「何より、私は助けられるだけの生贄なんて嫌！　貴方を助けたい！　貴方を支えたい！」

彼女は囚われの姫君でいることを拒んだ。

英雄に救われるだけの、物語の華（はな）であることを撥（は）ねつけたのだ。

もとより彼女は城を抜け出すくらいにはお転婆で、自己犠牲を厭（いと）わないほど誇り高かった。

そして彼女の心を縛っていた『鎖』も、アルゴノゥトが砕いた。

アルゴノゥトが変えたのだ。

二人の出会いが、アリアドネを変えた。

「貴方を、死なせたくない！」

潤む青碧石（ターコイズ）の双眸が想いをぶつける。

その宝石のような瞳が見えずとも、アリアドネの至情は伝わった。

もとよりアルゴノゥトも似た者同士、自身が彼女の立場ならば同じことをする。

彼女の想いを嬉しく思うことはあれ、拒絶する権利などない。

「は、ははは……そうか、私は守られてしまったのか……」

だからアルゴノゥトは、ただただ、力なく笑った。

「ああ、傑作だ。これこそ類を見ない喜劇！　まったくもって私らしい！」

「兄さん……」

「ははは……そうか、そうか……」

もはや戦う力も残されていない体が、片膝をつく。

空笑いと言うに相応しい笑い声を響かせる兄の姿に、フィーナの胸が締め付けられる。

万感の思いとともに、アルゴノゥトはそれを呟いた。

「ああ……悔しいなぁ……」

「アル……」

宿敵との一戦に、決着はおろか燃えつきることもできなかった己の不甲斐なさに、未練と失望を覚える。それはつまらぬ男の矜持であり、無念だ。

その心中を完全に理解すること叶わないオルナが何も声をかけられないでいる中、道化は己の無様を笑い、体を震わせた。

「――何を言ってるんですか！　早く手を貸してください！」

「えっ？」

だが、強く凛々しき少女は、そんな男の感傷に浸らせてはくれなかった。

「私はただの王女です！　こんな剣、使いこなせません！　だから、貴方がいないと！」

「……！」

引きずるように両手で持った『雷霆の剣』を運び、青年の隣に並んで、手を突き出す。

彼の手を握って、「うぅん！」と力んで、立ち上がれるように思いきり引っ張る。

呆けるアルゴノゥトは、赤い糸で引っ張られるように、不思議と立ち上がっていた。

「貴方と一緒に、『運命』を断ち切らないと！」

その言葉に、もう見張ることもできない瞳で驚きを示す。

沈黙は一瞬だった。

目の前にあるアリアドネの相貌を気配で感じ取り、次にはゆっくりと、微笑を浮かべる。

「……ありがとう、アリア。わかった、二人であの敵を倒そう」

アリアドネも顔を綻ばせる中、『雷霆の剣』をアルゴノゥトの手もとに寄せる。

「さぁ、この剣を握って……」

が、男の手は見事に空振り、見当違いな方向へ着陸する。

むにっ。ふにょん。

「きゃあ⁉　そ、そこは私のお尻です！」

「えっ、姫のお尻⁉」

場違いな甲高い悲鳴がたちまちアリアドネから発せられ、他意などなかったアルゴノゥトも驚天動地の衝撃を受ける。

「…………」

そこからアルゴノゥトは無言で、一心不乱に右手の指を蠢(うごめ)かせた。

具体的には失った視覚の代わりに鋭敏になった触覚を最大限に機能させ、柔尻の感触を確かめるように揉(も)みまくった。他意はなかったが邪念の奴隷に堕ちるのも一瞬だった。

「黙って揉むなぁ！」

「ぐはぁ!?」

「「…………」」

容赦のない姫手刀(チョップ)が愚か者の首に直撃する。

アリアドネは顔を真っ赤に、オルナは屑(くず)を見るような呆れ顔、脱力するフィーナは苦笑し、『雷霆の剣(つるぎ)』は心なし残念そうに点滅した。

『グゥウウ……！』

そこで、放電の槍衾(やりぶすま)に吹き飛ばされていたミノタウロスが、麻痺(まひ)の状態を抜けてようやく立ち上がる。

アルゴノゥトが精根尽き果てたならば、ミノタウロスの方も先程の一撃で最後の力を使い尽くしていたのだろう。両刃斧(ラビュリス)も構えられず立つのもやっとな姿に、げぇげぇと咳き込んでいたアルゴノゥトは全てを察し、顔を上げた。

「……すまない、ミノタウロス。やはり私は私らしい。こんな『喜劇』にしかならなかった」

謝罪を一つ。

一歩踏み出す魔物には理解叶(かな)わぬ。

「ここでお前を討つ！　私一人ではなく、姫と二人で！　本当に申し訳なく思う！」

弁明を一つ。

もう一歩踏み出す怪物は両刃斧(ラビュリス)を落とし、男を求めるように手を伸ばす。

「だから――また会おう、我が敵よ！」

そして『再戦の誓い』を一つ。

歩みが止まり、雄(おす)は白髪の男を見つめた。

「生まれ変わり、次にまた巡り合った時、今度は一対一で！　私達の決着を！」

アルゴノゥトは笑った。

血肉を飛ばし、死闘を繰り広げた相手に贈るものとは思えないほど明るく、少年のように。

「約束だ、『好敵手』よ！」

雷剣の柄(つか)をアルゴノゥトとアリアドネ、二人が握る。

肩を寄せ合い、力を喚起し、雷の光輝(こうき)を呼ぶ。

音が高まり、視界の全てが輝いていく雷光の中で、ミノタウロスは――笑った。

その誓いに、その男の笑みに。

幻想のような光景の中で、しかし確かに、光の彼方で笑みを浮かべた。

重ね合う手にぎゅっと力を込め、アルゴノゥトはアリアドネとともに、決着を告げた。

「「討て、『雷霆（らいてい）の剣（つるぎ）』」」

放たれる雷帝の奔流。

地底深くに出現した天空の権能。

石板を抉（えぐ）り、松明を消滅させ、雄々しくたたずむ魔物をも呑み込む。

あらゆるものがかき消える間際、猛牛の戦士は雷哮（らいこう）にも負けぬ雄叫びを上げ、その姿を黄金（おうごん）の光の中に消した。

◆

地中にあって轟く巨大な雷哮（らいこう）は、大迷宮（ラビリンス）中へと響き渡った。

「今のは……」

「迷宮の奥から……まさか！」

迷宮全体を包み込もうかという震動に、大通路にいたガルムスとエルミナが顔を上げる。

雄牛退治一行の中でも『祭壇の間（ま）』に最も近い位置にいる彼等のもとには、つい先程まで、途切れ途切れ恐ろしい猛牛の雄叫びが届いていた。

しかし、今はそれが聞こえない。

勝ち鬨(どき)のように雷の遠吠えが響くのみだ。

「ええ、そのようです」

驚く二人の反応を尻目に、難しい顔をして複数の残骸を組み合わせていたリュールゥは、会心の笑みを一つこぼす。

優しく、そっと弦(げん)に指を添わせた。

「──お見事、アルゴノゥト。ここに確かな『英雄譚』は紡がれた」

修復された竪琴(リラ)が鳴らすは、少し不格好で、澄んだ勝利の音。


遥か山の彼方から朝焼けが始まっている。

長い夜が明けたのだ。

涼やかな風が踊り、草原が一斉に始まりの歌を奏で始める。

草の匂いを孕(はら)んだ大気をいっぱいに吸う赤髪の青年は、眩しい曙光(しょこう)に目を細めた。

「やったんだな、アル……」

大迷宮(ラビリンス)の外、竜達が破壊した穴を通って朝日を浴びるクロッゾは、唇を上げた。

周囲から感じられる魔物の気配が心なし乏(とぼ)しい。まるでこの大地一帯の主(あるじ)が倒れ、恐れをなして逃げ出したかのように。

右肩の辺りに浮かび上がる精霊（ウルス）もこの地の脅威が去ったことを明確に告げてくる。

　クロッゾは破顔して、後ろを振り向いた。

「おい、勝ったみたいだぞ！」

　投げかけられる言葉の先にいるのは、上半身裸で胡坐（あぐら）をかいている、渋面の狼人（ウェアウルフ）だった。

「……なぜ、私は生きている？」

　ユーリである。

　ガルムスが看取（みと）り、大地に還る筈だった獣人には、今や怪我の痕も存在していなかった。

　精々血が足りておらず、若干顔色が悪いだけ。隠しもしない機嫌の悪さが相まって、ともすれば悪人のような形相となっているが、それもクロッゾからすれば些末なことだ。

「だから、治療してやったって言っただろう？　あ、別に俺の時みたいに『精霊の血』なんか与えちゃいないぞ？」

　竜に貫かれた筈の上半身には穴の一つも空いておらず、見下ろす体を確かめるユーリは解せぬとばかりに眉をひそめている。クロッゾは気楽に説明してやった。

「ただのすごい回復魔法……『奇跡』ってやつを使っただけだ」

「……あの道化と同じで、貴様も大概だ」

　寿命を削ってまで自分を救った鍛冶師に、ユーリは用意できる最大限の皮肉を投げてやった。そしてすぐ、生き恥を噛みしめるように目を伏せる。

「ようやく妹達のもとに逝けると、私は……」

「おい、死に損なったなんて言うなよ。せっかく助けてやったんだ」

が、歩み寄ったクロッゾがそれを遮る。

笑みを浮かべたまま、言ってやった。

「生きてれば割と何でもできる……アルがそう言ってたぞ？」

「……ああ、くそ。道理だ」

憎たらしいとばかりに、ユーリは口端を上げる。

クロッゾの目の前で立ち上がり、これまで生きてきた中で最も美しいと言える清々しい朝焼けに、自らも目を細めた。

「よく勝った、道化……私も生涯で一度だけ、最初で最後のお前への『礼』を口にしよう」

空を見上げ、目を瞑る。

青年は彼の真名を、初めて呼んだ。

「……ありがとう、アルゴノゥト。道化を気取り、信念を貫いた、誇り高き只人……」


王女奪還。

そしてミノタウロス討伐完遂。

その報せは風よりも早く、盗賊よりも抜け目のない吟遊詩人の手で、瞬く間に王都中に知れ渡った。

「聞いたか⁉　ミノタウロス、本当に倒しちまったんだってよ！」

「沢山の勇敢な兵士が犠牲になったけど、王女様は無事らしいわ！」

「あいつ、本物だったんだ！　アルゴノゥトは『英雄』だったんだ！」

都の目抜き通りで、日課の仕事を放りだし民衆が顔を突き合わせて驚きと喝采、そして喜びの声を上げる。

道化が望む『喜劇』のために一部情報は伏せられ、変えられていた。凄惨な戦いはなかったことにできないが、悲劇と惨劇が楽園に影を落とすくらいなら、何も知らぬ者達に吟遊詩人は優しい嘘をつく。戦った者達、誰しもが英雄であったと。

気高き王女はその嘘を許し、自らが背負っていく罪だと言った。

「あ、見て！」

「おお……！　勇者の凱旋だ！」

最後の戦いから半日。

太陽が中天を越える頃、巨大な正門を堂々とくぐり、大いなる一行が王都に姿を現す。

半妖精の魔導士、狼人と土の民の戦士、先導を兼ねた妖精の吟遊詩人、只人の鍛冶師。

彼等彼女等に、民衆は惜しみない歓声を送り、花々の雨(シャワー)を建物の上から浴びせた。

誰もが笑い、涙を流す者すらいる。美しくも雄々しい凱旋の光景に、フィーナは頰を赤く彩って、自分ももらい泣きをしそうになった。

そして。

「王女様、ご無事で！」

「アリアドネ様ぁー！」

「やったなぁ、アルゴノゥト！」

一行の最後尾、寄り添いながら歩く白髪の青年と麗しの王女に、歓声が爆発する。

王女の手を借りて導かれるアルゴノゥトの歩みは、ゆっくりだった。開かない瞼は、彼がずっと望んでいた凱旋の光景を映すことはできない。振り返るフィーナはもう一度、泣きそうになった。

けれど、笑う。

いつか兄が褒(ほ)めてくれたように、花のように笑う。

だってアルゴノゥトは、今も笑っているから。

片手を上げ、誇らしげに、『英雄』のように笑顔を浮かべているから。

立ち止まるユーリ、ガルムス、リュールゥ、クロッゾと一緒に、フィーナは笑みを送る。

この青い空の下で、民衆とともに、かけがえのない兄を祝福する。

「王女様、万歳！　アルゴノゥト、ばんざぁーい！」

誰かが叫んだ。

興奮は瞬く間に伝わり、大きな唱和となっていく。

「王都に栄光あれ！」

「楽園よ、永遠となれ！」

「ラクリオス、ばんざぁぁぁぁい！」

老若男女問わず叫び、大通りの左右に長い人垣が作り上げられる中、人の壁をかいくぐって、一人の少女が飛び出す。

「お兄ちゃん！　ううん、英雄様！　ありがとー！」

それは道化が助けた只人（ただびと）の少女。

彼が見つけてくれた父の形見、大切な魔除け（タリスマン）を両手で胸に抱きしめながら、頬を染め、瞳を輝かせながら何度も英雄の名を呼ぶ。

熱狂は終わらない。

喜劇が望む大団円はここに。

万雷の拍手と声援が、英雄達のカーテンコールをいつまでも、どこまでも称（たた）えるのだった。

祝福の声は一夜を越えてもなお、途切れることはなかった。

数年に一度開かれる豊穣祭のように盛り上がり、アルゴノゥトが城前広場で宣言した通り『英雄の時代』が本当に始まるのではないかと、そんな期待を民は抱くほどだった。

多くの食料と酒が振る舞われる宴に、兵士達は一切文句を言わなかった。

彼等とアルゴノゥト達の関係を知る者からすれば、不可思議なまでに。

同時に、盛り上がる城下町とは反対に、王城は不気味なほどに静まり返っていた。

「…………」

最上階の『玉座の間(ま)』。

物音一つ聞こえず、誰もいない広間で、玉座に座すラクリオス王は口を中途半端に開けたまま、放心していた。

昨日(さくじつ)から、ずっと。

ミノタウロスが討たれて、手もとの『鎖』が砕けてから、身じろぎ一つせず。

「……馬鹿な……」

腹の飢えと喉の渇きが限界に達する頃、老王は時を止めた彫像から人に戻らなければならなかった。

喘(あえ)ぐように呟き、血の気を失っていた皮になけなしの生気が戻り始める。

「そんな、馬鹿な……⁉　ミノタウロスが、あのおぞましい怪物が……！」

魂を手放すほどの衝撃から立ち返り、現実を直視しなければならなかった。

汗も流すことのできないラクリオス王は両手で禿頭（とくとう）を抱え、錯乱するかのように唸り出す。

「私の『英雄』が、あんな男に……⁉」

血走る両目を床に向け、わなわなと打ち震えていた時だった。

閉ざされていた大扉が音を立て、開かれたのは。

「！」

「全て終わりました、王よ。アルゴノゥトの手によって」

弾かれたように顔を振り上げる。

コツコツ、と靴音を鳴らし玉座へと突き進むのは褐色の肌の娘（むすめ）、オルナだった。

彼女の言葉に偽りはない。

全てが終わったのだ。この王城にもラクリオス王の味方はもういない。

表舞台に上がることを拒んだ少女は、アルゴノゥト達が民衆の称賛と支持、そして心を掴（つか）む一方で、王城の掌握にかかっていたのである。

汚れ仕事を一身に引き受けるように、躊躇（ちゅうちょ）なく。

それだけの『資格』を持ち合わせているかのように、速やかに。

「オ、オルナ……！　私をっ、殺しに来たのか……⁉」

「貴方を？　何故？　私はそんなことはしない。いいえ、これまで何もせず、ただ見守るだけだった私に――」

距離を残して相対する少女に、遥か年月を重ねた老王が怯える。

それを否定するオルナは、顔色一つ変えずに告げた。

「――『父』である貴方を裁く権利なんて、存在しない」

「っ……!?」

それが少女の『秘密』。

それが、ラクリオス王達が彼女に執着し、『鳥籠』を作り上げていた訳。

王の実の娘である王女すら知らない、『もう一人の王女』。

「私を守ってくれていたこと、身分を偽らせ生贄から遠ざけていたこと、感謝しています。そして、恨んでいます」

王の客人でしかなかった彼女がラクリオス王家の秘密を知り、王に近い腹心達も敬意を忘れなかったのはその真実が背景にあった。

城に帰還した彼女は自分の正体を知らぬ官職等に真実を明かし、更に申し訳なく思いつつもアルゴノゥト達という強大な武力をちらつかせたのだ。

『楽園の守護者たるミノタウロスはもういない。自分が後見人となる王女の派閥に加われ』

『英雄達の力を借りなければこの都は存続できまい』

『何より、老い先短(みじか)い王はもはや後継者を作れず、残る王家の正統な血筋は我々だけ』

王都の闇も知りつくす少女の取り引きに、応じぬ者は誰もいなかった。

大迷宮(ラビリンス)の戦いで兵力の大部分を失った武官達は降伏し、政(まつりごと)を司る数も僅かな文官達はむしろ率先してオルナの傘下に加わったのである。

「私を守るために、貴方は私の素性を知る多くの王族を犠牲にした。更に、何も知らない『異母姉妹(アリアドネ)』まで……」

今日までラクリオス王がオルナの身分を隠していたのは、ひとえに彼女を守るため。

ミノタウロスの生贄にさせぬために、彼女を『国の命運を担う占い師』という偽りの肩書きを与えたのだ。

王がそうまでしてオルナを守ろうとしていた理由は——。

「『母』を殺した日から、貴方はずっと私を『鳥籠』の中に閉じ込めていた」

「——違う！　違うのだ、オルナ！　私はっ、私はお前の母を愛していた!!」

堪(たま)らず叫ぶ父王から、『鳥籠』の起因が暴露される。

「お前の母こそ私の最愛だった！　けれど……！」

「全て知っています。貴方は家臣や他の王族に追い詰められ、重圧と責務に耐えきれず、王家の血が流れていた母を『生贄』に捧げた」

しかし、王の胸の内の葛藤さえ、オルナにとっては既知であった。

身を乗り出しかけた王は、今も表情を変えない『愛娘（まなむすめ）』の姿に言葉を失う。

「そして、貴方は壊れた。王族と家臣を捕え、暴君のごとく次々と『生贄』にした」

最愛の喪失。

そんな最愛の代替にして、忘れ形見。

それがオルナだった。

オルナこそ、ラクリオス王が護り抜こうとした『一』だったのだ。

最愛を失ったラクリオス王はそれまでの聖賢（せいけん）の道を失い、人でありながら『醜悪な魔物』に堕ちた。怒りと憎悪が赴くまま敵対者を葬り、多くの文官もミノタウロスの餌に変え、自身に忠実な騎士長や兵士達、武官を中心に残した。

最低限の政（まつりごと）を行えるように数少ない文官だけを日陰で生かし、今の独裁体制となった王都を作り上げたのだ。

かねてより歪んでいた国が、目の前の歪んだ王を生んだのである。

「……そう、私は貴方にとっての『罪』の証。貴方の最愛であった母と、娘（むすめ）の私は瓜二つ（うりふた）」

そこで初めて、オルナは目を伏せる。

母親譲りの褐色の肌に悲しみを宿し、王にかつての記憶を喚起させる瞳が、憐憫（れんびん）を向ける。

「貴方は『狂王』に堕ちながら、『最愛（はは）』を二度も殺せなかった」

「あぁぁ……あぁぁぁぁぁぁぁぁぁ……!!」

愛する娘の手で明かされた罪に、ラクリオス王は悲鳴を上げた。

どんなに後ろへ退(しりぞ)こうとしても、玉座が阻んでかなわない。

最愛と同じ瞳が、どこまでも王を見つめてくる。

とうとう両手で顔を覆ってオルナの眼差しから逃れるラクリオス王は既に王ではなく、皮と骨、妄執だけが残った哀れな老人だった。

掠れた叫び声が、しばらく『玉座の間(ま)』に響き渡る。

「アルに……アルゴノゥトに言われました。『王を赦(ゆる)してやってくれ』と」

ややあって。

父を見つめるオルナは、口を開いた。

「貴方もまた、国を守るための『英雄』を欲していただけ……絶望の被害者なのだと」

「……!!」

ラクリオス王は全て中途半端だった。

生贄が必要だとわかっていながら、王族が二人——オルナを含めれば三人——になっても、アリアドネに対して最も忌むべき手段を取らなかった。非情になりきれていなかった。

『醜悪な魔物』に堕ちてなお親として、そして人としての葛藤と逡巡が存在したことは想像に難くない。彼は国という『百』のために常に決断に迫られ、この時代という『絶望』に永劫苦悩していた。

始めてしまったことを止められなかったに過ぎない、誰よりもただの人間だったのである。

「何も止められなかった私にも罪がある。だから私は、これより贖罪として『物語』を紡ぎます」

「な、に……？」

呆然とする父王の前で、オルナはおもむろに、目を瞑った。

「――別れの言葉を告げに来ました、ラクリオス王。オルナティア・ラクリオスの名前、お返しします」

美しい所作で行われる王家の礼。

言葉遣いも、振る舞いも、別人になったかのように変貌する。

まさに『もう一人の王女』のように。

闇に葬られていた真名を口にし、顔を上げる。

「今日から私は本当に――ただのオルナです」

そして微笑を作った。

もう王女でも何でもない、『ただの語り部』のように。

時を止めた王は唇を震わせ、あられもなく取り乱した。

「まっ……待ってくれ！　待ってくれ、オルナ⁉　何もかも喪った私を、独りにしないでくれぇ‼」

恥も外聞も、王威さえもかなぐり捨てた懇願を吐き出す。

王は必死に愛娘へ手を伸ばした。しかし、その節くれだった指は何も掴めない。

縫い留められているように、あるいは呪われているように、体は座具から離れてはくれなかった。王の罪の証でもある玉座は、決して老王を解き放ちはしなかった。

「……誰も貴方を裁かない。誰も貴方に罪を問わない。代わりに、見ていてください」

オルナは笑みを消して、淡々と告げた。

「貴方が諦めた正しき国を、正しき世界を。貴方が諦めてしまった『時代』そのものを」

窓辺へと歩み、今まで閉め切られていた窓帷（カーテン）を引っ張る。

「これより始まる『英雄神話』……愚かな男が切り開いた『英雄時代』の幕開けを」

広がるのは蒼穹（そうきゅう）。

王に巣食う憎悪と絶望とは異なる、美しい時代の景色。

『玉座の間（ま）』に差し込む眩しい光に、咄嗟に顔を手で覆ったラクリオス王は、血走った瞳をあらん限りに見開き、体を焼かれるかのように苦しんだ。

「それを見届けるのが……貴方の『罰』」

「――――ああああああああああああああああっ!!」

絶叫が迸る。

玉座にしがみ付いたまま崩れ落ちる王に、オルナは背を向け、歩み出す。

苦しむ声の源（みなもと）を決して振り返らない。

悲しみに染まった顔を隠したまま、『玉座の間（ま）』を後にした。

◆

日の光は今日も眩しい。

王との後始末を終えて城の廊下を歩いていたオルナは、手で庇（ひさし）を作った。

眼下に見える中庭で、滑稽な道化を見つけたあの日のように、空は青く晴れていた。

穏やか、とは言うまい。

全てを終えた凪（なぎ）のような静けさだけが、少女のもとにも訪れている。

「オルナ……」

立ち止まって空を見上げていた彼女の背に、ためらいがちの声がかかる。

少女は全てを察しているように振り返った。

「なに、エルミナ?」

そこにいるのは女戦士（アマゾネス）。

オルナ達とともに帰還し、そしてオルナと同様に表の凱旋に加わらなかった元暗殺者（アサシン）の女は、
やはり気まずそうに問いを発した。

「これから……どうするつもりだ……？」

「私は地位を捨てた。もとよりこんな私に国を統べる資格などない。アリアドネがいずれ、王位を継ぐでしょう」

一方のオルナはどこまでいっても自然体だった。

手すりに腰を預け、中庭に流れ込んでくる風に目を細めながら、流れていく黒の長髪を片手で押さえる。

「面倒事を押し付けている気がしなくもないけど……でもあの娘なら、きっといい賢王になれる。これからは筆を持って、『本』と睨めっこでもしているわ」

口もとにほのかに浮かぶ笑みに、エルミナは狼狽を隠せずにいながら、再び問うた。

碌に手入れをしていない刃で身を切りつけるように、根気よく問うた。

「いいのか……？　あれは……王女は、お前の本当の姉妹……たった一人の妹」

「……」

「本当に、何も知らせなくて……」

「……いいのよ。最初から姉がいるなんて知らないのだし。今から正体を明かしても、あの娘が戸惑うだけ。これまでのように、これからも、あの娘を陰から見守るわ」

自分が王女であることはアリアドネ、そしてアルゴノゥト達には漏れないよう、正体を明かした官職達には徹底させている。

とある『天授物(アーティファクト)』とよく似た『鎖』の破片をちらつかせ、「貴方達には呪(まじな)いをかけた。誓いを反故(ほご)にした者から魔物の胃袋に収まることになるから」なんて言えば、武官も文官も顔を青くさせながら快く了承してくれた。

今更混乱(こんらん)は要らない。正当な後継者を巡って国が二分する、なんて面倒な火種も必要ない。幼少の頃から不貞腐(ふてくさ)れて碌に王家の教育を受けてこなかった自分より、アリアドネの方がよっぽど資質がある。オルナはこのまま公的な舞台には出ず、それこそ本に囲まれた部屋で筆を走らせる日陰者を気取るつもりだ。

どこかの道化や吟遊詩人辺りはオルナの正体に気付いているだろうが、彼等はどうでもいいことなんて口に出さない。問題はないだろう。

「……そうか……」

オルナの返答に、女戦士(アマゾネス)の言語とは異なる只人(ただびと)の共通語(コイネー)をたどたどしく操っていたエルミナは、酷く悲しそうに黙り込んだ。

そんな彼女に、オルナは目を向ける。

「貴方はどうするの、エルミナ？」

「わ、私は……」

急に問いの矛先を向けられ、女はうろたえる。

その顔はラクリオス王と同じく、罪悪感に苛(さいな)まれる表情だ。

何を今更、と性格がひねくれた占い師が心の中に現れるが、それを押さえ込み、オルナは語りかけた。

「……『ミノス将軍』は消え、王都の守りは揺らいでる。絶対的に人手が足りないわ」

「えっ……？」

「何もすることがないなら、馬車馬のように働けと言っているの。今度は貴方が王都を護るのよ。陰に潜むのではなく、日の光の下で」

「……！」

自分でも驚くくらい、あれほど恨んでいた彼女に、手を差し伸べていた。

「後は、そうね。私の『用心棒』かしら。貴方、目を離すと何をするかわからないし」

「い、いいのか……？」

「やれと言っているの。なに、断る気？」

これまでの借りを返すように傲岸不遜（ごうがんふそん）にふんぞり返ると、エルミナは慌てて身を乗り出した。

「いやっ！　いいやっ！」

何度も顔を横に振り、何を言うべきか散々迷って、しばらくたたずみ続けて。

女はその面布（ヴェール）の下で、確かに笑みを浮かべた。

「…………ありがとう、オルナ」

オルナもまた小さく、けれど確かに笑い返す。

「オルナ……いいか？」

「ええ、なに？」

「お前の笑顔……とても、綺麗だ」

「！」

不意に告げられた言葉と、女の目尻に浮かぶ涙に、オルナは目を見張った。

「私は、きっと……お前のその笑顔を、ずっと見たかったんだ……！」

エルミナは絞り出すように、嗚咽とともにそう続けた。

「ごめん、オルナ……！」

甘いと思う。

こんなことで行き過ぎた暗殺を重ねてきた彼女の罪は消えない。

王と同じく、彼女は生涯をかけて贖わなくてはならない。

でも、それは、自分の側でもいい。

彼女を止められず、彼女と同じ罪を背負い、そして彼女に守られ続けてきたオルナのもとで。

「……いいのよ。もう、いいの」

自分達はそう、似た者同士。

自分達のことを何というか、オルナは知っている。

「行きましょう、『姉さん』」

そっと歩み寄った『妹』は、涙ぐむ『姉』の手を取るのだった。

◆

「それで、お前等はこれからどうするんだ？」

噴水の音が響いている。

日の光を反射する清らかな水が飛んでは跳ねて、水面に波紋を広げていた。

『アルゴノゥトの雄牛退治』から十日後。

ようやく戦いの疲れも癒え、慌ただしかった王都の情勢も安定してきた頃、喜劇の立役者達は噴水広場に集まっていた。いないのはアルゴノゥトとフィーナのみ。

白亜の方尖柱(オベリスク)を中心に築かれた精霊の噴水の周囲では、何も知らない子供達が声を上げて遊び回っている。こちらにも手を振ってくる少年と少女達に手を振り返しながら、クロッゾはユーリ達に尋ねた。

「約定通り、我が部族は王都に一時的に移住させてもらう。当然、私はこの都を守るための盾となる」

父王が退(しりぞ)き、新たな戴冠の儀が進められているアリアドネにはもう許しを得ている。

救国の英雄の一人として認められた『狼(ろう)』の戦士は、志(こころざし)を新たにした。

「必ずや守り抜き、この地を『人類の砦（とりで）』としてくれる」

「俺も似たようなものだ。だが、いずれ都の守りを盤石のものとしたら『外』へと打って出る」

ガルムスは念願の『遠征』の約束も取り付けていた。

自身が武功を立てれば散り散りとなった氏族も集結するだろうと考えていた土の民（ドワーフ）の戦士は不敵に笑い、更なる展望を口にする。

「故郷だけは取り返してみせるなどと、もうセコいことは言わん。魔物どもから、あらゆる人類の領域を取り返してみせよう」

「ははっ、大きく出られましたなぁ！　それはやはり、アル殿に当てられてですか？」

口を開けて笑うのは、生まれ変わった竪琴（リラ）を持つリュールゥ。

ニヤニヤと笑う妖精（エルフ）にしかめっ面を浮かべつつも、ガルムスは頷いた。

「……認めるのは癪（しゃく）だが、その通りだ。あの男が『偉業』を成しえたというのなら、俺達も拳を振り上げなければ嘘であろう」

「ああ、奴の思惑に乗ってやる。次は我々が勇者となり、ここより『英雄神話』を始めよう」

「……それは重畳（ちょうじょう）。ええ、素晴らしい。貴方がたほどの英傑なら、必ずやできますとも」

ユーリと並んで相好を崩すガルムスと、リュールゥは笑みを交わし合った。

噴水の精霊達も加護を授けるように、水の微笑みをもたらす。

「俺もしばらくはここに身を置かせてもらうが……いつかまた、旅を再開する」

その中でクロッゾは一人、別の道を行くことを告げた。

「この命が消える前に、沢山の世界を見て、沢山の奴に俺の武器を打ってやりたいんだ」

にっと笑う鍛冶師を止める者はいない。

自分達を助けたように、どこかでまた彼の武具が誰かを救うと知っているから。

「それもよかろう。それで妖精（エルフ）、お前は？」

「私はすぐにでも流離（さすらい）の旅へ。ええ、これからは忙しくなりますとも」

わざとらしく帽子の位置を調整する吟遊詩人は、竪琴（リラ）を爪弾く。

「この都（みやこ）で見たもの、多くの勇気と多くの『希望』を、世界の人々に伝えるのです」

初志貫徹。

そして新たに見つけた光の欠片。

それに目を輝かせながら、弦の旋律とともに歌い始める。

「大陸の中心、『楽園』たる王都が立ち上がる。聞け、人々よ！　見よ、世界！」

響く歌に最初は子供達が。

次に大人達が。

宙を舞う鳥と天そのものが、耳を澄ませる。

「これより始まるは人類の反撃！　立ちつくすだけだった戦士達、悔しければ声を上げろ！今こそ尊厳と栄光を取り返す時！　さぁ船に乗れ！　『英雄の船』に！」

錨はもう上がっている。

白い帆は張られた。

船は海面を切って雄大に進む。

臆病者はどこだ。

卑怯者は誰だ。

そんな者達を足して掛けても敵わない『道化』は、既に伝説を打ち立てた。

気炎が上がる時はもうすぐそこ。

「一人の道化がなした『喜劇』を礎に、時代の海を渡り、この暗黒の歴史に終止符を打つ！」

歌の締めくくりとともに、ポロロン、と竪琴をもう一弾き。

ユーリとガルムスが呆れ、クロッゾが笑い、周囲から拍手の音が響く中、リュールゥは優雅に一礼する。

「──『横』はお任せくださいませ、オルナ殿。我が真名、ウィ、、、、ーシェの名に懸けて、世界へと広めましょう」

そして帽子の鍔に手を添え、空を見上げながら、森色の瞳を細めた。

「ですからどうか、『縦』はお任せします」

──ええ、任されたわ。

空に溶ける少女の声が微笑を返す。

流離う『歌い手』の唇をもって、『横』たる世界に『喜劇』は広まるだろう。

ならば『縦』たる時の流れに物語を巡らすのは、筆と紙を使う『語り部』の仕事。

「未来へと受け継がれる『英雄詩』は、私が紡ぎましょう」

青空に囲まれた王城の窓辺に腰かけ、城下町を見渡しながら、少女は手もとにある書きかけの一冊の本を撫でる。

ここは偽りの楽園ラクリオス。

そして道化が『喜劇』が躍った、始まりの地。

嘘を本当に変えた青年の名を、オルナは笑みとともに口ずさんだ。

「私達に笑顔と希望を与えてくれた、『アルゴノゥト』の名のもとに」


時は清流のように進んだ。

戴冠式は無事に執り行われ、新たな女王アリアドネが王都に生まれた。

まだ十五と幼いながら、災難に巻き込まれ、英雄に救い出された聡く美麗な賢王を、民衆は救国の象徴として受け入れ、新生ラクリオスは産声を上げたのだった。

民は信じている。

この地が多くの英雄を生み出す、大いなる港となることを。

一人の男の言葉を信じ、笑って、希望を忘れないでいる。

「兄さん！　もう準備はできたんですか⁉　王都のみなさんが待ってますよ！」

窓の外から賑やかな喧噪を感じつつ、フィーナは両手を腰に当てた。

自身とリュールゥの『魔法』もあって無事に癒えた右腕を持ち上げ、人差し指を立ち上げると、彼女の目の前にいる不肖の兄は有頂天に笑った。

「露台に出て手を振ってるだけの楽な仕事だから余裕ですよ、フィーナさん！　準備なんてしなくて平気平気！　――ぶけらっ⁉」

すかさず脇腹にめり込む妖精手刀。

目が見えておらずとも容赦なく、そしてこれまで通り折檻を加えたフィーナは、顔を傷付ける真似は冷静に避けつつも的確に痛打を放った。

「お姉様も一緒に出るんです！　お姉様の顔に泥を塗ったら、タダじゃおきませんからね！」

「フィーナ、そのあたりで……。今回の顚末と、アルのことを話すだけだから心配しないで？」

おごぉぉ……⁉　と家畜のような呻き声を発しながら床にへばり付く兄に、怒りの声を飛ばす。そんなフィーナを見かねたアリアドネは苦笑して、説得した。

本来ならば、アリアドネはいの一番にアルゴノゥトを正式に紹介したかった。

しかしアルゴノゥト自身がそれを断ったのだ。

順番は間違えてはいけない、と。

まずは民を導く王、次に腕白物(わんぱくもの)である英雄だと、優しく諭したのだ。

私達が灯した希望は決して消えはしない。そうも言葉を添えて。

「救国の英雄を、世界の人々に知ってもらうだけだから」

アリアドネが微笑むと、アルゴノゥトは昆虫のような跳躍力でぴょーん！　と復活する。

「その通りッ！　我が妄想がとうとう現実となる日！　英雄アルゴノゥト爆誕の瞬間ですよフィーナさーん！　怪我なんかさせたらマズイんじゃないですかー⁉」

「くっ、水を得た魚のように……！」

がはは！　と大笑する兄に、妹は震える拳を握った。

アリアドネがやはり苦笑いをしていると、

「二人とも、そろそろよ。フィーナ、下がって」

「あ、はい、オルナさん」

窓辺から外を窺っていたオルナが声をかけた。

今は女王の秘書として同席している少女に頷きを返したフィーナは、アルゴノゥトに向き直った。

「……頑張ってくださいね、兄さん！」

閉じられた瞼を見て、頰にそっと伸ばそうとした手を下ろし、笑う。

「あと……おめでとうございます！　私の大好きな兄さん！」

破顔して、少女は部屋から出ていった。

彼女の前では喧しかったアルゴノゥトは、それまでの空気を霧散させ、妹が出ていった方に顔を向けた。

「……いい女性に育った。もう私のお守りから解放してあげなければ」

「彼女は、ずっと貴方の側で、ずっと貴方を見守っていると思いますよ？」

「そうかな……そうかもしれない。困ったな。兄離れも、妹離れもできそうにない」

兄の面持ちをしていたアルゴノゥトが、アリアドネの指摘に頭へ手をやった。

弱ったように唇を曲げる青年に、少女はくすりと笑みを漏らす。

間もなく、わぁぁぁぁ、と一際大きな声々が聞こえてくる。

外で進行を務める文官が時の訪れを告げたのだろう。

今や窓から覗ける城前広場は、多くの人々がひしめき合っていた。

そこには都の民以外にも、雄牛退治の噂を聞きつけた他国の者が少なからず足を運んでいるだろう。

大陸中の関心が今、王都に集まっている。

「アル……あらためて、お礼を言わせてください」

人々の興奮を肌で感じながら、アリアドネはアルゴノゥトを見つめ直した。

「王族が抱えていた闇を払い、ミノタウロスを討ち、本当の光をもたらしてくれた。貴方に感謝の念はつきません」

そこまで言葉を尽くした後、金の髪を揺らし、目を伏せる。

「けれど、その代わりに貴方は……」

その時。

「姫、空が青いです」

「えっ？」

悲しみに染まろうとした少女の声に、アルゴノゥトは穏やかな声音を被せた。

露台（バルコニー）の方に体を向けて。

「まるで天が祝福してくれているようだ。今日という日を、新たな時代の始まりを」

「……はい、空はとても美しい。でも、アル……貴方、目が……」

果てしなき蒼穹はそれだけで宝のようだ。

しかし、二度と開かない青年の瞳はそれを映すことはない。

彼はどんな財宝も、かけがえのない美しきものも見ることはできない。

アリアドネが戸惑っていると、アルゴノゥトは小さく首を横に振った。

「いいえ、姫。私には見えます」

瞼を閉じたまま、言う。

「沢山の人の笑顔が。喜びに満ちて笑う人々が」

「……！」

響き渡る歓声が頷く。

アルゴノゥトの言う通りだと。

だから、アルゴノゥトには見える。

多くの人達の『笑顔』が。

「今もみんな笑っている。そうでしょう？」

目を瞑ったまま笑顔を浮かべる青年に、少女は動きを止めた。

やがて涙ぐみ、微笑んだ。

「……ええ、笑っているわ」

目尻を拭い、笑った。

「みんな、笑ってる……！」

ともに手を取り合って、露台に進む。

二人を包むのは割れるような喜びの声。

英雄と女王の姿に、誰もが新たな時代の幕開けを夢見た。

「………」

それを陰から見守るオルナもまた、笑みを送るのだった。

『喜劇』はこれで終わり。

王都は数多（あまた）の『英雄』の活躍によって魔物の侵略を退け、『人類の砦（とりで）』として在り続けた。

少なくとも私が見届けた範囲では。

そしてアルゴノゥトは、偉大な英雄として語り継がれることはなかった。

次の冒険で、アルゴノゥトはあっさりと死んだわ。

誰も枯れない涙なんて流さなかったし、悲しみに暮れたりなんてしなかった。

みんな、口を開けて、空を仰いで、一緒に笑ったの。

本当よ？　本当なんだから。

だから、私は彼を謳う。私だけは、彼を謳い続ける。

――嗚呼、アルゴノゥト。貴方は道化、滑稽な笑い者。

――嗚呼、アルゴノゥト。貴方は始まりの英雄。貴方こそ、真の英雄。

私が……いいえ。

私達が愛した英雄。

EPILOGUE

エピローグ

そして『物語』は至る

風が吹いていた。

どんなに時代が移ろっても、決して変わることのない涼やかな風の囁きが。

空は快晴。

遥かなる昔日、多くの者が見上げていたものときっと同じ、穏やかな蒼穹がどこまでも広がっている。

ぱらぱらと、風に巻かれてめくれていく頁を眺めながら、神は被っている帽子をそっと押さえた。

「ヘルメス様、こんなところにいたんですか……。何をなさっているんです？」

そこに、眷族が姿を現す。

揺れるのは水色の髪。

銀の眼鏡の奥で呆れた目を向ける、アスフィだ。

場所は迷宮都市オラリオ、巨大市壁上部。

とある少年と剣姫が訓練していた北西とは異なる、南東側の市壁の上で、ヘルメスは胸壁に寄りかかりながら一冊の『手記』を読んでいた。

「アスフィ……英雄譚の『アルゴノゥト』、知っているか？」

「何ですか、いきなり……。勿論、知っていますよ。誰もが知る童話の一つです」

手記に瞳を縫い付けたまま尋ねてくる主神に、アスフィは怪訝な顔を浮かべる。

それは、この下界で有名な御伽噺(おとぎばなし)の一つ。

「多くの人々に騙(だま)されながら、なし崩し的に猛牛(ミノタウロス)退治をしてしまう、滑稽な男の話でしょう？」

「ああ、そうだ。語り継がれている『物語』と『真相』は随分違う。俺達が知る英雄譚(アルゴノゥト)は、何の悲壮感もない、ただの喜劇だ」

ヘルメスは頷(うなず)きながら、手記の頁(ページ)をめくった。

興味深いと言わんばかりに、それと同時にいつになく真剣な面持ちで、綴(つづ)られている文字を目で追う。

「王国の闇はおろか数々の『英雄』がいたなんて書かれちゃいない。英雄譚(アルゴノゥト)は滑稽な喜劇であるべきだと、意図的に後世に伝えられた」

「……先程から何を言っているんです？」

困惑の感情が膨れ上がり、アスフィが問いかけると、ヘルメスは閉じた手記を顔の辺りに持ち上げた。

「前に発見した古代の王国の遺跡、その中から手記が見つかったんだが……それが『アルゴノゥト』の原典だった」

「なっ、原典……？」

都市を自由に出入りできる【ヘルメス・ファミリア】は主神の趣味で、ギルドの使い以外にも遺跡の巡検（フィールドワーク）などもこなす。

大陸中央部に存在する遺跡を探索したのは、アスフィの記憶にも新しい。

そこで見つかった『お宝』を、ヘルメスは一柱（ひとり）この場所で読み耽（ふけ）っていたのだ。

誰の目にもとまらぬように。

「正確には、想いが綴られた手記だ。書き手は『古代三大詩人』の一人に数えられる『語り部のオルナ』」

思いもよらぬ偉人の名に、アスフィは驚きを見せた。

「ドワーフの大英雄ガルムーザや狼帝（ろうてい）ユーリス、争姫（そうひ）エルシャナなど多くの英雄を、同じ三大詩人の『歌い手のウィーシェ』ともに世界へ伝えた人物……？」

「ああ。彼女達の綴った詩が、絶滅しかけていた人類に希望を与え、種族の垣根を取り払い、一致団結に導いたとされている」

神々が降臨していなかった『古代』において、彼女達の役割は最も重要だったという記録が残っている。

己の命を惜しまず勇敢に戦った英雄達は勿論のこと、『語り部』達がいなければ今の下界は全く違うものになっていただろう、というのが学者や研究者達の通説だ。

「そんな偉人が『アルゴノゥト』の真相を……？　何が書かれていたのですか？」

「……言わない。広めるつもりもない。これは閉じておかなければならない物語だ。書いた本人も手記の中でそう言っている」

手記冒頭の引用に触れながら、ヘルメスは黙秘を貫いた。

この『真実の物語』を遺(のこ)した語り部に敬意を表するように。

一方で、餌(えさ)をぶら下げられてお預けされたような顔を浮かべるアスフィは、ちっとも納得できていない様子で言った。

「……解せません。知ってほしくない真相を、手記として残しておくなんて。矛盾しています」

「知ってほしかったんだろう、たった一人でもいいから。道化と謳(うた)われる英雄(アルゴノゥト)が本当は何をなし、何をやり遂げたのか……」

ヘルメスはそこで、笑った。

いつもの調子で、まるで乙女心がわからない少年を諭すように、浪漫(ロマン)を語る。

「全ては愛さ、アスフィ。男と女を超えた、神愛(アガペー)にも勝る尊き愛だ」

「……貴方が言うと途端に胡散臭(うさんくさ)くなります」

アスフィが返すのは、うんざりとした溜息(ためいき)。

声を上げて一頻(ひとしき)り笑ったヘルメスは、視線をもう一度手記に向ける。

「しかし『英雄時代』の幕開け……英雄の船(アルゴノゥト)か。当時、バタバタしていて碌(ろく)に下界なんて見れていなかったが……」

愛おしそうに古びた装丁を指でなぞり、一笑を落とす。

「一人見守っていたあの『好々爺（こうこうや）』がやけに興奮していたのは、そういうことだったか」

そんな呟きが風にさらわれた。

神の独白に首を傾（かし）げつつも、アスフィは片手で眼鏡の位置を整える。

「……その手記に綴られていたのが『アルゴノゥト』の真相だったしても、彼等の冒険はとうに終わっています」

ヘルメスが語らない真実とやらが気になりつつも、当然のことを口にする。

気が遠くなるような、それこそ数千年前の出来事だ。

アスフィ達に何かをもたらすようなことではない。

現実主義者（リアリスト）の顔となって、アスフィは断ずる。

「他ならないヘルメス様達、神々の降臨により『英雄の時代』も終わった。この神時代（しんじだい）を生きる今の我々には――」

「いいや」

だが、ヘルメスはそれを遮った。

手記を手にしたまま、胸壁から背を離し、視界に広がる『英雄の都（みやこ）』を見渡す。

神の瞳に映るのは、とある冒険者達。

「彼等の『冒険』は、まだ終わっちゃいないさ」

「あー！　『アルゴノゥト』だー！」

少女の声が響く。

普段は通らない路地を歩いていた彼女は、露天商が売り出す一冊の古本に目を輝かせた。

「どうしたんですか、ティオナさん？」

「あ、それって……ティオナが好きって言ってた……」

「そう！　あたし、この英雄譚が一番好きなんだ！　昔いたところでも、ずっと読んでてさ！」

アマゾネスの少女の左右の肩から、レフィーヤとアイズが覗き込む。

露天商に一言頼んで本を手に取らせてもらったティオナは、天真爛漫(てんしんらんまん)な笑みを浮かべた。

「そういえばあったわね～。夜もずっと読みっぱなしで、いい加減寝ろって蹴りを入れた記憶があるわ」

一歩離れた位置で二人の故郷のことを思い出す姉のティオネに、にしし　っと肩を揺らす。

そしてすぐに、瞳を本に戻した。

「あたしさ……苦しい時も、泣いちゃいそうな時も、この物語に笑顔をもらったんだ」

記憶のものと変わらない装丁には、猛牛と戦う英雄の姿があった。

この表紙を見る時、いつもティオナは不思議な感覚を抱いていた。

泣きたくなるような、寂しくなるような、それでも最後には嬉(うれ)しくなる、かけがえのない感情が、胸から溢れてくるのだ。

「笑おう、っていつもあたしを励ましてくれたんだよ！」

少女の満面の笑みに、アイズ達もまた釣られるように微笑んでいた。

「ティオナがいつも笑っているのは……『アルゴノゥト』のおかげなんだね」

「うん！　あ～、装丁もいいし……ねぇ～、ティオネ、買っちゃダメかな～？」

「あんたまだ武器の借金残ってんでしょ！　私はお金なんか貸さないわよ！」

「う～！　ケチー!!」

「何よー！」

「まぁまぁ、二人とも……」

たちまち騒がしくなるアマゾネスの姉妹に、レフィーヤが苦笑して仲裁する。

アイズも加わって間に入る中、ふとティオナは顔を上げた。

「ん……？　あ！」

聞こえてくるのは軽快な足音。

揺れるのは兎のような白い髪。

視界に飛び込んでくるのは、鮮やかな深紅。

「アルゴノゥトくーん！　これからダンジョン？」

「はい、今からみんなと！」

飛び跳ねるティオナに気付いた彼は、驚きを笑顔に変える。

ティオナが応援している冒険者。

ダンジョンでミノタウロスと戦う姿を見て、大好きな英雄の名で呼ぶようになった、ヒューマンの少年。

「いってらっしゃい……」

「ふーんだ……精々怪我をしないように気を付けてくださいね！」

「素直じゃないわねぇ……」

微笑するアイズは手を振り、頰を膨らませるレフィーヤはそっぽを向き、今度はティオネが苦笑する。

手を振り返す少年は照れて頰を赤く染めながら、ティオナ達の前を横切っていく。

「アルゴノゥト君！　頑張ってね！」

「はい！　行ってきます！」

「うん！　あたし、君のこと応援してるから！」

遠ざかり、それでも後ろを振り向きながら走る少年に、ティオナは叫び続けた。

胸の中から溢れる想いを、感情を、『約束』を声に出して、手を振った。

無愛想ではなく、不器用でもなく、冷たさなんて知らない、誰よりも温かで、太陽のような笑みを浮かべた。

「ずっと、ずーーっと！　君のこと、見ているから！」

貴方(きみ)の物語を見守り続けると、いつまでも笑い続けるのだった。

あとがき

物語の終わりには感動や興奮、そして一抹の寂しさを感じることが多々あります。

英雄譚と呼ばれる物語は特にそうで、栄光と衰退を伴う英雄達の結末には虚しさすら抱くこともあるかと思います。

では色々考えさせられた挙句、最後には寂しさや虚しさ、失望だけが残るのかというと、そんなことはない、と考えています。

繰り広げられる冒険に魅せられて、彼等彼女等の台詞一つ一つに感銘を受け、あるいは疑問や反発心を抱き、時には一緒に目を潤ませて、物語の終わりを見届けた読者、私達が生まれるからです。少し恥ずかしい言い方をしますと、主人公達の想いや意志を少しだけだとしても受け継いだ、ということになるでしょうか。私はそう考えています。そうだったらいいな、とこっそり思っています。

物語の主人公達のように振る舞ってほしいわけではありません。ただ少しだけでもいいから、顔を上げる力になれたらいい、笑ってくれればいい、そんな感じです。

そんな願いから、本作『アルゴノゥト』の主人公は生まれた気がします。

誰かを笑わせようとする道化なんて、一般の英雄像からはかけ離れた主人公。

それでも始まりの英雄となった、私にとっても原初の主人公。

この『アルゴノゥト』という物語を描くことができて良かったと、このあとがきを書きながら心から思っています。

ダンまちという作品の中では一巻の頃から『英雄神話』という言葉を使わせて頂いていますが、引き続き『巡る物語』を描かせて頂ければ幸いです。

それでは謝辞に移らせて頂きます。

担当の宇佐美様、今回もご多忙の中お力を貸してくださって誠にありがとうございます。イラストレーターのかかげ先生、私にとっても大切な物語を美しいイラストで彩ってくださってありがとうございます。『ダンまち メモリア・フレーゼ』の頃からご一緒にアルゴノゥトの物語を作り上げてくださったWFS様、そして関係者の方々にも最大級の感謝を。最後にアルゴノゥトという物語を愛してくださった読者の皆さん。皆さんのご声援があってこの物語は書籍化することができました。重ね重ねになりますが、本当にありがとうございます。

道化の物語はこれにておしまい。

これからはどうか、喜劇の続きが紡がれていきますように。

大森藤ノ

EXTRA

それはなんてことのない、とある日の情景

それは英雄になりたい青年が、猛牛にさらわれた王女様を救いにいく物語。

時には悪い人に騙され。

時には王様にも利用され。

それでも、騙されていることにも気付かない。

友人の知恵を借りて。

精霊から武器を授かって。

なし崩し的に王女様を助けてしまう……。


「……滑稽な、英雄の物語」

両手に持った絵本を読んでいたベルは、口を思いきり変な形に曲げた。

好物でもなければ嫌いなものを食べたでもない、酸いでも辛いでも苦いでもない、思ってもみなかった珍味に遭遇して言い表せない、そんな顔だった。

「う～～～っ……」

暖炉が優しい火の音を鳴らす、とある冬の日。

生家である木造りの家で、祖父の膝の上に座っていた幼いベルは、小動物のような唸り声を上げた。

「どうした、ベル？　そんなカワイコちゃんのナンパが失敗したような顔をして？」

頭の上から降ってくるのは、ベルが大好きな祖父の声だ。

自分で英雄譚(えいゆうたん)を書き綴(つづ)ってはベルに贈り、読み聞かせてもくれる祖父は時折変なことを言う。今もそうで、全く心境と合っていない的外れな指摘にベルは口を尖(とが)らせた。

「これは、儂(わし)のお気に入りの英雄譚だぞ？」

「だってさぁ……かっこわるいよぉ……」

唇を尖(とが)らせたまま、ベルは挿絵がついた物語をまじまじと見る。

今のベルにもわかりやすいように、大きくて簡単な共通語(コイネー)で記されている英雄は、とうとう活躍らしい活躍をしないまま最後の頁(ページ)に辿(たど)り着いてしまった。

他の英雄達のように、格好良く魔物を倒すでもない。

囚われのお姫様を颯爽(さっそう)と救い出すわけでもない。

むしろ助けられてばかりで、得意なことと言えば歌と踊り、あとはベルも呆(あき)れてしまうような口先ばかり。

開いている挿絵には、自信満々に囚われの姫に手を差し出す英雄と、英雄の背後を慌てて指を差している姫君、そして後ろから忍び寄っている大きな牛人の魔物がいる。

何も気付いていない滑稽で冴(さ)えない英雄の姿に、ベルが溜息(ためいき)をつきたくなってしまうのも無理はなかった。

「さいごには、王女さまにもたすけられちゃって……こんなのありぃ？」

珍しく呻(うめ)くような声を出すベルに、祖父は声を上げた笑った。

腰かけている揺り椅子(ロッキングチェア)をゆっくりと漕ぎ、大きな手の平でわしゃわしゃとその白い髪をかき交ぜながら。

「はっはっはっ。なぁに、まだまだコイツはこれから」

「……もう、おはなしは終わっちゃったよっ」

目を瞑(つむ)ってなされるがままだったベルは、やっぱり唇を尖らせたまま、後ろを振り返った。

そこには、いつもと変わらぬニヤニヤした笑みがあると思っていたベルは、目を丸くした。

髭(ひげ)を蓄えた祖父は、海よりも深い智慧(ちえ)に富み、未来を見通す賢者のような瞳で、微笑(ほほえ)みながらベルのことを眺めていた。

「いいや、終わっとらんとも。ああ、続いとる。全てな」

頭の上に置かれていた右手を、本に移し、まるで懐かしむように手に取る。

「儂はコイツが今度は何をするのか、何を起こすのか……楽しみなんじゃ。出会った時から、ずっとな」

「……お祖父ちゃん？」

本を見て、再びベルに視線を戻して、にかっと笑う。

子供のような笑みで、あるいは神様のような笑みで。

「いいか、ベル。何度でも言うぞ。他人に意志を委ねるな」

ゆっくりゆっくり揺り椅子(ロッキングチェア)を漕ぎながら、祖父はいつも同じ話を聞かせた。

ベルがよく聞く話の一つ。

錨(いかり)を上げ、帆を張って、雄大な大海原を行(ゆ)くような、自由な航海のための羅針盤。

「誰の指図でもない。自分で決めろ。お前は、お前がしたいことをしろ」

ベルはこの話を聞くと、いつも眠くなる。

退屈などではない。

瞼(まぶた)が重くなり、決まって夢を見るのだ。

船首に立つ一人の青年の姿を。

一振りの剣を足もとに置き、柄頭に両手を置き、外套(がいとう)をなびかせる背中を。

会ったこともない彼と、その背後に並び、続いて、同じ方角を見据える数多の英雄達を。

光の水平線を目指す、『英雄の船』の夢を。

「これは、お前の物語(みち)だ」

祖父の声が聞こえる。

静かな波の音と重なる。

海の旋律は揺り籠となって、ベルを夢の世界へ旅立たせた。

ベルはそこで、いつも角笛を吹いている。

船首の上で、知らない青年(だれか)となって、喇叭(らっぱ)のように音を奏でている。

さぁ、行こう。
神話の先へ。
なぁに、みんながいれば何とかなるさ。
だから笑おう。
どんなに馬鹿にされたって、どんなに絶望したって、唇を曲げよう。
精霊や運命の女神様が微笑んでくれるまで、声を上げて笑うんだ。

そんな風に気楽に言って、後を追ってきてくれた者達に振り返って、いつも笑うのだ。
英雄達はいつも、笑い返している。
起きれば全て忘れてしまう夢。
愉快な歌と笑い声が響く大切な幻想。
閉じられたベルの瞼から、涙が流れ出す。
「これは、お前が紡ぐ——お前だけの英雄譚(ものがたり)だ」
祖父の膝の上で、いつの間にか英雄譚(アルゴノゥト)を抱きしめる。
少年は、巡る英雄願望(おもい)を忘れない。

ファンレター、作品の
ご感想をお待ちしています

〈あて先〉

〒106－0032
東京都港区六本木2－4－5
SBクリエイティブ（株）
GA文庫編集部 気付

「大森藤ノ先生」係
「かかげ先生」係

本書に関するご意見・ご感想は
右のQRコードよりお寄せください。

※アクセスの際や登録時に発生する通信費等はご負担ください。

https://ga.sbcr.jp/

アルゴノゥト後章　英雄運命
ダンジョンに出会いを求めるのは間違っているだろうか　英雄譚

発　行　　2023年8月31日　初版第一刷発行

著　者　　大森藤ノ
発行人　　小川　淳

発行所　　SBクリエイティブ株式会社
〒106－0032
東京都港区六本木2－4－5
電話　03－5549－1201
03－5549－1167（編集）

装　丁　　FILTH

印刷・製本　中央精版印刷株式会社

ISBN978-4-8156-1969-5
Printed in Japan　　GA文庫